부유하는 세상의
화가

모던 클래식
075

An Artist
of the Floating World
Kazuo Ishiguro

부유하는 세상의 화가

가즈오 이시구로

김남주 옮김

민음사

이 책을 부모님께 바친다.

차례

1948년 10월

화창한 날, 이 근방에서는 아직도 '망설임의 다리'라고 부르는 작은 나무 다리에서 이어지는 가파른 길을 오르면, 그리 멀리 가지 않아 은행나무 두 그루 꼭대기 사이로 우리 집 지붕을 볼 수 있을 것이다. 설혹 언덕 위라는 눈에 잘 띄는 자리에 있지 않더라도 우리 집은 근처 다른 집들에 비해 두드러져서 길을 오르면서 이 집 주인은 얼마나 부자일까 하는 생각이 들 수도 있다.

　하지만 나는 지금도 그렇고 과거에도 부자가 아니었다. 이 집의 전 주인이 이 집을 지었고 그가 다름 아닌 아키라 스기무라라는 사실을 밝힌다면 왜 우리 집이 그처럼 인상적으로 보이는지 이해할지도 모르겠다. 물론 이 도시에 처음 방문했다면 아키라 스기무라라는 이름을 모를 수도 있다. 그러나 전쟁 전부터 이곳에 살았던 사람이라면 누구든 스기무라가 누구인지 묻는 질문에 삼십여 년 동안 이 도시에서 가장 존경받고 영향력 있는 인물이었다고 대답할 것이다.

　이런 내 말을 듣고서 언덕 꼭대기에 이르러 고급 삼나무 대문과 정원 벽[1]으로 둘러싸인 넓은 부지, 멋지게 조각된 우아한 기와를 얹은 처마가 공중을 치고 올라가는 지붕을 보면, 재산도 별로 없는 나 같은 사람이 어떻게 이런 집을 갖게 되었는지 의아하게 여길 것이다. 사실 나는 그 집을 얼마 안 되는 가격에 구입했다. 아마 당시 시세의 절반도 채 되지 않는 금액이었을 것이다. 이런 일이 가능했던 것은 스기무라 일가가 주도한 (거의 어리석어 보일 정도로) 기묘하기 짝이 없는 그 집의 매각 과정 때문이었다.

벌써 십오 년쯤 전의 일이다. 그 무렵 내 형편이 매달 나아지는 것처럼 보이자 아내는 새 집을 구하자고 나를 압박하기 시작했다. 앞날을 내다보는 혜안이 있던 아내는 우리 지위에 어울리는 집을 갖는 일이 중요하다고 나를 설득했는데, 그것은 허영에서 나온 것이 아니라 장차 있을 우리 아이들의 결혼 때문이었다. 나는 그 말에 일리가 있다고 보았지만, 맏딸 세쓰코가 아직 열네다섯 살밖에 되지 않았던 때여서 그 일을 그렇게 서두르지 않았다. 그래도 일 년여 동안 적당한 집이 매물로 나왔다는 이야기가 들릴 때마다 그 문제를 떠올리고 알아보곤 했다. 아키라 스기무라가 죽고 나서 일 년 후에 그의 집이 매물로 나왔다는 소식을 내게 들려준 사람은 내가 가르치던 제자 중 하나였다. 나는 내 형편에 그런 집을 산다는 것은 터무니없다고 생각하고 그런 이야기를 제자들이 늘상 갖고 있는 나에 대한 과장된 존경심에서 나온 것 정도로 치부해 버렸다. 그렇기는 해도 한번 알아보기는 했는데, 뜻밖의 응답을 받게 되었다.

어느 날 오후 도도해 보이는 은발 노부인 둘이 나를 찾아왔는데,

---

1) 정원수나 식물로 만들거나 장식한 벽.

알고 보니 아키라 스기무라의 딸들이었다. 내가 그 같은 명문가의 사적인 방문을 받다니 뜻밖이라고 말하자 자매 가운데 언니 쪽이 침착한 어조로, 자신들이 이렇게 온 것은 그저 예의상의 방문이 아니라고 말했다. 지난 몇 달 동안 작고한 부친의 집에 대해 꽤 많은 문의가 들어왔으나 그들 가족은 네 건을 제외한 나머지를 전부 거절하기로 결정했다는 것이다. 남은 신청자 넷은 순전히 성품과 업적을 바탕으로 가족 구성원이 신중히 선별한 후보자들이었다.

"저희에게 가장 중요한 것은, 저희 아버님이 지으신 그 집을 아버님이 인정하시고 그 집을 소유할 만하다고 판단하실 만한 분께 넘겨드리는 일이랍니다. 물론 형편 때문에 재정적인 면을 고려하지 않을 수 없지만 엄격히 말하자면 그 점은 부차적이에요. 우리는 그런 기준으로 가격을 매겨 놓았지요."

그러자 그때까지 별로 말이 없던 동생 쪽이 내게 봉투 하나를 건네주었다. 두 사람은 엄숙한 눈으로 봉투를 열어보는 나를 지켜보았다. 봉투 안에 든 종이에는 우아한 필치로 붓으로 쓴 숫자만이 적혀 있었다. 지나치게 헐한 가격에 놀란 나머지 무슨 말인가 하려던 나는 앞에 앉은 두 사람의 얼굴을 보고 금액에 대해 더 이상 왈가왈부하는 것이 그들의 의사에 반하는 것임을 깨달았다. 언니 쪽이 그저 이렇게 말했을 뿐이다. "어느 한 분이 다른 사람들보다 값을 더 쳐준다든지 하는 것은 저희의 관심사가 아닙니다. 시세 이상으로 받아야 한다는 생각도 없어요. 이제 우리가 하려는 일은 평판에 중점을 둔 경매가 될 겁니다."

그녀는 자신들이 직접 찾아온 이유는 스기무라 가문이 공식적으로(물론 다른 세 신청자들도 마찬가지지만) 내 배경과 자격을 좀 더 면밀하게 검토하는 것을 허용할 것인지 물어보기 위해서라고 했다. 그런 조사를 통해 적합한 구매자를 선별하겠다는 것이다.

좀 유별난 방식이기는 했지만 특별히 반대할 만한 점은 없어 보였는데, 어쨌든 일본에서는 혼담이 오갈 때도 이런 식이었다. 이런 유서 깊고 완고한 명문가가 나를 자기 집을 넘겨줄 후보자 감으로 여기고 있다는 사실에 어느 정도 우쭐한 기분이 든 것도 사실이었다. 내가 조사에 응하겠다고 하면서 감사를 표하자 동생 쪽이 먼저 이렇게 말했다. "오노 씨, 저희 부친은 문화인이셨어요. 선친께서는 예술가들을 높이 평가하셨죠. 사실 그분은 선생님의 작품에 대해서도 알고 계셨답니다."

그다음 며칠 동안 나름대로 조사를 해 본 나는 그녀의 말이 사실임을 알게 되었다. 실제로 아키라 스기무라는 예술 애호가였으며 사비로 수많은 전시회를 후원했다. 나는 또한 몇 가지 흥미로운 소문도 접하게 되었는데, 스기무라 집안 사람 가운데 상당수는 집을 파는 일 자체를 반대해서 격렬한 입씨름까지 벌어졌던 모양이다. 결국은 재정적 압박 때문에 매각이 불가피했으므로, 집을 내놓고 싶어 하지 않은 축들과의 타협 결과 그런 기묘한 매각 절차가 생겨난 셈이었다. 이런 일 처리 방식에 어딘가 고자세적인 면이 있다는 느낌이 들긴 했지만, 나로서는 이런 유서 깊은 명문가의 정서에 충분히 공감할 수 있었다. 그러나 아내는 그 같은 조사를 허용했다는 생각 자체를 못마땅하게 여겼다.

"그들은 자기들이 무슨 대단한 사람들인 줄 아는 모양이군요." 그녀가 항의하듯 말했다. "더 이상 그런 사람들과 어떤 일도 도모하지 않겠다고 얘기해 주는 게 좋을 것 같아요."

"하지만 해가 될 건 없잖소." 내가 그 사실을 지적했다. "우리한 테는 그 사람들에게 숨겨야 할 만한 게 없소. 솔직히 나는 부유한 태생이 아니지만, 스기무라 사람들은 그 사실을 이미 알고 있을 테고, 그런데도 우리를 후보자로 삼은 거요. 그 사람들이 조사하도록 내버려 둡시다. 그들이 알아내는 것마다 우리에게 이로울 테니 말이오." 그러면서 나는 이 점을 강조해서 말했다. "어쨌든 그들은 우리가 그 집안사람들과 혼담을 주고받을 경우 했을 법한 일을 하는 것 뿐이오. 우리도 이제 이런 일에 익숙해져야 할 거요."

게다가 언니 쪽이 표현한 대로, '평판에 비중을 둔 경매'라는 개념에는 확실히 탄복할 만한 점이 있었다. 세상사가 좀 더 이런 식으로 진행되지 않는 것이 오히려 이상하지 않은가. 재력보다 품행과 업적을 증거로 삼는 이런 경연 자체가 꽤 훌륭한 것이다. 스기무라 집안이 철저한 조사 끝에 나를 자신들이 그토록 소중히 여긴 그 집을 구입할 적임자로 결정했다는 소식을 들었을 때 내가 느꼈던 깊은 만족감이 여전히 기억난다. 그리고 확실히 그 집은 몇 가지 불편한 점을 감수하고 살아 볼 만한 가치가 있었다. 그 인상적이고도 위압적인 외관에도 불구하고 집 안은 나뭇결이 아름다워 선택된 부드럽고도 자연스러운 목재로 마감되어 있었는데, 그 집에 살아 보고 나서 우리 모두는 그 사실이 휴식과 마음의 평화에 크게 보탬이 된다는 사실을 알게 되었다.

그렇기는 해도 거래를 하는 동안 스기무라 집안의 고압적인 태도가 도처에서 겉으로 드러났는데, 일부 구성원 중에는 우리에 대한 적대감을 굳이 숨기려 들지 않는 이들도 있어서 이해심이 부족한 구매자였다면 어쩌면 성을 내고 거래 자체를 포기했을 수도 있었다. 몇 해 전까지도 나는 이따금 우연히 그 집안사람들과 마주쳤는데, 그때마다 그들은 평범하게 예의 바른 인사말을 주고받는 대신 길 한복판에 선 채 집의 상태라든가 그동안 개조한 부분은 없는지 심문하듯 묻곤 했다.

그런데 최근 들어서는 스기무라 집안에 대한 소식을 거의 듣지 못했다. 패전 항복 직후, 집을 매각할 당시 나를 찾아왔던 두 자매 중에 동생 쪽이 나를 방문한 적이 있다. 전시의 세월을 지나는 동안 그녀는 야위고 병약한 노파로 변해 있었다. 집안 특유의 방식으로 그녀는 전시에 그 집이 ─그곳에 거주하는 사람들이 아니라─ 어떻게 됐는지 걱정스러웠다는 내색을 굳이 감추려고 하지 않았다. 그녀는 내 아내와 겐지에 관한 소식에 대해서는 극히 짤막한 애도의 말을 했을 뿐 곧바로 집이 폭격으로 어떤 피해를 입었는지에 관한 질문을 쏟아 냈다. 그 때문에 처음에 나는 그녀를 쌀쌀맞게 대했다. 하지만 얼마 지나지 않아 무심결에 방 안을 이리저리 둘러보기도 하고 세련되고 예절 바르게 말하다가도 갑자기 말을 끊는 그녀를 보고는 그녀가 다시 이 집에 들어오자 복받치는 감정에 싸여 있음을 깨달았다. 얼마 후 이 집을 매각할 당시에 있던 그녀의 집안사람들 대부분이 이제 고인이 됐음을 짐작한 나는 그녀에 대한 연민이 일기 시작해서 집 안을 둘러보지 않겠느냐고 제안했다.

이 집도 나름대로 전쟁의 피해를 입은 상태였다. 아키라 스기무라는 이 집에 동쪽 별채를 지어 놓았다. 큰 방 세 개로 이루어진 그 건물은 한쪽이 정원을 향한 긴 복도로 본채와 연결되었다. 이 복도는 터무니없을 정도로 길어서 스기무라가 동쪽 별채와 그 복도를, 자기 부모님과 어느 정도 거리를 두기 위해 지었을 것이라고 추측

하는 이들도 있었다. 어쨌든 그 복도는 이 집에서 가장 매력적인 구조물 가운데 하나로, 오후가 되면 복도 전체에 햇살이 퍼지고 밖에 있는 수목 잎사귀의 그림자가 드리워져서 마치 수목이 우거진 터널 안이라도 걷는 듯한 느낌이 들었다. 폭격 피해의 대부분은 이 부분에 집중되어 있었으므로, 우리가 정원에서 그쪽을 바라보는 동안 스기무라 여사의 눈에서는 금방이라도 눈물이 쏟아질 것 같았다. 이때쯤에는 조금 전까지 그녀에 대해 갖고 있던 짜증스럽던 감정이 모두 사라지고 난 후였으므로, 나는 기회가 닿는 대로 그곳의 피해부터 복구할 것이며 그러면 이 집은 다시 그녀의 부친이 지었던 예전의 모습을 되찾게 될 것이라면서 할 수 있는 한 그녀를 안심시켜 주었다.

그런 약속을 했을 당시 사실 나는 물자 부족이 언제까지 계속될지 알 수 없었다. 패전 이후 오랫동안 나무 토막 하나나 못 정도를 배급받기 위해서도 몇 주씩 기다려야 했다. 이런 상황에서는 피해를 완전히 모면했다고 할 수 없는 본관을 우선 복구해야 했으므로, 정원 복도와 동쪽 별채의 복구는 느려질 수밖에 없었다. 그동안 내가 그곳이 심각하게 노후되는 것을 막기 위해 할 수 있는 일을 모두 했음에도, 그곳이 다시 사용할 만한 상태가 되기까지는 아직 요원하다. 게다가 이제 우리 가족 중 남은 사람은 노리코와 나뿐이기 때문에 주거 공간을 확장하는 일이 그렇게까지 긴요한 문제 같지도 않다.

오늘, 만약 내가 당신을 집 뒤편으로 안내하여 무거운 가리개를 옆으로 밀친 다음 스기무라의 정원 복도에서 남아 있는 부분을 볼 수 있도록 해 준다면 예전에 그곳이 얼마나 아름다웠는지 어느 정도 감을 잡을 수 있을 것이다. 그러나 분명 당신은 내가 채 치우지 못한 거미줄과 곰팡이, 그저 방수포로 하늘을 막아 놓은 천장의 커다란 틈도 보게 될 것이다. 때때로 이른 아침에 가리개를 밀쳐 보면 방수포 사이로 쏟아지는 엷은 햇살 속에, 마치 천장이 그 순간 바로 무너지기라도 한 것처럼 허공에 뜬 먼지 구름이 보인다.

복도와 동쪽 별채 외에 가장 심각하게 손상된 것은 툇마루였다. 내 가족, 그중에서도 두 딸은 늘 그 툇마루에 앉아 잡담을 나누거나 정원을 바라보며 시간을 보내기를 좋아했다. 그래서 결혼해서 집을 떠난 딸아이 세쓰코가 패전 이후 처음 우리를 방문했을 때 부서진 툇마루를 보고 슬퍼한 것도 무리가 아니다. 그즈음에는 가장 심하게 손상된 부분은 복구된 후였지만 마룻장들이 폭발의 충격 때문에 아래쪽에서 밀려 올라온 한쪽 끝 부분은 여전히 부풀고 금이 가 있었다. 툇마루의 지붕 역시 손상되어서 비가 오는 날이면 지붕 틈새로 떨어지는 빗물을 받기 위해 바닥에 그릇들을 줄지어 대 놓아야 했다.

그러나 지난 일 년 사이에 복구 공사가 꽤 진척을 보여서 지난 달 세쓰코가 다시 우리를 방문했을 무렵 툇마루는 거의 완전히 복구된 상태였다. 노리코도 언니의 방문에 맞춰 직장에 휴가를 냈고 화창한 날씨가 계속되었기 때문에 내 두 딸은 다시 전처럼 툇마루에서 많은 시간을 보냈다. 나도 가끔 그런 그들과 어울렸는데, 그럴 때면 이따금씩 화창한 날 온 가족이 그곳에 앉아 거의 바보스러워 보일 정도로 느긋하게 대화를 나누던 예전으로 돌아간 느낌이 들었다. 지난 달 어느 날, 그러니까 아마 세쓰코가 방문차 집에 온 다음 날 아침이었을 것이다. 우리가 아침 식사를 마치고 나서 그곳 툇마루에 앉아 있을 때 노리코가 말했다.

"이렇게 와 줘서 마음이 놓여, 세쓰코 언니. 잠깐 동안이라도 나

대신 아버지를 맡아 줄 테니까 말이야."

"노리코, 어떻게 그런 말을……." 세쓰코가 방석 위에서 불편한 듯 몸을 움직거렸다.

"은퇴하시고 나서 아버지께는 보살피는 손길이 많이 필요하거든." 노리코가 장난기 어린 미소를 지으며 말을 이었다. "언니가 아버지 정신을 쏙 빼놓아야 해. 그러지 않으면 또 침울해지실 테니까."

"너도 참……." 세쓰코가 불안한 미소를 지어 보이더니 한숨을 지으며 정원 쪽으로 고개를 돌렸다. "저 단풍나무는 이제 상태가 좋아진 것 같구나. 꽤 멋있어 보이네."

"언니는 요즘 아버지의 상태가 어떤지 모르는 모양이에요. 언니는 폭군처럼 우리에게 명령을 내리던 아버지만 기억하고 있어요. 요즘 아버지는 그때보다 훨씬 온순해지셨는데 말이에요. 안 그래요, 아버지?"

나는 세쓰코에게 그 말이 모두 농담이라는 듯 웃어 보였으나 내 맏딸은 계속 불편한 내색을 하고 있었다. 노리코가 다시 언니 쪽으로 고개를 돌리고 말했다. "대신 아버지께는 이제 보살핌의 손길이 많이 필요해졌어. 온종일 침울한 얼굴로 집 안을 돌아다니시니까."

"저 애는 여느 때처럼 괜한 말을 하고 있는 거란다." 내가 끼어들었다. "내가 온종일 집 안을 어슬렁거리고 돌아다니기만 한다면 어떻게 이 모든 공사를 다 했겠니?"

세쓰코가 내게 미소를 지으며 말했다. "사실 이제 집이 아주 훌륭해 보여요. 아버지께서 노력을 많이 기울이신 것이 분명해요."

"아버지는 까다로운 작업을 할 땐 모두 사람을 쓰셨어." 노리코가 말했다. "내 말 못 믿겠지. 아버지는 이제 딴사람이 되셨어. 더 이상 아버지를 두려워할 필요가 없다니까. 아버지는 훨씬 온순하고 가정적이 되셨거든."

"노리코, 너 정말……."

"심지어 가끔 요리도 하신다니까. 언니는 못 믿을 거야. 그렇지? 하지만 요즘에는 음식 솜씨가 훨씬 좋아지셨지."

"노리코, 이런 얘기는 이제 그만하자꾸나." 세쓰코가 차분한 어조로 말했다.

"안 그래요, 아버지? 요즘 솜씨가 많이 나아지셨잖아요."

나는 다시 한 번 미소를 지으며 따분한 듯 고개를 저었다. 노리코가 정원 쪽으로 고개를 돌리고 햇살에 눈을 감으며 이렇게 말했던 것이 그때쯤이었던 것 같다.

"뭐, 제가 결혼하면 여기 와서 요리를 할 순 없겠지요. 그때가 되면 아버지를 보살피는 일 말고도 할 일이 태산일 테니까요."

노리코가 이 말을 하고 있을 때 그때까지 차분하게 시선을 돌리고 있던 세쓰코가 내 쪽으로 짤막하게, 묻는 듯한 눈길을 보냈다. 노리코의 미소에 응답해야 했으므로 그 애는 곧 내게서 시선을 돌렸다. 그러나 세쓰코의 태도에 좀 더 깊은 불안감이 새로 자리 잡는 듯했다. 그러다가 마침 자신의 어린 아들이 우리 곁을 획 지나쳐 툇마루를 가로질러 달려가자 화제를 바꿀 기회가 생긴 것이 고마운 듯했다.

"이치로, 좀 얌전히 있으렴!" 그녀가 아이에게 외쳤다.

부모 밑에서 현대식 아파트 생활을 하던 이치로는 우리 집의 드넓은 공간에 매혹된 것이 분명했다. 어쨌든 그 애는 우리처럼 툇마루에 가만히 앉아 있는 대신 있는 힘을 다해 마루 이쪽에서 저쪽 끝까지 뛰어다니는 것을 더 좋아했고, 때로는 윤낸 마룻널 위에서 미끄럼을 탔다. 그 애가 우리의 찻쟁반을 엎을 뻔한 적이 한두 번이 아니었지만 얌전히 앉아 있으라는 그 애 엄마의 요구는 적어도 이제까지는 별 효력이 없는 듯했다.

"이리 오거라, 이치로." 내가 그 애를 불렀다. "여자들하고만 내내 이야기하려니 피곤하구나. 내 곁에 와서 앉아 남자들끼리 얘기를 하자꾸나."

이 말은 바로 효력을 나타냈다. 아이는 내 곁에 방석을 놓고는 양손을 허리에 대고 어깨를 편 아주 점잖은 자세로 앉았다.

"할아버지." 아이가 엄숙한 어조로 내게 말했다. "한 가지 여쭤볼게 있어요."

"그래, 이치로. 알고 싶은 게 뭐냐?"

"괴물에 대해 알고 싶어요."

"괴물이라니?"

"괴물은 선사 시대에 있었나요?"

"선사 시대라고? 벌써 그런 단어를 안단 말이냐? 너 아주 영리한 아이로구나."

이쯤에서 이치로의 위엄은 사라진 듯이 보였다. 아이는 앉아 있던 자세를 허물고 뒤로 벌렁 누워 두 발을 허공에 흔들기 시작했다.

"이치로!" 세쓰코가 낮은 목소리로 다급하게 외쳤다. "할아버지 앞에서 그러는 건 나쁜 버릇이야. 어서 일어나 앉아!"

그 말에 대해 이치로가 보인 반응은 두 발을 툭 마룻바닥에 내려놓는 정도가 고작이었다. 그러고는 가슴 앞에 팔짱을 끼고 눈을 감왔다.

"할아버지." 그 애가 졸린 목소리로 말했다. "괴물은 선사 시대에만 있는 건가요?"

"어떤 괴물 말이냐, 이치로?"

"죄송해요." 세쓰코가 불안한 미소를 지어 보이며 말했다. "어제 이곳에 올 때 역 바깥에 영화 포스터가 붙어 있었어요. 저 애가 수도 없이 질문을 던져서 택시 기사를 성가시게 했답니다. 제가 그 포스터를 못 본 게 한스러울 정도예요."

"할아버지! 선사 시대에 괴물이 있었나요? 궁금하다고요!"

"이치로!" 세쓰코가 아이에게 무서운 표정을 지어 보였다.

"나도 모르겠다, 이치로. 아무래도 그걸 알려면 영화를 봐야 할 모양이다."

"그러면 언제 영화를 보러 가죠?"

"흠. 그건 네 엄마와 의논해 보는 게 좋겠다. 어쩌면 아이들한테는 너무 무서운 영화일지 모르니까."

원래 내가 그 말을 한 것은 아이를 자극하려던 의도가 아니었지만 그 말이 아이에게 끼친 영향은 놀랄 정도였다. 아이는 벌떡 일어나 앉더니 나를 노려보며 고함을 질렀다. "어떻게 그런 말을 하실 수가 있어요! 그게 무슨 말이에요!"

"이치로!" 세쓰코가 당황해서 소리를 질렀다. 그러나 이치로가 계속해서 무시무시한 얼굴로 나를 노려보자 애 엄마가 할 수 없이 자리를 떠나 우리 쪽으로 건너왔다. "이치로!" 그녀가 아이의 팔을 잡아 흔들며 낮은 소리로 말했다. "그런 눈길로 할아버지를 노려봐서는 안 돼."

이치로는 그 말에 다시 벌렁 드러누워 허공에 두 발을 흔드는 것으로 반응했다. 세쓰코가 내게 또다시 불안한 미소를 지어 보였다.

"정말 버릇이 없네요." 그녀가 말했다. 그러고는 더 이을 말이 생각나지 않은 듯 다시 한 번 미소를 지었다.

"이치로." 노리코가 아이의 발을 잡으며 말했다. "우리 같이 가서 아침 먹은 것 좀 치울까?"

"그건 여자들이나 하는 일이에요." 이치로가 여전히 두 발을 흔들며 말했다.

"이치로가 나를 도와주지 않겠다는 거구나? 그러면 큰일인걸. 밥상이 너무 무거워서 도저히 나 혼자 힘으로는 치울 수 없는데 말이야. 그럼 누가 나를 도와줄까?"

이 말에 이치로가 벌떡 일어나더니 우리 쪽은 돌아보지도 않고 성큼성큼 집 안으로 걸어갔다. 노리코가 웃으면서 아이의 뒤를 따라 들어갔다.

그들 쪽으로 시선을 주던 세쓰코가 찻주전자를 들어 내 잔을 다시 채우기 시작했다. "저는 사태가 그렇게 진행된 줄은 몰랐어요." 그녀가 목소리를 낮추어 말했다. "노리코의 혼담 말이에요."

"어떻게든 진행된 건 전혀 없다." 내가 고개를 저으며 말했다. "사실 정해진 건 아무것도 없으니까 말이다. 혼담이 이제 막 나온 것뿐이란다."

"죄송해요. 하지만 노리코가 조금 전에 한 말 때문에 저는 당연히 일이 어느 정도는……." 그녀가 말꼬리를 흐렸다가 다시 말했다. "죄송해요." 그러나 그녀는 그 말을 무슨 질문처럼 허공에 뜬 채로 남겨 두었다.

"노리코가 그런 식으로 말한 것은 이번이 처음이 아니잖니." 내가 말했다. "사실 그 애는 최근 혼담이 오가기 시작한 뒤부터 좀 이상하게 행동했단다. 지난주 모리 선생이 우리를 방문했지. 그 사람 기억나니?"

"물론 기억하죠. 그분은 잘 계신가요?"

"잘 지내고말고. 그는 그저 지나던 길에 안부 인사 겸 우리를 찾아왔지. 그런데 노리코가 그 사람 앞에서 혼담 얘기를 꺼내더구나. 바로 좀 전에 그런 것처럼 모든 것이 다 정해졌다는 투로 말이야. 정말 당황했지 뭐냐. 모리 선생은 집을 나서면서 나에게 축하의 말도 해 주었단다. 그러면서 신랑의 직업을 묻기까지 하더구나."

"정말 당황하셨겠어요." 세쓰코가 생각에 잠긴 어조로 대꾸했다.

"모리 선생의 잘못은 아니지. 너도 좀 전에 그 애가 말하는 소리 들었잖니. 그러니 외부인이라면 어떻게 생각했겠냐."

세쓰코는 아무 대답도 하지 않았다. 우리는 얼마 동안 말없이 그 자리에 앉아 움직이지 않았다. 한 번은 내가 그 애 쪽을 힐끗 보니 세쓰코는 마치 그것이 거기 있다는 사실을 까맣게 잊은 사람처럼 양손으로 찻잔을 잡은 채 멍하니 정원을 내다보고 있었다. 지난 달 그 애가 우리 집에 와 있는 동안 나는 나도 모르게 그런 그 애의 모습을 몇 차례 물끄러미 응시했다. 햇살이 비치는 방식이나 그 비슷한 이유 때문이었는지, 세쓰코는 나이가 들어 갈수록 점점 더 좋아 보였다. 어렸을 때 그 애의 엄마와 나는 그 애가 그다지 예쁘게 생기지 않아서 좋은 결혼 상대를 만나지 못할까 봐 걱정했다. 어렸을 때도 세쓰코는 용모가 좀 사내애 같았는데 사춘기가 되면서 그런 점이 더욱 두드러지는 듯했다. 그래서 서로 다툴 때마다 노리코는 언제나 언니를 '사내자식'이라고 놀려 대곤 했다. 이런 것들이 한 사람의 개성에 얼마나 큰 영향을 미치는지는 알 수 없는 일이다. 노리코가 자라면서 좀 나대는 성격이 되고 세쓰코가 그렇게 수줍고 나서기 싫어하는 성격을 갖게 된 것은 결코 우연이 아니다. 그러나 이제 삼십 대에 접어드는 세쓰코의 용모는 새로우면서 적지 않은 품위를 갖추기 시작한 것 같다. 그 애 엄마가 이 사실을 예언했던 일이 기억난다. 그녀는 종종 이렇게 말했다. "우리 세쓰코는 여름철의 꽃처럼 피어날 거야." 나는 그 말을 그저 아내가 스스로를 위로하기 위해 하는 말로 여겼지만, 지난 달 나는 아내의 말이 사실 얼마나 정확하게 들어맞았는지를 몇 차례나 깨달았다.

세쓰코가 공상에서 깨어나 집 안쪽으로 다시 한 번 시선을 던졌다. 그러더니 이렇게 말했다. "지난 해 노리코의 마음을 크게 흔들 만한 일이 있었지 않나 싶어요. 어쩌면 우리가 짐작하는 것 이상의 일이 있었을지도 모르겠어요."

내가 한숨을 쉬며 고개를 끄덕였다. "그럴지도 모르겠다. 그때는 그 애한테 제대로 주의를 기울이지 못했으니까."

"아버지는 하실 만큼 하셨다고 봐요. 하지만 그런 일은 당연히 여자에게는 타격이 될 만한 일이니까요."

"인정해야겠지. 내가 당시 그 애의 행동을 좀 과장되었다고 생각했었다는 걸 말이다. 그 애가 이따금 그러듯이 말이다. 그게 '연애'였다고 주장해 왔으니, 혼담이 깨지자 그렇게 행동할 수밖에 없었을 거야. 하지만 어쩌면 전부 다 연기는 아니었을지 모르지."

"우리는 그때 웃어넘겼지만 어쩌면 정말 연애였을지도 몰라요."

우리는 다시 침묵에 잠겼다. 집 안에서 이치로가 무슨 말인가 반복해서 외치는 소리가 들려왔다.

"죄송하지만." 세쓰코가 달라진 어조로 입을 열었다. "작년에 청혼이 잘못된 이유에 대해서 뭔가 더 들으신 것이 있나요? 그 일이 너무 뜻밖이어서 말이에요."

"잘 모르겠구나. 이제는 중요한 문제가 아니지 않느냐, 그렇지?"

"물론이에요. 죄송해요." 세쓰코는 한동안 뭔가를 생각하는 듯 하더니 다시 이렇게 말했다. "그저 슈이치가 지난해 일에 대해, 그러니까 미야게 집안이 그런 식으로 발을 뺀 일에 대해 줄곧 물어 대서 말이에요." 그녀는 거의 자기 자신에게 하듯이 작게 웃음을 터뜨렸다. "그이는 제가 어떤 비밀을 알고 있으면서, 우리 모두 자기한테 그 비밀을 감추고 있는 거라고 믿는 모양이에요. 저도 아무것도 모른다고 거듭 납득시켜야 할 정도예요."

"단언하지만." 내가 약간 차가운 어조로 말했다. "그 일은 여전히 내게도 수수께끼란다. 내가 아는 것이 있다면 너와 슈이치에게 감추지는 않았을 거다."

"물론이죠. 용서해 주세요. 그런 의미로 드린 말씀이 ……." 그 애는 다시 한 번 어색하게 말꼬리를 흐렸다.

어쩌면 그날 아침 내가 딸애를 퉁명스럽게 대한 것처럼 보일지 모르지만 세쓰코가 지난해 있었던 미야게 집안의 혼담 철회에 대해 내게 캐물은 것이 그때가 처음이 아니었다. 그 애가 왜 내가 자기한테 뭔가 감추고 있다고 생각하는지 모르겠다. 만약 미야게 집안이 그런 식으로 청혼을 철회한 데 어떤 특별한 이유가 있다 해도 그들이 그 사실을 내게 굳이 감출 이유는 없을 것이다.

내 짐작으로는 그 일에 그렇게까지 특이한 점이 있었던 것 같지는 않다. 사실 그들이 마지막 순간에 혼담을 철회한 것은 몹시 의외였지만, 그렇다고 해서 거기에 무슨 특별한 이유가 있다고 추측해야 할 이유는 없지 않을까. 내가 보기에 그 일은 단순히 가문의 지위와 관련된 문제였던 것 같다. 미야게 집안은 내가 보기에 그저, 자신들의 아들이 분에 넘치는 가문과 결혼한다는 생각만으로도 기분이 언짢아지는 자존심이 강하고 꼬장꼬장한 이들이었을 뿐이다. 실제로 몇 해 전이었다면 그들은 아마 좀 더 빨리 파혼했을 테지만, 이 두 젊은이들이 '연애'라고 주장한 데다가 결혼에도 새로운 방식에 대한 이야기가 난무하는 때이고 보니 미야게 집안 같은 이들이 자신들이 취해야 할 정확한 방향을 찾지 못하고 혼란스러워 했을 법했다. 그 일에 대한 설명으로는 이 이상 복잡할 것이 없는 것이 확실하다.

또한 그들은 내가 그 연애를 명백히 인정하고 있다는 사실에 혼란을 느꼈을 가능성도 있다. 나 자신은 신분 문제에 관한 한 아주 느슨한 편이었기 때문에 이런 문제와 나 자신을 관련짓는 일은 내 천성과 거리가 멀다. 실제로 나는 살아오는 동안 언제나 나 자신의 사회적 지위를 그다지 의식한 적이 없었으며, 지금도 이따금 어떤 행사에서나 누군가가 하는 말에서 내가 높은 신분임을 상기하는 일이 있을 때마다 새삼스레 놀라곤 한다. 이를테면 얼마 전 저녁 무렵 우리가 드나들던 구 유흥가에 있는 가와카미 여사의 주점에서 술을 마셨을 때의 일이다. 이런 곳은 최근 들어 늘어나는 추세인데, 그날 밤에는 신타로와 내가 그 술집의 유일한 손님이었다. 우리는 평소처럼 바에 있는 높은 스툴에 앉아서 가와카미 여사와 이런저런 의견을 주고받았는데, 시간이 지나 손님이 더 이상 들어오지 않자 우리의 대화는 좀 더 사적인 것이 되어 갔다. 그런 어느 시점에서 가와카미 여사가 자신의 친척에 대해 이야기하면서 그 청년이 능력에 맞는 일자리를 구하지 못한 사실을 한탄하자 신타로가 갑자기 이렇게 외쳤다.

"아주머니, 그 청년을 여기 계신 선생님께 보내 보세요! 선생님께서 좋은 마음으로 추천사를 써 주시면 아주머니 친척 청년은 곧 좋은 일자리를 구할 수 있을 거예요."

"지금 무슨 말을 하는 건가, 신타로?" 내가 항의 조로 말했다. "난 이제 은퇴한 몸일세. 요즘은 아무런 인맥도 없다네."

"선생님 같은 지위에 있는 분의 추천이면 누구에게든 통할 거예요." 신타로가 고집스럽게 말했다. "그 청년을 선생님께 보내세요, 아주머니."

나는 처음에 신타로의 단정적이고 확신에 찬 말을 듣고 몹시 놀랐다. 그러나 다음 순간 내가 오래전 그의 동생을 위해 해 주었던 사소한 일을 그가 아직도 기억하고 있음을 깨달았다.

내 기억으로 그것은 1935년 혹은 1936년 무렵 국무성에 있는 아는 사람에게 추천서 한 통을 보내는 정도의 대수롭지 않은 일이었다. 그 후 그 일에 대해서는 잊고 있었는데, 어느 날 오후 내가 집에서 쉬고 있는데 아내가 현관에 손님이 와 있다고 알려 주었다.

"그럼 들어오시라고 해요." 내가 말했다.

"그들이 안에까지 들어와서 번거롭게 하고 싶지는 않다네요."

현관에 나가 보니 신타로와, 아직 청년 티를 채 벗지 못한 그의 동생이 서 있었다. 그들은 나를 보자마자 고개를 깊이 숙여 절을 하면서 어색한 웃음을 지었다.

"어서들 올라오게." 내가 그렇게 말했는데도 그들은 여전히 고개를 숙이며 어색하게 웃을 따름이었다. "신타로, 방으로 올라오라니까."

"아닙니다, 선생님." 신타로가 내내 싱글벙글거리는 얼굴로 절을 하면서 말했다. "저희로서는 이렇게 선생님 댁에 온 것 자체만으로도 예가 아닙니다. 정말 주제넘은 짓이죠. 하지만 감사를 표하지 않고 집에 가만히 있을 수가 없었답니다."

"안으로 들어오게. 딸애가 막 차를 만들고 있는 것 같으니까."

"아니에요, 선생님. 그런 결례가 어디 있겠습니까." 그런 다음 신타로는 동생을 보더니 재빨리 속삭였다. "요시오! 어서!"

청년은 그제야 절을 멈추고 불안한 눈길로 나를 올려다보았다. 그러더니 이렇게 말했다. "제 남은 평생 선생님에 대한 감사한 마음을 간직하겠습니다. 선생님의 추천에 보답하기 위해서라면 뼈가 부서지도록 제 역량을 다 발휘하겠습니다. 절대로 선생님을 실망시켜 드리지 않을 것을 약속드립니다. 열심히 일해서 제 상관들을 만족시키기 위해 노력하겠습니다. 그리고 훗날 제가 어떤 자리까지 오르든 저에게 처음 길을 열어 주신 분을 절대로 잊지 않겠습니다."

"별거 아닐세. 자네가 그만한 자격이 있어서 된 것뿐이라네."

이 말에 두 사람은 강한 어조로 요란하게 이의를 제기했다. 이윽고 신타로가 동생에게 말했다. "요시오, 이만하면 선생님께 충분히 폐를 끼친 것 같구나. 하지만 떠나기 전에 너를 도와주신 분을 다시한 번 잘 봐 두거라. 이렇게 영향력과 관대함을 갖추신 은인을 알고 있다니 우리는 정말 복이 많은 거다."

"정말입니다." 청년은 그렇게 중얼거리고는 나를 올려다보았다.

"제발 이러지 말게, 신타로. 좀 당황스럽군. 안에 들어와 축배를 들기로 하세."

"아닙니다, 선생님. 이제 저희는 가 봐야 합니다. 이런 식으로 찾아뵈서 선생님의 오후 시간을 방해하다니 큰 결례를 했습니다. 하지만 감사를 표하는 걸 한순간도 지체할 수가 없었습니다."

나로서도 인정할 수밖에 없는데, 이들의 방문은 내 마음에 일말의 성취감 같은 감정을 안겨 주었다. 그것은 잠시 멈춰 서서 전체를 조망할 기회를 좀처럼 허락하지 않는 분주한 경력의 한복판에서, 문득 자신이 얼마나 멀리 왔는지를 환히 밝혀 주는 그런 순간들 가운데 하나였다. 내가 한 젊은이에게 좋은 경력을 쌓을 수 있는 길을 열어 준 사실만큼은 확실했다. 그보다 몇 년 전이라면 이런 일은 생각도 할 수 없었을 텐데 나 자신이 깨닫지 못하는 사이에 어느새 그런 지위에 이르렀던 것이다.

"그때 이후 많은 것이 변했네, 신타로." 그날 밤 가와카미 여사의 주점에서 내가 지적했다. "난 이제 은퇴했어. 인맥이 그렇게 두텁지 않다네."

하지만 그럼에도 신타로의 가정이 그렇게 틀린 것은 아닐지 모른다는 것을 나는 안다. 내가 그 사실을 굳이 시험해 보기로 마음먹는다면 아마 내 영향력이 그렇게 막강한 것에 다시 한 번 놀랄지도 모르겠다. 앞에서도 말했듯이 나는 내 지위를 별로 의식해 본 일이 없었다.

어쨌든 신타로가 이따금 특정 일들에 대해 좀 고지식한 태도를 취하긴 하지만 그것은 비난할 일이 아니다. 오늘날 우리 시대의 냉소주의와 신랄함에 물들지 않은 사람을 만난다는 것은 결코 쉬운 일이 아니다. 가와카미 여사의 주점에 가서 바에 앉아 있는 신타로를 보면 왠지 마음이 놓인다. 지난 열일곱 해의 세월 동안 어느 날 저녁이든 그곳에 가면 어김없이 멍하니 예전 습관 그대로 카운터 위에서 모자를 빙글빙글 돌리며 앉아 있는 그를 볼 수 있는 것이다. 신타로에게는 변화라는 것이 아예 없는 것 같다. 그는 자신이 여전히 내 제자인 것처럼 아주 예의 바르게 인사를 할 것이며, 아무리 술에 취했더라도 저녁나절 내내 나를 '선생님'이라고 부르며 더할 나위 없이 공손한 태도로 대할 것이다. 때때로 그는 심지어 나에게 젊은 도제다운 열성을 가지고 기법이나 방식에 대해 질문을 던질 것이다. 사실을 말하자면, 신타로는 이미 오래전에 정통 미술에서 손을 뗀 상태였지만 말이다. 벌써 몇 해 전부터 그는 삽화에 전념해 왔는데, 지금 그의 장기는 소방차인 것 같다. 그는 매일같이 자신의 다락방에서 소방차를 그리고 또 그리며 지낼 것이다. 그러나 저녁이 되어 술을 몇 잔 마시고 나면 신타로는 자신이 여전히, 처음 내 밑에 들어왔을 때의 이상주의에 찬 젊은 화가라고 여기고 싶은 모양이다.

신타로의 이런 어린애 같은 성향은 종종, 장난기가 좀 있는 가와카미 여사의 놀림감이 되곤 했다. 예를 들어 최근 어느 날 밤 폭우가 쏟아지는 속에서 신타로가 그 작은 주점으로 뛰어들더니 현관 깔개 위에서 젖은 모자를 쥐어 짜기 시작했다.

"맙소사, 신타로 씨!" 가와카미 여사가 그에게 외쳤다. "이 무슨 고약한 행동인가요?"

그 말에 신타로는 자신이 정말 무슨 엄청난 범죄라도 저지른 사람처럼 당황한 얼굴로 시선을 들었다. 그가 사과의 말을 쏟아 내기 시작하는 것을 보고 가와키미 여사는 한 술 더 떴다.

"그런 태도는 살면서 본 적이 없어요, 신타로 씨. 당신은 나 같은 사람은 안중에도 없는 모양이죠."

"그만하세요, 아주머니." 잠시 후 내가 그녀에게 간청했다. "그 정도면 됐으니까 저 친구에게 농담한 거라고 말하세요."

"농담이라고요? 난 농담한 게 아니에요. 이건 정말이지 아주 고약한 태도예요."

이 장난은 신타로가 도무지 딱해서 볼 수 없을 정도가 될 때까지 계속되었다. 또 어떤 경우에는 아주 진지하게 상대의 말을 듣고 있던 신타로가 사실은 놀림을 받고 있는 것이라는 깨닫는 경우도 많다. 전범으로 지목돼 처형당한 어떤 장군을 놓고 신타로가 유쾌한 어조로 이렇게 말해서 가와카미 여사를 난처하게 만든 때도 있었다. "저는 어렸을 때부터 늘 그분께 탄복했지요. 지금은 어떻게 됐는지 모르겠군요. 분명 은퇴하셨을 테죠."

그날 밤 새로 주점에 들어온 몇몇 손님들이 그런 그를 비난하는 눈으로 쳐다보았다. 가와카미 여사가 장사를 망칠까 걱정된 나머지 그에게 가서 나직한 소리로 장군의 운명을 일러 주자 신타로가 큰 소리로 웃음을 터뜨렸다.

"아주머니, 설마 그럴 리가요." 그가 큰소리로 말했다. "아주머니의 농담은 가끔 좀 지나치다니까요."

이런 문제에 대한 신타로의 무지는 종종 유난했지만, 조금 전에도 말했듯이 그렇다고 비난할 만한 일은 아니다. 아직도 오늘날 만연한 냉소주의에 오염되지 않은 사람들이 있다는 사실에 감사해야 한다. 사실 최근 들어 시간이 흐를수록 그와 함께 있는 일이 즐거운 것도 바로 신타로의 이 같은 성격, 세태에 훼손되지 않은 채 남아 있는 감성 때문일 것이다.

　가와카미 여사에 대해서 말하자면 비록 그녀는 현재의 세태에서 영향을 받지 않기 위해 최선을 다할 테지만 그녀가 전시를 겪으면서 급격히 노화했다는 사실을 부인할 수 없다. 전쟁 전만 해도 '젊은 여성' 축에 들었을 테지만, 전쟁을 겪으면서 그녀의 내부에서 무엇인가가 부서지고 축 늘어져 버렸다. 그녀가 전쟁에서 잃어버린 사람들을 떠올리면 이상할 것도 없는 일이다. 장사 역시 점점 더 힘들어진 듯했다. 그녀로서는 그 자리가 자신이 열여섯 해 전 처음 주점을 열었던 곳과 같은 자리라는 사실이 도저히 믿기지 않을 것이다. 우리가 잘 알던 예전의 유흥가는 이제 흔적도 없이 사라졌고 그녀의 옛 경쟁자들은 모두 문을 닫고 그곳을 떠났다. 가와카미 여사도 그렇게 하는 게 어떨까 하는 생각을 여러 차례 했을 것이다.

　처음 문을 열었을 때 그녀의 주점은 수많은 술집과 밥집 사이에 묻혀 있다시피 했으므로, 그 와중에서 과연 얼마나 오래 버틸 수 있을지 몇몇 사람들이 의심을 품었던 기억이 난다. 실제로 당시에는 점포 입구에서 인도 쪽으로 내걸어 놓은, 사방에서 앞을 막아서는 수많은 광고 현수막에 몸을 스치지 않고는 그 작은 거리를 걸어갈 수 없었다. 천마다 요란한 글자체로 자기네 가게의 장점이 나열되어 있었다. 그러나 그 시절에는 이런 점포가 아무리 많아도 그 모두를 번창하게 할 수 있을 만큼 손님이 많았다. 특히 저녁나절 날씨가 더울 때면 그 일대는 술집에서 술집으로 어슬렁거리며 돌아다니거나 아니면 그저 길 한복판에 서서 이야기를 나누는 사람들로 가득했다. 자동차들은 그 사이를 뚫고 지나가기를 포기한 지 이미 오래였고 자전거조차 부주의한 행인들의 무리 사이를 지나가기를 버거워했다.

'우리의 유흥가'라고 표현했지만, 그곳은 사실 먹고 마시고 대화를 나누는 장소 이상은 아니었다. 기생집과 극장이 있는 진짜 환락가를 보려면 시내 중심가로 가야 했다. 나 자신의 취향으로는 우리가 드나들던 곳이 훨씬 더 나았다. 그곳에는 생기에 넘치면서도 격이 있는 우리 같은 사람들이 모여들었다 ── 밤늦도록 떠들썩하게 대화를 나눌 수 있다는 장점이 화가와 작가 들을 그곳으로 끌어들였다. 내가 제자들과 자주 드나들던 건물은 '미기히다리'라는 곳으로, 세 개의 골목이 만나는 지점에 있었다. 미기히다리는 근처의 다른 건물과 달리 위층이 딸린 넓은 지역에 걸쳐진 방대한 건물로, 그곳의 여종업원들은 서구식 의상과 전통복 둘 다를 입었다. 미기히다리가 경쟁자들을 위축시키는 데는 나도 작지만 한 역할을 했는데, 이 사실을 인정받아서 우리 무리에게는 한쪽 구석에 전용 탁자가 제공되었다. 실제로 그곳에서 나와 함께 술을 마신 이들은 내 화파의 정예 화가들이었다. 구로다, 무라사키, 다나카는 당시 이미 명성을 얻은 재기 넘치는 청년들이었다. 그들 모두 대화를 즐겼으며, 바로 그 탁자에서 열띤 논의가 수없이 이루어졌던 기억이 난다.

그런데 신타로는 이 정예 그룹에 든 적이 없었음을 말해 두어야겠다. 나 자신은 그가 그룹에 들어온다고 해도 반대하지 않았을 테지만 내 제자들 사이에는 강한 서열 의식이 있었는데, 신타로는 분명 일류급이라고는 할 수 없었다. 실제로, 신타로와 그의 동생이 내 집을 방문하고 나서 얼마 지나지 않은 어느 날 밤 내가 우리 탁자에서 그 일을 이야기했던 것이 기억난다. 구로다와 그 무리가 '겨우 사무직 하나' 얻은 것을 가지고 그 형제가 그렇게 고마워했다는 사실을 비웃었던 것 같다. 그러나 내가, 영향력이라든가 지위 자체를 목적으로 애써 추구하지 않더라도 자신의 역량을 한껏 발휘해 가며 열심히 일하다 보면 어느 결엔가 영향력과 지위가 그 사람에게 스며들 수 있다는 내 생각을 말하자 그들 모두 숙연히 귀를 기울였다. 그 말을 할 때쯤 그들 가운데 하나가 — 필시 구로다였을 텐데 — 상체를 앞으로 기울이며 이렇게 말했다.

"저는 한동안 이곳 시민들이 선생님을 높이 평가하고 있다는 사실을 선생님 자신은 모르고 계신 것이 아닐까 생각했습니다. 실제로 선생님께서 막 말씀하셨던 예가 잘 말해 주듯이 선생님의 명성은 이제 예술계를 넘어서 각계각층으로 퍼져 있습니다. 하지만 정작 선생님 자신은 그 사실을 알지 못한다는 것이야말로 선생님의 겸허한 성품을 보여 줍니다. 선생님은 자신이 얼마나 높이 평가되고 있는지 안다면 크게 놀라실 겁니다. 그야말로 선생님다운 일이지요. 그러나 지금 이 자리에 있는 저희 모두에게 있어서는 그리 놀랄 일이 아니에요. 실제로 선생님께서 일반 대중에게 아무리 널리 존경받고 있다고 해도 응당 받아야 할 존경에는 미치지 못한다는 사실을 아는 사람은 이 탁자에 둘러앉은 저희들뿐일지도 모릅니다. 저 개인적으로는 일말의 의혹도 없습니다. 선생님의 명성은 갈수록 높아질 것이며, 우리가 한때 마스지 오노의 제자였다는 사실을 남들 앞에서 말하는 것이 우리에게 더없는 영예가 될 날이 올 것입니다."

이런 모든 일에 특별히 주목할 만한 사실은 없었다. 그날 저녁 어느 시점이 되어, 모두가 약간 술에 취했을 때쯤 내 문하생들이 나에 대한 충성을 표하는 발언을 한 것은 일종의 습관에서 나온 것뿐이다. 그중에서도 패거리의 대변인처럼 여겨지던 구로다는 그런 말을 도맡아 하다시피 했다. 물론 나는 대체로 그런 말을 못 들은 체했지만 이번 경우만큼은, 신타로와 그 동생이 우리 집 현관에 서서 어색한 웃음을 지으며 절을 했을 때 그랬던 것처럼 따뜻한 흡족함을 느낄 수 있었다.

그런데 내가 꼭 뛰어난 제자들하고만 어울렸던 것은 아니다. 실제로 내가 처음 가와카미 여사의 주점에 발을 들여놓게 된 것은 신타로와 이런저런 이야기를 나누며 시간을 보내고 싶어서였기 때문이다. 이제 와서 그날 저녁 일을 돌이켜 보니 그 일에 관한 기억이 다른 날 그곳에 보낸 모든 소리와 이미지 들과 한 덩어리가 되어 있는 것 같다. 출입문 위에 달린 등, 미기히다리 밖에 모인 사람들의 웃음소리, 튀긴 음식 냄새, 아내에게 돌아가라고 누군가를 설득하고 있는 바의 여종업원, 그리고 사방에서 콘크리트 바닥을 두드려 대는 수많은 게다[2] 소리들 말이다. 무더운 여름날 밤이었다. 평소 잘 드나들던 곳에서 신타로를 보지 못한 나는 한동안 그 일대의 조그만 주점들을 돌아다녔던 기억이 난다. 이 술집들 사이에서는 분명 경쟁이 치열했을 테지만 한 식구라는 정신이 지배적이었으므로, 그날 밤 어떤 술집에든 가서 신타로의 행방을 물어보는 일은 극히 자연스러웠다. 여종업원들은 전혀 성내는 기색 없이 '새로 생긴 집'에 가 보라고 말해 주었던 것이다.

가와카미 여사라면 그 세월 동안 자신의 손으로 적지 않은 개조를 했다고, 이런저런 소소한 '개선'을 했다고 말할 것이다. 그러나 내가 보기에 그 조그만 주점의 첫 인상은 지금과 별다를 바 없는 것

---

2) 일본 사람들이 신는 나막신.

같다. 그곳에 처음 들어서는 사람은 낮게 드리워진 따뜻한 등불에 비친 카운터와, 어둠에 잠긴 실내의 나머지 부분이 극명하게 대비된다는 인상을 받기 쉽다. 여사의 손님들 대부분은 빛이 동그랗게 웅덩이를 만드는 바 쪽에 앉기를 더 좋아하는데, 그 빛 웅덩이 때문에 아늑하고 친밀한 술집이라는 느낌을 준다. 내가 처음으로 그곳에 갔던 그날 밤 그곳이 마음에 든다는 듯 주위를 둘러보았던 기억이 난다. 그리고 오늘날 주점 주위의 세상의 그 모든 변화에도 불구하고 가와카미 여사의 술집은 여전히 그때의 아늑한 분위기를 간직하고 있다.

그러나 그곳을 제외하면 변치 않고 남아 있는 것은 거의 없다. 이제 가와카미 여사의 주점 출입문을 나서는 순간 당신은 자신이 지금까지 문명의 변경에서 술을 마시고 있었다는 생각이 들 것이다. 그 일대는 온통 부서진 돌더미가 널린 황무지로, 멀리 보이는 건물의 뒷면만이 이곳이 도심에서 그리 멀지 않은 곳임을 상기시켜 줄 것이다. 가와카미 여사는 그것을 '전화(戰禍)'라고 부른다. 그러나 패전 직후 그 일대를 돌아다녀 본 나는 건물 상당수가 건재했던 것을 기억한다. 미기히다리도 유리창은 모조리 날아가 버리고 지붕 일부가 꺼지기는 했어도 여전히 남아 있었다. 그 파괴된 건물을 지나치면서 과연 언제 복구될 수 있을지 의아해했던 것도 기억난다. 그러다 어느 날 아침 나는 불도저들이 부서진 건물들을 모두 완전히 허물어 버린 사실을 알게 되었다.

결국 이제 거리의 그쪽 편에는 돌 부스러기 말고는 아무것도 남아 있지 않다. 분명 당국은 계획을 세워 놓았을 테지만 그곳이 그 상태로 방치된 지 삼 년이 지났다. 부서진 벽돌 더미 사이에서 빗물이 고인 물웅덩이가 썩어 가고 있다. 결국 가와카미 여사는 창문에 방충망을 치지 않을 수 없었다. 손님들이 이런 모습을 매력적으로 여기지는 않았겠지만.

가와카미 여사의 주점이 있는 거리 쪽에는 여전히 건물들이 그대로 남아 있었지만 대부분 비어 있다. 이를테면 주점의 양옆 건물은 꽤 오랜 동안 비어 있어서 그녀의 마음을 불편하게 했다. 그녀는 종종, 만약 자신이 벼락부자가 된다면 양쪽 건물을 사서 술집을 확장하겠노라고 말하곤 한다. 그때가 되기 전까지는 누군가 그곳에 들어와 주기만 기다리고 있는데, 그녀처럼 주점을 열어도 상관없다고, 자신이 더 이상 묘지 속에 사는 것 같은 느낌을 주지 않기만 하면 어떤 것이라도 좋다고 했다.

만약 어둠이 내릴 무렵 가와카미 주점을 나선다면 당신은 잠깐 걸음을 멈추고 눈앞에 펼쳐진 황량한 공간을 응시하지 않을 수 없을 것이다. 어스름한 가운데 부서진 벽돌과 목재 더미가 보일 테고, 어쩌면 잡초처럼 지면 이곳저곳에 삐죽삐죽 튀어나와 있는 파이프 조각이 보일지 모른다. 그런 다음 돌 더미 곁을 지나갈 때면 등불 빛에 수많은 조그만 웅덩이가 한순간 반짝일 것이다.

그리고 우리 집으로 올라가는 언덕 기슭에 이르러 '망설임의 다리'에서 걸음을 멈추고 옛 유흥가의 잔해 쪽을 돌아본다면, 그리고 그때 아직 해가 완전히 지지 않았다면, 길게 늘어선 옛 전봇대들이 여전히 전선이 걸려 있지 않은 채로 이제 막 걸어온 그 길을 따라 어스름 속으로 사라져 가는 모습을 볼 수 있을 것이다. 그리고 아마, 예전에 하늘에 걸려 있던 전선이 다시 걸리기를 기다리기라도 하는 양 전봇대 꼭대기에 불편하게 올라앉은 검은 새 떼들의 모습도.

지금부터 그리 오래전이 아닌 어느 날 저녁 나는 그 작은 나무다리에 서서 저 멀리 돌무더기 쪽에서 피어오르는 연기 두 줄기를 보고 있었다. 지루할 만큼 느릿느릿 진행되는 계획에 따라 작업 중인, 정부 소속 노동자들이 한 일이거나, 어떤 못된 장난 중인 아이들의 소행일 수도 있었다. 하늘로 올라가는 연기 기둥을 보면서 나는 울적한 기분에 잠겼다. 흡사 어떤 버림받은 장례식에서 쓰이는 화장용 장작 더미처럼 보였던 것이다. 가와카미 여사는 묘지라고 표현했는데, 한때 그 일대에 자주 드나들던 사람들을 기억하고 있는 사람이라면 그 연기를 그런 식으로 보지 않을 수 없다.

이야기가 옆길로 새고 말았다. 나는 지난 달 세쓰코가 우리와 함께 지냈던 때의 일을 자세히 떠올리던 중이었다.

앞에서도 말한 것처럼 세쓰코는 우리를 방문한 첫날 대부분을 툇마루에 앉아 동생과 이야기를 하며 보냈다. 오후 늦은 어느 시점에서 내 딸들이 여자들만의 얘기에 푹 빠져 있는 동안 나는 그들 곁을 떠나, 몇 분 전에 집 안으로 뛰어 들어간 손자를 찾아 나섰다.

집 전체가 흔들릴 만큼 묵직한 꽝음이 들려온 것은 내가 복도를 따라 걷고 있을 때였다. 놀란 나는 걸음을 서둘러 식당에 가 보았다. 하루의 이 무렵 식당은 대부분 그늘져 있게 마련인데다가 툇마루의 밝은 빛에 익숙했던 터라 이치로가 식당에 없다는 것을 확인하기까지는 시간이 좀 걸렸다. 다음 순간 다시 쿵 하는 소리가 나고 이어서 몇 차례 더 같은 소리가 나더니 손자 녀석이 외치는 소리가 들렸다. "야! 야!" 그 소리는 인접한 피아노 방에서 나오고 있었다. 나는 그쪽 문간으로 가서 잠시 귀를 기울여 보다가 조용히 미닫이문을 열었다.

식당과 달리 피아노 방에는 온종일 볕이 든다. 그 방은 밝고 눈부신 햇살이 잘 들어서 조금만 더 넓었다면 식사를 하기에 안성맞춤이었을 것이다. 예전에는 그곳을 그림과 재료를 쌓아 두는 데 썼지만, 요즘은 독일제 업라이트 피아노 한 대만 있을 뿐 유난스러울 정도로 휑뎅그렁하게 비워 놓았다. 그렇게 방 안이 어수선하지 않다는 사실이 아까까지 마루가 그랬던 것처럼 손자 녀석의 마음을 끌어당긴 것이 분명했다. 그 애는 발을 구르는 기묘한 동작을 하며 마룻바닥 위를 가로지르고 있었는데, 말을 타고 벌판을 달려가는 시늉을 하는 것 같았다. 그 애는 문 쪽에 등을 돌리고 있어서 얼마간의 시간이 지나고 나서야 누군가 자기를 바라보고 있다는 사실을 안 모양이었다.

"할아버지!" 그 애가 성난 얼굴로 돌아보며 말했다. "제가 지금 바쁜 거 모르세요?"

"미안하구나, 이치로. 몰랐다."

"지금은 할아버지와 놀아 줄 시간이 없어요!"

"정말 미안하다. 하지만 뭔가 재미있는 소리가 나서 무슨 일인지 궁금했단다."

그래도 한동안 손자 애는 짜증 섞인 눈으로 나를 노려보았다. 그러더니 뚱한 얼굴로 이렇게 말했다. "좋아요. 하지만 가만히 앉아 계셔야 해요. 전 지금 바쁘단 말이에요."

"알았다." 내가 웃으며 말했다. "정말 고맙구나, 이치로."

손자 녀석은 내가 방을 가로질러 창가에 앉는 동안 계속 나를 노려보았다. 전날 이치로가 엄마와 집에 왔을 때 나는 그 애에게 선물로 스케치북과 크레용 한 세트를 주었다. 이제 보니 다다미 위에 스케치북이 놓여 있고 그 옆에 크레용 서너 개가 흩어져 있었다. 내가 그 스케치북 처음 몇 장에 뭔가를 그렸다는 것을 알아보고 뭔지 보려고 손을 뻗으려는 순간 이치로가 갑자기 나 때문에 멈췄던 연극 놀이를 다시 시작했다.

"야! 야!"

나는 그런 그 애를 잠시 지켜보았으나 그 애가 무슨 놀이를 하는지 도무지 알 수 없었다. 그 애는 이따금 예의 말 타는 동작을 반복하면서 눈에 보이지 않는 수많은 적들과 싸우는 것 같았다. 그러는 동안에도 무슨 소리인가를 나지막하게 중얼대고 있었다. 나는 그것이 무슨 말인지 알고 싶었지만 그 애가 실제로 말을 하는 것이 아니라 그저 혀로 소리를 낸다는 것 정도밖에 알 수 없었다.

그 애는 그곳에 내가 없다는 듯이 행동하려고 최선을 다하고 있었지만 내 존재가 방해가 되는 게 분명했다. 몇 번인가 마치 갑자기 영감이 사라져 버리기라도 한 것처럼 동작을 취하다 말고 얼어붙었다가는 다시 동작을 취했다. 그러더니 얼마 가지 않아 놀이를 포기하고 바닥에 털썩 주저앉았다. 나는 박수를 쳐 줄까 했으나 그러지 않는 편이 낫겠다고 판단했다.

"아주 볼 만했다, 이치로. 하지만 네가 누구 흉내를 내고 있었던 건지 말해 주겠니?"

"할아버지가 알아 맞춰 보세요."

"흠. 요시쓰네 장군 아닐까? 아니라고? 그러면 사무라이 전사냐? 아니면 닌자는 어떠냐? '바람의 닌자' 말이다."

"할아버지 짐작은 완전히 틀렸어요."

"그럼 말해 보거라. 누구 흉내를 냈던 거냐?"

"외로운 방랑자요!"

"뭐라고?"

"외로운 방랑자라니까요! 하이 요 실버[3] 말이에요."

"외로운 방랑자라고? 그건 무슨 카우보이 같은 거냐?"

"하이 요 실버라니까요!" 이치로가 다시 말이 뛰듯 달려가면서 이번에는 말 울음소리를 냈다.

나는 손자 애를 한동안 지켜보았다. "그런데 카우보이 놀이는 어떻게 배운 거지, 이치로?" 이윽고 내가 그렇게 물었으나 녀석은 계속 뛰어다니며 말 울음소리를 내기만 했다.

"이치로." 내가 이번에는 조금 더 단호한 어조로 말했다. "잠깐 멈추고 내 말 좀 들어 보거라. 요시쓰네 장군 같은 분 흉내를 내는 것이 훨씬 더 재미있단다. 이유를 말해 줄까? 이치로, 잘 들어 보라니까. 할아버지가 이유를 설명해 줄 테니 말이다. 할아버지 말을 좀 들어 보렴, 이치로!"

어쩌면 내가 의도한 것 이상으로 언성을 높였을지 모르겠다. 아이가 하던 동작을 멈추더니 놀란 얼굴로 나를 쳐다보았던 것이다. 나는 계속 그 애를 바라보다가 한숨을 지었다.

"미안하구나, 이치로. 내가 네 놀이를 방해하지 말았어야 했어. 물론 넌 네가 원하는 누구든 흉내 낼 수 있지. 카우보이든 뭐든 말이다. 용서해 주렴. 할아버지가 그런 사실을 잠깐 잊었단다."

손자는 나를 계속 노려보았다. 나는 문득 그 애가 울음을 터뜨리

---

3) TV 서부극 「외로운 방랑자」에서 주인공이 자신의 말 '실버'에게 "하이 요 실버!" 하고 외치는 장면이 많이 나온다.

거나 그대로 방에서 뛰쳐나가지나 않을까 하는 생각이 들었다.

"이치로, 네가 하던 놀이를 계속하렴."

그러고 나서도 이치로는 잠시 더 나를 노려보았다. 그러더니 갑자기 고함을 질렀다. "외로운 방랑자다! 하이 요 실버!" 그러고는 다시 뜀박질을 하기 시작했다. 아이가 전보다 더 힘차게 발을 굴러서 우리가 있던 방 전체가 흔들릴 정도였다. 나는 그 애를 조금 더 지켜보다가 손을 뻗어 스케치북을 집어 들었다.

이치로는 처음 서너 장을 아무렇게나 써 버렸다. 그 애의 솜씨는 아주 나쁘지는 않았지만 전차나 기차 스케치를 그리다가 만 상태였다. 내가 스케치북을 들여다보는 것을 보고 이치로가 서둘러 다가왔다.

"할아버지! 그걸 보면 어떡해요?" 그 애는 내게서 스케치북을 잡아채려 했지만 나는 그 애의 손이 닿지 않을 정도로 높이 들고 있었다.

"이치로, 그렇게 고약하게 굴지 말거라. 할아버지가 네게 준 크레용으로 뭘 그렸는지 보고 싶은 거란다. 그러는 게 당연하지 않니?" 나는 스케치북을 내리고는 첫 번째 그림을 펼쳤다. "아주 괜찮은 그림이구나, 이치로. 흠. 하지만 마음만 먹으면 훨씬 더 잘 그릴 수 있겠어."

"그건 보시면 안 된다고요!"

손자 애가 다시 스케치북을 빼앗으려 해서 나는 한 팔로 그 애의 손을 막아야 했다.

"할아버지! 스케치북 돌려주세요!"

"이치로, 그만하렴. 할아버지가 좀 봐야겠다. 이치로, 저쪽에 있는 크레용 좀 갖다 주겠니? 크레용을 가져다가 우리 함께 그림을 그려 보자. 할아버지가 보여 줄 게 있어."

이 말은 놀라운 효과를 가져왔다. 그 말이 끝나자마자 손자 애는 나와 싸우려던 동작을 멈추고는 바닥에 흩어진 크레용을 모아 가지고 왔다. 돌아온 그 애는 뭔가 매혹된 듯 태도가 달라져 있었다. 그 애는 내 곁에 앉아 크레용을 내밀었다. 그러고는 아무 말 않고 내가 하는 양을 지켜보기만 했다.

나는 스케치북을 넘겨 새 종이를 펼친 다음 그 애 앞 바닥에 내려놓았다. "우선 네가 먼저 할아버지한테 뭐든 그림을 그려 주렴, 이치로. 그런 다음 그림이 조금 더 잘되도록 할아버지가 도와주마. 뭘 그리고 싶지?"

손자 녀석은 아주 조용해졌다. 그 애는 생각에 잠긴 눈으로 아무것도 없는 텅 빈 스케치북 종이를 내려다보고 있었지만 그림을 그리려 들지 않았다.

"네가 어제 본 것을 그려 보면 어떨까? 처음 이 도시에 도착했을 때 본 것 말이다."

이치로는 계속 스케치북만 바라보았다. 그러더니 고개를 들고 이렇게 물었다. "할아버지는 예전에 유명한 화가였나요?"

"유명한 화가?" 그 말에 나는 웃었다. "그렇게 말할 수도 있겠지. 네 엄마가 그렇게 말하더냐?"

"아빠 말이 할아버지가 예전에 유명한 화가였대요. 하지만 그 일을 그만두셔야 했다면서요."

"난 은퇴한 거란다, 이치로. 사람은 누구나 나이가 들면 일에서 손을 떼게 돼 있어. 그건 당연한 거야. 그때가 되면 휴식이 필요하니까."

"아빠 말이 할아버지가 그림을 그만둔 건 어쩔 수 없어서였대요. 우리나라가 전쟁에 졌기 때문에 그런 거라고요."

나는 다시 한 번 웃고는 손을 뻗어 스케치북을 집어 들었다. 그러고는 스케치북을 넘기며 손자 애가 그린 전차 그림들을 훑어보고는 좀 더 잘 보기 위해 팔 길이만큼 거리를 두고 들어올렸다. "나이가 들면 일에서 손을 떼고 쉬고 싶어지는 거야, 이치로. 네 아버지도 내 나이쯤 되면 일을 그만두고 싶어질 게다. 그리고 언젠가는 너도 내 나이가 되면 휴식을 갖고 싶어질 거야. 자." 나는 스케치북을 넘겨 새 종이를 나오게 해서 그 애 앞에 내려놓았다. "할아버지를 위해 그림을 그려 주지 않겠니, 이치로?"

"식당에 있는 그림도 할아버지가 그렸나요?"

"아니다. 그건 우라야마라는 화가가 그린 거란다. 왜, 그 그림이 마음에 드니?"

"복도에 있는 그림은 할아버지가 그렸나요?"

"그건 할아버지의 옛 친구인 또 다른 화가가 그린 그림이지."

"그러면 할아버지가 그린 그림은 어디 있죠?"

"당분간 치워 두었단다. 자, 이치로, 다시 중요한 일로 돌아가자. 할아버지에게 그림을 그려 주지 않겠니? 어제 본 것 중에 기억나는 게 있니? 무슨 일이지, 이치로? 갑자기 그렇게 말이 없어지다니 말이야."

"할아버지가 그린 그림을 보고 싶어요."

"너처럼 영리한 아이라면 모든 걸 다 기억할 수 있을 거야. 네가 본 영화 포스터는 어떠냐? 선사 시대 괴물이 나왔다는 포스터 말이야. 너 같은 아이라면 아주 잘 그릴 수 있을 것 같구나. 어쩌면 그 포스터 그림보다 더 잘 그릴 수 있을지도 몰라."

이치로는 잠시 그 말을 곱씹어 보는 듯했다. 그러더니 배를 깔고 엎드린 자세로 얼굴을 스케치북에 바짝 갖다 대고 그림을 그리기 시작했다.

그 애는 진갈색 크레용을 써서 도화지 하단에 네모난 상자를 여러 개 그렸는데, 그것들은 곧 도시에 있는 빌딩들의 윤곽으로 바뀌었다. 다음에는 도시 위로 도마뱀처럼 생긴 거대한 생물체가 뒷다리로 선 자세로 나타났다. 이때 손자 애는 갈색 크레용을 적색 크레용으로 바꿔서 도마뱀 주위에 온통 선명한 선을 그리기 시작했다.

"그게 뭐냐, 이치로? 불이냐?"

이치로는 대답하지 않은 채 계속 빨간 줄을 그려 나갔다. "어째서 거기에 불이 난 거지, 이치로? 괴물이 나타날 때는 불이 나는 거냐?"

"이건 전선이에요." 이치로가 짜증스럽다는 듯 한숨을 지으며 말했다.

"전선이라고? 그것 참 재미있구나. 그런데 어째서 전선이 불을 내는지 모르겠군. 넌 아니?"

이치로는 다시 한 번 한숨을 쉬고는 계속 그림을 그렸다. 그 애는 다시 진갈색 크레용을 집어 들고 도화지 하단에 공포에 질려 사방으로 달아나는 사람들을 그리기 시작했다.

"넌 그림을 아주 잘 그리는구나, 이치로." 내가 말했다. "상으로 할아버지가 내일 그 영화를 보여 주는 게 좋겠다. 괜찮겠니?"

손자가 손을 멈추더니 나를 올려다보았다. "할아버지한테 너무 무서운 영화가 아닐까요."

"그럴 것 같진 않다." 내가 웃으며 말했다. "하지만 네 엄마와 이모는 겁을 낼지 모르지."

그 말에 이치로는 큰 소리로 웃었다. 그 애는 아예 벌렁 드러누워 깔깔거리며 웃어 댔다. "엄마와 노리코 이모는 틀림없이 겁에 질릴 거예요!" 그 애가 천장을 향해 소리를 질렀다.

"하지만 우리 같은 남자들은 재미있을 거야, 안 그러냐, 이치로? 내일 영화를 보러 가자. 좋겠니? 여자들도 데려가서 무서워하는 모습을 보자꾸나."

이치로는 계속 큰 소리로 웃어 댔다. "노리코 이모는 무서워 죽을 거예요!"

"아마 그럴 거다." 나도 슬며시 미소 지으며 말했다. "그럼 우리 모두 내일 영화를 보러 가는 거야. 자, 이치로, 넌 그림을 다시 그려 보려무나."

"노리코 이모는 무서워서 벌벌 떨 거예요! 극장에서 나가자고 할 거예요!"

"자, 이치로, 그림을 계속 그려 보자. 너 아주 잘 그렸구나."

이치로는 다시 엎드려 그림을 향했다. 하지만 조금 전까지 보이던 집중력은 사라진 것 같았다. 그 애는 도화지 하단에 달아나는 사람들을 더 많이 그렸는데 결국 형체들이 한 덩어리로 섞여서 아무 의미가 없어져 버리고 말았다. 결국 그림에 흥미를 잃은 아이는 그 위에 아무렇게나 낙서를 해 대기 시작했다.

"이치로, 뭐 하는 거지? 그런 식으로 하면 영화 보러 안 갈 거야. 이치로, 그런 짓은 그만 두거라!"

그러자 손자 녀석은 벌떡 일어나더니 고함을 질렀다. "하이 요 실버!"

"이치로, 자리에 앉아라. 아직 그림을 다 그리지 않았잖아."

"노리코 이모는 어디 있죠?"

"이모는 네 엄마하고 얘기하고 있어. 자, 이치로, 넌 아직 그림을 다 그리지 않았잖아. 이치로!"

그러나 손자 애는 방 안을 뛰어다니며 소리를 질러 댔다. "외로운 방랑자! 하이 요 실버!"

그다음 몇 분 동안 내가 뭘 했는지 정확히 기억나지 않는다. 아마 그 피아노 방에 앉아 이치로의 그림을 보면서, 요즘 들어 점점 더 그러는 것처럼 별 특별한 것 없는 생각에 잠겨 있었을 것이다. 하지만 얼마 후에는 결국 자리에서 일어나 딸애들을 보러 갔다.

세쓰코 혼자 툇마루에 앉아 정원을 바라보고 있었다. 해는 아직 밝게 빛나고 있었지만 날은 아까보다 서늘해졌다. 내가 다가가는 기척에 세쓰코가 고개를 돌리더니 나를 위해 볕이 있는 곳으로 방석을 옮겨 놓아 주었다.

"방금 차를 새로 끓였어요. 좀 드시겠어요, 아버지?"

나는 고맙다고 말했다. 그 애가 차를 따르는 동안 나는 정원 쪽으로 시선을 보냈다.

전란을 겪었음에도 정원은 상당히 복구가 되어 사십 년쯤 전에 아키라 스기무라가 만들어 놓았던 흔적을 여전히 알아볼 수 있었다. 정원 한쪽 끝 아래 뒷담 가까운 곳에서 노리코와 이치로가 대나무 덤불을 들여다보고 있는 것이 보였다. 그 덤불 역시 정원에 있는 다른 모든 수목과 마찬가지로 스기무라가 도시의 다른 곳에서 다 자란 것을 옮겨 심은 것이다. 실제로 소문에 의하면 스기무라가 직접 도시를 돌아다니며 남의 집 정원을 넘겨다보다가 뽑아 오고 싶은 관목이나 수목이 있으면 주인에게 거액의 돈을 제시했다고 한다. 그 소문이 사실이라면 그의 선택은 실로 감탄할 만한 것으로, 그 결과 오늘날까지도 놀랄 정도로 조화로운 모습을 보여 주고 있다. 이 정원은 인공적으로 설계됐다는 느낌이 거의 없이, 자연스럽고 틀에 박히지 않은 느낌을 준다.

"노리코는 언제나 아이들하고 잘 어울렸어요." 세쓰코가 두 사람 쪽에 시선을 둔 채로 말했다. "이치로는 이모를 몹시 따른답니다."

"이치로는 멋진 아이다. 그 또래의 다른 아이들처럼 수줍음 같은 것도 전혀 없고 말이야."

"좀 전에 저 애 때문에 성가시지 않으셨나 모르겠어요. 종종 어떻게 할 수 없을 만큼 고집을 피운답니다. 아이가 성가시게 굴면 꾸지람을 좀 해 주세요."

"전혀 성가실 게 없었다. 우린 잘 지내지. 사실 좀 전에는 함께 그림을 좀 그려 보았거든."

"그래요? 저 애는 분명히 그림을 좋아하는 거 같아요."

"그 애는 내게 어떤 각본 같은 것을 연기해서 보여 주기도 했지. 흉내를 꽤 잘 내더구나."

"그래요. 그 애는 벌써 오래전부터 그런 것에 빠져 있답니다."

"그 애가 대사도 꾸며서 하는 거냐? 내가 무슨 소리인지 들어 보려 했지만 무슨 말인지 하나도 알아듣지 못하겠더구나."

딸애는 한 손을 들어 입을 가리고 웃었다. "그 애는 분명 카우보이 놀이를 하고 있었을 거예요. 그 애가 카우보이 놀이를 할 때는 영어 흉내를 내는 거랍니다."

"영어라고? 그거 굉장하구나. 아까 내가 들었던 게 그럼 영어였던 모양이구나."

"저희가 언젠가 그 애를 영화관에 데려가 미국 카우보이 영화를 보여 준 적이 있어요. 그 뒤로 카우보이라면 사족을 못 쓴답니다. 심지어 그 애한테 카우보이모자까지 사 줘야 했어요. 그 애는 카우보이들은 그런 우스꽝스러운 소리를 낸다고 여기는 모양이에요. 정말 괴상하게 들리셨을 거예요."

"아, 그게 그거였군." 내가 웃으며 말했다. "내 손자가 카우보이가 된 거였군."

정원 아래쪽에서 산들바람이 불며 나뭇잎이 흔들렸다. 노리코는 뒤쪽 담장 근처에 있는 오래된 석등 곁에 쭈그리고 앉아 이치로에게 무언가 가리켜 보이고 있었다.

"그래도 불과 몇 년 전만 해도 이치로가 카우보이 영화를 보는 일 같은 건 없었을 거야." 내가 한숨을 쉬며 말했다.

세쓰코가 여전히 시선을 정원에 둔 채 말했다. "슈이치는 미야모토 무사시[4] 같은 사람들을 숭배하게 하는 것보다는 카우보이를 좋아하도록 만드는 게 더 낫다고 여겨요. 그이는, 지금은 미국 영웅들이 아이들의 본보기로 더 낫다고 여긴답니다."

"그래? 슈이치의 생각이 그렇단 말이지."

이치로는 석등에 별다른 감흥이 없는 모양이었다. 그 애가 자기 이모의 팔을 거칠게 잡아당기는 것이 보였다. 곁에서 세쓰코가 당황

---

4) 일본의 전설적인 사무라이이자 화가.

해서 웃는 소리가 났다.

"저 애는 너무 버릇이 없어요. 사람들을 이리저리 잡아당긴다니까요. 정말 나쁜 버릇이에요."

"그건 그렇고 이치로와 나는 내일 영화를 보러 가기로 했단다."

"그래요?"

나는 즉각 세쓰코의 태도에서 그 애가 반신반의한다는 것을 알 수 있었다. "그래. 그 애가 그 선사 시대 괴물에 아주 푹 빠져 있는 것 같더구나. 걱정 말거라. 신문에서 기사를 봤는데 그 영화는 그 애 또래가 보기에 아주 적당하다더구나."

"네, 그럴 테죠."

"사실은 우리 모두 함께 가는 게 좋겠다고 생각했지. 가족 나들이 삼아서 말이야."

세쓰코는 불안한 듯 목청을 가다듬었다. "아주 재미있을 것 같네요. 하지만 노리코에게 내일 다른 계획이 있는 것 같은데요."

"그래? 무슨 계획인데?"

"우리 모두 사슴 공원에 갔으면 하는 것 같아요. 하지만 그 일은 다음번에 할 수도 있을 거예요."

"난 노리코에게 무슨 계획이 있는 줄 몰랐어. 그 애는 내게 그런 걸 물어본 적이 없으니까. 게다가 나는 이미 이치로에게 내일 영화를 보러 간다고 얘기했단다. 이제 그 애는 그 일에 온통 마음이 쏠려 있을 거야."

"사실 그 애는 영화관에 가는 걸 좋아할 거예요."

노리코가 정원에 난 오솔길을 통해 우리가 있는 곳으로 오고 있었다. 이치로가 손으로 노리코를 잡아끌고 있었다. 내가 다음 날 할 일에 대해 노리코에게 곧장 물어보려고 했는데, 그럴 사이도 없이 그 애와 이치로는 툇마루를 지나 손을 씻으러 집 안으로 들어갔다. 실제로 내가 그 일을 다시 입에 올린 것은 그날 저녁 식사를 마치고 나서였다.

식당은 낮 동안에는 해가 잘 들지 않아 좀 침침한 편이지만, 밤이 되어 식탁 위에 등잔을 낮게 걸어 두면 아늑하게 바뀐다. 우리가 식사를 마치고 나서 얼마 동안 식탁에 앉아 각자 신문이나 잡지를 읽고 있을 때 내가 손자 애한테 말했다.

"이치로, 내일 일에 대해 이모하고 얘기해 보았니?"

이치로가 무슨 말인지 모르겠다는 표정으로 책에서 고개를 들었다.

"여자들을 함께 데려갈까 말까? 우리가 한 얘기를 기억해 보거라. 여자들은 무서워 죽을 거다."

그제야 손자 녀석은 내 말을 알아듣고 씩 웃었다. "노리코 이모는 무서워 벌벌 떨 거예요. 우리와 함께 갈래요, 노리코 이모?"

"어디를 간다는 거니, 이치로?" 노리코가 물었다.

"괴물 영화 보러요."

"내일 우리 모두 영화에 가면 어떨까 하고 생각했단다." 내가 설명했다. "이를테면 가족 나들이인 셈이지."

"내일 말이에요?" 노리코가 나를 쳐다보더니 손자 쪽으로 고개를 돌렸다. "우리는 내일 영화를 보러 갈 수 없어, 안 그러니, 이치로? 사슴 공원에 가기로 했잖아. 기억나?"

"사슴 공원은 나중에 가면 되지." 내가 말했다. "이치로는 영화를 보기만 고대하고 있단다."

"말도 안 돼요." 노리코가 말했다. "모든 준비가 다 돼 있단 말이에요. 돌아오는 길에 와타나베 부인 댁에도 들르기로 했어요. 부인은 이치로를 보고 싶어 하세요. 아무튼 이건 우리가 오래전에 정해놓은 일이에요. 안 그러니, 이치로?"

"아버님의 생각은 정말 자상하시지만." 세쓰코가 끼어들었다. "와타나베 부인이 저희가 오기를 기다리고 있는 모양이네요. 영화관은 그다음 날 가면 어떻겠어요?"

"하지만 이치로는 그 영화를 학수고대했단 말이야." 내가 항의조로 말했다. "안 그러냐, 이치로? 여자들이란 정말 성가시구나."

이치로는 읽고 있는 책에 흠뻑 빠진 듯 내 쪽을 쳐다보지도 않았다.

"네가 이 여자들에게 말 좀 하렴, 이치로." 내가 말했다.

손자 녀석은 계속해서 책만 들여다보았다.

"이치로."

갑자기 그 애가 책을 식탁에 내려놓더니 벌떡 일어나 식당을 뛰쳐나가 피아노 방으로 달려가 버렸다.

내가 짤막하게 웃었다. "저것 좀 보거라." 내가 노리코에게 말했다. "네가 저 애를 실망시켰잖니. 우리 계획대로 하게 두었어야 했는데."

"말도 안 돼요, 아버지. 우리가 와타나베 부인 댁에 가기로 한 건 오래전에 정한 거예요. 게다가 이치로를 그런 영화에 데려간다는 것도 말이 안 돼요. 그 애는 그런 영화는 좋아하지 않을 거예요, 안 그래, 세쓰코 언니?"

큰딸이 거북한 미소를 지었다. "아버님 생각은 정말 자상하시지만." 그녀가 조용한 어조로 말했다. "아마 다음번에 ……."

나는 한숨을 짓고 고개를 저은 다음 다시 신문 쪽으로 시선을 옮겼다. 그러나 잠시 후 두 딸 가운데 아무도 이치로를 데리러 갈 생각이 없는 것 같아 내가 자리에서 일어나 피아노 방에 가 보았다.

전등갓에 손이 닿지 않았던 이치로는 피아노 위에 올려놓은 등을 켜 놓고 앉아 있었다. 그 애는 고개 한쪽을 피아노 뚜껑에 대고 엎드린 자세로 피아노 의자 위에 앉아 있었다. 짙은 색 목재를 배경으로 웅크리듯 앉아 있는 그 애의 모습에는 언짢은 기색이 들어 있었다.

"일이 이렇게 돼서 미안하구나, 이치로. 하지만 실망할 것 없다. 영화는 다음 날 보러 가면 되니까."

이치로가 아무 대꾸도 하지 않아서 내가 다시 말했다. "자, 이치로, 그렇게 실망할 거 전혀 없단다."

나는 창가로 가 보았다. 밖은 이제 아주 어두워져서 유리창에 반사된 내 모습과 내 등 뒤의 방 안 풍경만 보였다. 옆방에서는 두 딸이 낮은 목소리로 이야기하는 말소리가 들려왔다.

"기운 내거라, 이치로야." 내가 말했다. "걱정할 일은 아무것도 없으니까. 그다음 날 가기로 하자, 약속하마."

내가 다시 이치로 쪽으로 몸을 돌려 보니 그 애는 조금 전처럼 여전히 피아노 뚜껑에 머리를 기대고 있었으나 이제는 마치 건반을 치듯 피아노 뚜껑 위로 손가락을 움직이고 있었다.

내가 가볍게 웃으며 말했다. "자, 이치로, 우리 그다음 날 가면 되는 거야. 여자들이 우리를 마음대로 하도록 내버려둘 수는 없지, 안 그러냐?" 그런 다음 다시 한 번 웃었다. "내 생각에 여자들은 그 영화를 보면 무서워 죽을 거야. 그렇지 않겠니, 이치로?"

손자 녀석은 여전히 대꾸를 하지 않았으나 피아노 뚜껑 위에서 계속 손가락을 움직여 댔다. 나는 그 애를 그냥 내버려 두는 편이 낫겠다고 판단하고는 한 번 더 웃어 보인 다음 식당으로 돌아왔다.

두 딸은 조용히 앉아서 각자 잡지를 보고 있었다. 내가 자리에 앉으면서 무겁게 한숨을 쉬었으나 두 딸 모두 아무 반응도 보이지 않았다. 내가 돋보기를 끼고 다시 신문을 읽으려는 참에 노리코가 조용한 어조로 말했다. "아버지, 차를 좀 끓일까요?"

"고마운 말이구나, 노리코. 하지만 지금은 마실 생각이 없다."

"언니는 어때, 세쓰코?"

"고마워, 노리코. 하지만 나도 별로 생각이 없어."

우리는 다시 얼마 동안 침묵 속에 각자 읽을거리를 읽었다. 얼마 후 세쓰코가 말했다. "아버님도 내일 저희하고 함께 가시겠어요? 그렇게 가족 나들이를 가면 되지 않을까요?"

"나도 그러고 싶구나. 하지만 내일 좀 해야 할 일이 있단다."

"그게 무슨 말씀이세요?" 노리코가 끼어들었다. "무슨 일이 있다는 거죠?" 그런 다음 이번에는 세쓰코 쪽을 보고 말했다. "아버지 말씀은 듣지 마. 요즘은 할 일이 아무것도 없으시니까. 그저 요즘 늘 그러듯이 집 안을 어슬렁거리실 거야."

"아버님이 저희와 함께 가 주시기만 한다면 정말 즐거울 거예요." 세쓰코가 내게 말했다.

"정말 유감이로구나." 내가 다시 신문 쪽으로 시선을 내리며 말했다. "하지만 한두 가지 볼 일이 있단다."

"그럼 아버지 혼자 집에 계시겠다는 거예요?" 노리코가 물었다.

"너희 모두 나간다면 그렇게 될 것 같구나."

세쓰코가 예의 바르게 헛기침을 하고는 말했다. "그러면 저도 집에 남아 있겠어요. 아버지와 저는 그동안 소식을 주고받을 기회가 별로 없었으니까요."

노리코가 식탁 건너에서 언니를 노려보았다. "언니가 빠질 필요는 없어. 그렇게 먼 길을 와서 집 안에서만 보내고 싶지 않잖아."

"하지만 나는 여기서 아버지와 말동무하며 지내는 편이 좋을 것 같아. 주고받을 소식도 잔뜩 있을 것 같고 말이야."

"아버지가 무슨 짓을 했는지 보세요." 노리코는 그렇게 말하고 다시 언니를 보고 말했다. "그럼 나와 이치로만 남은 셈이네."

"이치로는 너와 하루를 보내는 걸 좋아할 거야, 노리코." 세쓰코가 미소를 지으며 말했다. "그 애는 너를 무척 따르니까."

나는 세쓰코가 집에 남기로 마음을 정한 사실이 반가웠다. 사실 우리는 방해 없이 이야기를 나눌 기회가 거의 없었던 것이다. 그리고 물론 결혼한 딸의 생활에 대해 아버지로서 알고 싶은 일도 많았다. 대놓고 물어볼 수 없는 그런 일들 말이다. 하지만 그날 저녁 내가 생각지 못한 것은, 세쓰코에게도 나와 함께 집에 있고 싶어 한 자기 나름의 이유가 있으리라는 사실이었다.

내가 특별한 목적도 없이 방 안을 돌아다니곤 하는 것은 아마도 노화의 징후일 것이다. 세쓰코가, 방문 두 번째 날 오후 응접실의 미닫이문을 열었을 때도 나는 필시 한동안 무슨 생각엔가 골몰한 채 방 한가운데 서 있었던 모양이다.

"죄송해요, 나중에 다시 올게요." 그 애가 말했다.

몸을 돌린 나는 문지방에 무릎을 꿇고 있는 딸애를 보고 약간 놀랐다. 그 애는 꽃과 꺾꽂이 순들이 꽂힌 화병을 들고 있었다.

"아니다, 어서 들어오렴." 내가 말했다. "특별히 무슨 일을 하고 있었던 게 아니란다."

은퇴를 하게 되면 시간이 남아돌게 마련이다. 사실, 고된 노동과 성취에서 손을 놓았다는 사실에 느긋한 심정이 되어 자신의 기분에 따라 하루 종일 빈둥거릴 수 있다는 사실은 은퇴 생활이 주는 즐거움 중 하나다. 그럼에도 불구하고 나는 정신 나간 사람처럼 아무 목적 없이 하필이면 응접실 안을 이리저리 돌아다닌다. 평생 동안 나는 집 안에서 응접실은 존중되어야 하는 장소, 잡다한 일상사에 물들지 않은 곳, 중요한 손님을 맞거나 불상 앞에 예를 드리기 위해 마련된 장소라는 의식을 갖고 살았는데, 그것은 나의 아버지에 의해 주입된 생각일 것이다. 따라서 우리 집 응접실에는 언제나 다른 대부분의 집의 응접실보다 훨씬 더 엄숙한 분위기가 감돌았으며, 내 아버지가 그랬던 것처럼 그것을 규칙으로 정해 놓지는 않았더라도 아이들이 어렸을 때 특별히 허락된 경우가 아니면 그 방에 들어가지 않도록 일러두었다.

응접실을 존중하는 나의 이런 태도는 좀 과장된 것처럼 보일지 모르지만, 내가 자란 집에서 ─ 여기서 기차로 반나절쯤 걸리는 쓰루우카 마을이다 ─ 에서는 열두 살이 될 때까지 응접실에 들어가는 일조차 금지됐다는 사실을 알아야 한다. 응접실은 여러 가지 의미에서 집 안의 중심이어서 나로서는 이따금 우연히 보게 된 광경을 종합해서 응접실 내부의 모습을 그려 보지 않을 수 없었다. 만년의 나는 한순간 스치듯 본 광경을 바탕으로 캔버스에 그림을 그리는 능력으로 종종 동료들을 놀라게 만들었다. 내가 이런 능력을 갖게 된 것은 아버지 덕분이며, 그분이 성장기에 화가로서의 내 눈을 어설프게나마 단련시켜준 덕분일지 모른다. 어쨌든 내가 열두 살이 됐을 때 이른바 '업무 회의'가 시작되었고, 그래서 나도 매주 한 차례 응접실에 들어가게 되었다.

"마스지와 나는 오늘 밤 사업 문제를 의논할 거다." 아버지는 저녁 식사 중에 그렇게 선언하곤 했다. 그 말은 저녁 식사 후에 나를 그곳으로 부르는 소환 명령인 동시에 나머지 가족은 그날 저녁 응접실 근처에서 시끄럽게 해서는 안 된다는 경고이기도 했다.

아버지는 식사 후 응접실로 들어가셨고, 십오 분쯤 지나서 나를 부르셨다. 내가 응접실에 들어가면 바닥 한복판에 높다란 촛불 하나만 켜 있었다. 아버지는 촛불이 던지는 불빛의 둥근 원 안, 다다미 위에 놓인 자신의 목재 '업무용 궤짝' 앞에 책상다리를 하고 앉아 있었다. 아버지는 내게 촛불이 비치는 맞은편 자리에 앉으라는 손짓을 했고 나는 아버지의 지시를 따랐다. 촛불 주위만 환하고 방의 나머지 부분은 어둠에 잠겨 있었다. 아버지의 어깨 너머로 맞은편 벽에 있는 불상 제단이라든가 벽감을 장식한 걸개들을 겨우 알아볼 수 있을 정도였다.

이윽고 잠시 후 아버지가 말을 하기 시작했다. 아버지는 예의 '업무용 궤짝'에서 작고 두툼한 장부를 꺼내 숫자들이 빼곡하게 적힌 칸을 내게 보여 주곤 했다. 그러는 동안에도 절제되고 근엄한 어조로 말을 계속했는데, 그러다가 말을 끊고는 확인이라도 하듯 나를 쳐다보았다. 그런 순간이면 나는 황급히 이렇게 대답했다. "예, 알겠습니다."

물론 아버지가 하는 말을 이해한다는 것은 불가능한 일이었다. 아버지는 어린 소년을 앞에 놓고 이야기하고 있다는 사실을 조금도 고려하지 않은 채 전문 용어까지 동원해 장황하게 계산법을 설명했다. 하지만 내가 아버지의 말을 도중에 가로막고 설명해 달라고 청한다는 것도 그 말을 이해하는 것만큼이나 불가능했다. 내가 아는 한 내가 그 응접실로 들어가도 좋다는 허락을 받은 것은 내가 아버지의 말을 이해할 수 있을 만큼 자랐기 때문일 터였다. 그때 나의 수치심에 견줄 만한 것은, 어느 순간에라도 '네, 알겠습니다.'가 아닌 다른 말을 하라는 명령을 받고 내 속임수가 들통날 수 있다는 데 대한 두려움뿐이었다. 그리고 그렇게 여러 달이 지나는 동안 그 이상을 말해 보라는 요구를 받지는 않았는데도 나는 늘 다음번 '업무 회의'에 대한 두려움을 안고 살았다.

물론 지금의 나는 당시 아버지가 내게서 당신의 말을 이해하리라는 기대를 하지 않았다는 것을 분명히 알고 있지만, 무슨 이유로 내게 이런 혹된 시련을 가했던 것인지는 여전히 알 수 없다. 어쩌면 아버지는 어린 내게, 결국 내가 가업을 이어받게 되리라는 사실을 인식시키고 싶었던 것일지 모른다. 아니면 훗날 가장이 될 내가 성인이 됐을 때 영향을 미칠 수도 있는 모든 결정에 대해 나를 의논 상대로 삼는 것이 옳다고 여겼으며, 그렇게 해 놓으면 내가 설혹 온전치 못한 사업을 물려받게 되더라도 불평하지 않으리라고 짐작했을지 모를 일이다.

내가 열다섯 살이 됐을 때 그동안의 회의와는 다른 일 때문에 응접실에 불려 들어간 일이 기억난다. 여느 때처럼 그곳에는 높다란 촛불이 밝혀져 있었고 아버지가 불빛 한가운데 앉아 있었다. 그러나 그날 저녁에는 예의 업무용 궤짝 대신 묵직한 도기로 된 재떨이가 놓여 있었다. 이 사실이 나를 어리둥절하게 만들었는데, 집 안에서 가장 큰 이 재떨이는 보통 손님이 있을 때만 내오던 것이었기 때문이다.

"모두 다 가져왔느냐?" 하고 아버지가 물었다.

"말씀하신 대로 했습니다."

나는 아버지 곁에 내가 안고 있던 그림과 스케치 더미를 내려놓았다. 그 무더기는 규격과 지질이 제각각인 데다가 물감 때문에 뒤틀리고 주름져서 들쭉날쭉했다.

나는 아버지가 내 작업을 훑어보는 동안 잠자코 앉아 있었다. 아버지는 그림을 하나하나 잠시 동안 들여다본 다음 옆에 내려놓았다. 아버지는 그런 식으로 내가 그린 그림을 절반쯤 보았을 무렵 고개도 들지 않고 말했다.

"마스지, 네가 그린 것이 모두 여기 있는 게 확실하냐? 혹시 한두 점을 빠뜨리고 가져오지 않은 건 아니냐?"

내가 곧바로 대답하지 않자 아버지가 고개를 들고 말했다. "어떠냐?"

"어쩌면 한두 점 빠졌을지도 모릅니다."

"그렇군. 그렇다면 마스지, 네가 가져오지 않은 그림이 네가 가장 자랑스럽게 여기는 그림이겠구나. 안 그러냐?"

아버지가 다시 그림 쪽으로 시선을 돌리는 것을 보고 나는 대답을 하지 않았다. 나는 그러고도 한동안 그림을 살펴보는 아버지를 지켜보았다. 한번은 아버지가 그림 하나를 촛불 가까이 가져가면서 이렇게 말했다. "이건 니시야마 언덕에서 내려오는 길을 그린 거로구나. 정말 꼭 닮게 그렸는걸. 언덕에서 내려오는 길이 꼭 이렇게 생겼지. 솜씨가 좋구나."

"고맙습니다."

"그런데 마스지." 아버지가 여전히 그림에서 시선을 떼지 않은 채 말했다. "네 엄마한테서 이상한 얘기를 들었다. 네 엄마가 보기에 넌 그림을 직업으로 삼고 싶어 하는 것 같다더구나."

아버지가 그 말을 질문처럼 하지 않았기 때문에 나도 처음에는 대답하지 않았다. 그러나 얼마 후 아버지가 눈을 들더니 같은 말을 반복했다. "마스지, 네 엄마는 네가 그림을 직업으로 삼고 싶어 한다고 생각한다. 물론 네 엄마가 잘못 생각한 것일 수도 있지만 말이야."

"물론이에요." 내가 조그만 소리로 말했다.

"네 말은 네 엄마가 잘못 생각했다는 거로구나."

"그럼요."

"알겠다."

아버지는 그림들을 조금 더 살펴보았는데, 그동안 나는 입을 다문 채 그런 아버지를 지켜보며 앉아 있었다. 얼마 후 아버지가 시선도 들지 않은 채 말했다. "그런데 조금 전에 네 엄마가 밖을 지나갔던 것 같구나. 엄마가 내는 소리를 들었느냐?"

"저는 아무 소리도 못 들었는데요."

"네 엄마 소리였던 것 같아. 네 엄마에게 지나가는 길에 잠시 들어와 달라고 말 좀 해 주렴."

나는 자리에서 일어나 문간으로 가 보았다. 내가 생각했던 대로 복도는 어둡고 비어 있었다. 그때 아버지의 음성이 들렸다. "마스지,

네 엄마를 모셔 오는 길에 나머지 그림도 모아서 가져오너라."

어쩌면 그저 내 상상에 불과했을지 모르지만, 몇 분 후 내가 어머니와 함께 응접실로 돌아가니 도기 재떨이의 위치가 촛불 쪽으로 살짝 옮겨진 것 같은 느낌이 받았다. 또한 공기 중에서 뭔가 탄내가 나는 것 같기도 했는데, 재떨이 안을 힐끗 들여다보니 사용된 흔적은 보이지 않았다.

아버지는 내가 원래 놓여 있던 그림 더미 옆에 가져온 그림을 갖다놓자 심란한 얼굴로 고개를 끄덕여 알았다는 표시를 했다. 아버지는 여전히 내 그림에 열중한 듯했으며, 한동안 당신 앞에 앉아 있는 어머니와 나를 알은체하지 않았다. 얼마 후 아버지는 한숨을 쉬고는 고개를 들고 내게 이렇게 말했다. "마스지, 너는 떠돌이 중들에 대해서는 잘 모르지, 안 그러냐?"

"떠돌이 중들이요? 잘 모르겠습니다."

"그들은 세상사에 대해 온갖 말을 하지. 나는 대개 그들에게 별로 관심을 두지 않는 편이다. 하지만 설혹 걸인처럼 보일지라도 수도자들에게는 정중하게 대하는 것이 품위 있는 행동이다."

아버지가 말을 멈추는 바람에 나는 "네, 알겠습니다." 하고 대꾸했다.

아버지가 이번에는 어머니 쪽을 보고 말했다. "그런데 사치코, 당신은 이 마을을 종종 찾아오던 그 떠돌이 중들 기억나오? 여기 이 아이가 태어난 직후 우리 집을 찾아온 이가 있었지. 마른 몸매에 손이 하나밖에 없는 사람이었소. 하지만 그것 말고는 아주 건장했지. 그 사람 기억나오?"

"물론 기억해요." 어머니가 말했다. "하지만 그런 중들이 하는 말을 굳이 마음에 담아 둘 필요는 없다고 생각해요."

"하지만 그 중은 마스지의 됨됨이를 꿰뚫어보았소. 그 사람이 우리에게 경고했지. 기억나오, 사치코?"

"이 아이는 그때 갓난애였을 뿐인걸요." 어머니가 말했다. 어머니는 왠지 몰라도 내가 듣지 않기를 바라기라도 한 듯 조그맣게 말했다. 그런 어머니와 달리 아버지는 마치 청중 앞에서 연설이라도 하는 사람처럼 필요 이상으로 큰 소리로 말했다.

"그 사람이 우리에게 경고했소. 마스지의 사지는 온전하지만 내면에는 흠이 있다고 말이오. 나태와 속임수를 좋아하는 나약한 구석이 있다고. 그 일 기억나오, 사치코?"

"그 스님은 이 아이에 대해 다른 좋은 말도 많이 했던 것 같아요."

"맞는 말이오. 우리 아들에게는 좋은 품성도 많다고 그 중은 짚어 말했소. 하지만 그 사람이 했던 경고의 말을 기억하오, 사치코? 그 사람이 말하기를, 설혹 좋은 품성이 우세한 때라도 이 아이를 양육할 때 방심하지 말고 그 약한 성향이 언제든 나타나지 않는지 확인해야 한다고 했소. 그 노승, 그러지 않으면 이 아이 마스지가 아무 짝에도 쓸모없는 인간이 되고 말 거라고 했잖소."

"그렇지만 어쩌면." 어머니가 조심스럽게 말했다. "그런 중들이 하는 말을 마음에 담아 두는 건 그리 현명한 것 같지 않아요."

아버지는 어머니의 그 말에 약간 놀란 듯했다. 그러더니 얼마 후 아버지는 어머니가 문제의 쟁점을 제대로 짚었다는 듯 생각에 잠긴 얼굴로 고개를 끄덕였다. "그때는 나 자신도 그 사람의 말을 진지하게 받아들이고 싶지 않았소." 아버지가 말을 이었다. "하지만 마스지가 자라는 동안 내내 나로서는 그 노인이 한 말을 인정하지 않을 수 없었소. 우리 아들의 성격 가운데 약점이 있다는 건 부인할 수 없는 사실이오. 이 아이의 마음속에 악의가 있는 것은 아니오. 하지만 우리는 이 아이의 나태함과 유익한 일을 꺼리는 마음과 약한 의지와 끊임없이 싸워야 했소."

잠시 후 아버지는 내 그림 중에 서너 점을 집어 들고는 무게라도 재듯 양손에 들어 보였다. 그러고는 내 쪽을 보면서 말했다.

"마스지, 네 엄마는 네가 그림을 직업으로 삼고 싶어 한다는 인상을 받았다. 혹시 엄마가 조금이라도 잘못 생각한 게 있느냐?"

나는 시선을 떨어뜨린 채 침묵했다. 얼마 후 바로 옆에서 거의 속삭이듯 말하는 어머니의 음성이 들렸다. "이 아이는 아직 어려요. 그저 어린애의 일시적인 기분일 거예요."

잠시 시간이 흐른 뒤에 아버지가 말했다. "말해 보렴, 마스지. 화가들이 어떤 세상에 살고 있는지 알고 있느냐?"

나는 입을 다문 채 바로 앞 방바닥만 내려다보았다.

아버지의 목소리가 이어졌다. "화가들은 비참한 환경에서 가난하게 산다. 의지를 약하게 만들고 타락시키는 온갖 유혹이 들끓는 세상에 살고 있지. 내 말이 맞지 않소, 사치코?"

"지당하신 말씀이에요. 하지만 어쩌면 그런 함정을 피하면서 화가로서의 길을 걷는 사람들도 한둘쯤은 있지 않을까요."

"물론 예외도 있소." 아버지가 말했다. 나는 여전히 시선을 떨어뜨리고 있었으나 아버지의 음성으로 미루어 아버지가 다시금 예의 곤혹스러운 얼굴로 고개를 끄덕이고 있음을 확신할 수 있었다. "굳은 의지와 보기 드문 품성을 가진 몇몇 사람들이 있지. 그렇지만 여기 있는 우리 아들은 그런 인물은 아닐 듯하오. 오히려 정반대라고 할 수 있소. 저 애를 그런 위험에서 보호하는 것이 우리의 의무요. 어쨌든 우리는 저 아이가 떳떳하게 자랑할 수 있는 그런 사람이 되기를 원하니까 말이오. 그렇잖소?"

"물론이에요." 어머니가 대답했다.

나는 재빨리 시선을 들었다. 절반쯤 타 들어간 초의 불빛이 아버지의 얼굴 한쪽을 선명하게 비추고 있었다. 아버지는 이제 그림을 무릎에 내려놓고 있었는데, 그럼에도 손가락으로 성마르게 그림 가장자리를 만지작거리고 있음을 알 수 있었다.

"마스지, 너는 이제 방에서 나가도 좋다. 네 엄마와 얘기를 좀 하고 싶으니까."

그날 밤 얼마쯤 시간이 지나 어둠 속에서 엄마와 마주쳤던 일이 기억난다. 아마 복도에서 마주쳤던 것 같은데 정확하게는 기억나지 않는다. 또한 어째서 내가 그날 어둠 속에서 집 안을 배회하고 있었는지도 기억나지 않는다. 하지만 부모님의 대화를 엿듣기 위해서는 분명 아닌 것이, 그날 응접실을 나온 다음 그 안에서 일어나는 일에는 개의치 않기로 마음먹었던 일이 기억나기 때문이다. 그 시절에는 집집마다 조명이 잘 갖춰져 있지 않아서 우리가 어둠 속에 서서 대화를 나누었다고 해도 전혀 이상할 것이 없었다. 나는 앞에 있는 어머니의 모습을 알아볼 수 있었지만 표정까지는 볼 수 없었다.

"집 안에서 탄내가 나요." 내가 말했다.

"탄내라고?" 어머니는 한동안 잠자코 있다가 다시 이렇게 말했다. "아니, 안 나는데. 아무래도 네가 상상한 모양이구나, 마스지."

"탄내를 맡았다니까요. 방금 전에도 또 맡았어요. 아버지는 아직 응접실에 계신가요?"

"그래. 일하고 계신단다."

"아버지가 거기서 뭘 하고 계시든 전 아무래도 좋아요." 내가 말했다.

어머니에게서 아무 대꾸도 없자 내가 다시 덧붙여 말했다. "아버지 말씀은 제 꿈을 부추기기만 했을 뿐인걸요."

"그건 듣기 좋은 소리구나, 마스지."

"제 말을 오해하시면 안 돼요, 어머니. 저는 훗날 제가 지금 아버지가 앉아 계신 자리에 앉아서 제 아들에게 장부와 돈에 대해 말할 생각이 없다는 거예요. 어머니는 제가 그렇게 된다면 저를 자랑스럽게 여기시겠어요?"

"그렇고말고, 마스지. 네 아버지의 삶 같은 것에는 네 나이에는 알 수 없는 많은 것이 있단다."

"저는 그런 제 자신이 자랑스럽지 않을 거예요. 제게 꿈이 있다고 한 것은 그런 삶을 뛰어넘고 싶다는 의미였어요."

어머니는 한동안 잠자코 있었다. 이윽고 어머니가 말했다. "어릴 때에는 많은 것이 재미없고 시시해 보이는 법이지. 하지만 더 나이가 들면 그런 것들이 사실은 정말 중요한 것이라는 걸 알게 될 거야."

나는 그 말에는 대답하지 않았다. 그러고는 이렇게 말했던 것 같다. "전에는 아버지의 업무 회의가 무서웠어요. 하지만 얼마 전부터는 그 회의가 그저 따분하게만 여겨져요. 솔직히 말씀드리자면 넌더리가 날 정도로 역겨워요. 제가 무슨 특혜처럼 참석을 허락받은 그 회의란 게 대체 뭐죠? 잔돈이나 세는 일이잖아요. 몇 시간이고 동전들을 만지작거리면서 말이에요. 그런 삶을 살게 된다면 저 자신을 용서하지 못할 거예요." 나는 말을 끊고 어머니가 뭐라고 대답하기를 기다렸다. 한순간 나는 어머니가 내가 말을 하고 있는 동안 소리 없이 자리를 뜨고 그 곳에 나 혼자 서 있기라도 한 것 같은 기묘한 느낌에 사로잡혔다. 그러나 다음 순간 바로 앞에서 어머니의 기척이 들렸다. 그래서 나는 한 번 더 말했다. "아버지가 응접실에서 하고 계신 일이 뭐든 전 조금도 관심이 없다고요. 아버지 말씀은 제 꿈을 부추기기만 했을 뿐이라고요."

아무래도 내 이야기가 지금 옆으로 샌 것 같다. 내 원래 의도는, 지난 달 세쓰코가 꽃을 갈아 주러 응접실로 들어왔을 때 그 애와 나누었던 대화를 기록하려는 것이었다.

내가 기억하기에 그날 세쓰코는 불상 제단 앞에 앉아 제단을 장식한 꽃 가운데서 시든 것들을 골라 내기 시작했다. 나는 그 애의 뒤편으로 약간 떨어져 앉아서 그 애가 꽃대를 하나하나 조심스럽게 턴 다음 무릎에 내려놓는 광경을 지켜보았다. 그때 우리는 뭔가 아주 가벼운 화제로 이야기를 하고 있었다. 그러다 그 애가 꽃에서 시선을 떼지도 않은 채 이렇게 말했다.

"이런 말씀 드려서 죄송해요, 아버지. 분명 아버지는 벌써 생각해 보셨을 텐데 말이에요."

"무슨 말이냐, 세쓰코?"

"제가 이 말씀을 드리는 것은 그저 노리코의 혼담이 진행될 것 같아서예요."

세쓰코는 갓 자른 꽃대를 가져온 화병에서 하나하나 뽑아 제단 주위에 놓인 화병들에 옮겨 꽂기 시작했다. 그 애는 꽃 하나를 놓을 때마다 효과를 재 가면서 몹시 신중하게 움직였다. "줄곧 말씀드리고 싶었는데요. 일단 혼담이 본격적으로 나오기 시작했을 때 아버지께서 예방 조치를 취하신다면 일이 성사되기 쉬울 것 같아요."

"예방 조치라고? 물론, 우리는 신중하게 일을 처리할 거다. 그런데 네 생각은 정확히 어떤 거냐?"

"죄송해요. 저는 조사에 대해 말씀드린 거예요."

"아, 물론 우리는 되도록 철저히 조사할 거란다. 지난해 썼던 그 탐정을 고용할 참이다. 너도 기억하겠지만 그 사람은 꽤 믿음직했으니까 말이다."

세쓰코는 꽃대 하나의 위치를 조심스럽게 바꾸었다. "죄송해요, 아무래도 제가 제대로 말씀드리지 못한 모양이에요. 저는 그쪽에서 하는 조사를 말씀드린 거예요."

"미안하구나. 그런데 나로서는 무슨 말인지 알 수 없구나. 우리에게 감출 것이 있다고는 생각하지 않는데 말이야."

세쓰코가 불안한 듯 웃음소리를 냈다. "죄송해요. 아버지께서도 아시겠지만 저는 도무지 말주변이 없어요. 슈이치는 늘 제가 생각을 제대로 표현하지 못한다고 나무라곤 하지요. 그이는 정말 말주변이 좋은데 말이에요. 아무래도 그이를 좀 본받아야 할 모양이에요."

"네 말에 잘못된 점은 없어 보인다만, 아무래도 네가 하는 말이 이해되지 않는구나."

그러자 갑자기 세쓰코가 절망한 듯 양손을 들어올렸다. "바람 말이에요." 그 애는 한숨을 짓고는 다시 꽃이 있는 쪽으로 손을 뻗었다. "저는 이렇게 꽃들이 좋아요. 하지만 바람은 그렇지 않은 것 같아요." 얼마 동안 그 애는 다시 다른 데 정신이 팔린 듯했다. 이윽고 그 애가 다시 입을 열었다. "죄송해요, 아버지. 슈이치가 제 입장이었다면 훨씬 더 말을 잘했을 거예요. 하지만 물론 그이는 여기 없지요. 저는 그저, 아버지께서 어떤 예방 조치를 취하시는 게 현명하지 않을까 말씀드리고 싶었던 거예요. 오해가 일어나지 않도록 확실하게 말이에요. 어쨌든 노리코도 이제 스물여섯 살이 다 됐잖아요. 이제는 지난해와 같은 실망스러운 결과를 감당하기 어려울 거예요."

"뭐에 관한 오해 말이냐, 세쓰코?"

"과거에 대해서요. 하지만 정말이지 아무래도 제가 쓸데없는 말씀을 드리고 있는 것 같아요. 아버지께서는 틀림없이 벌써 이 모든 것들을 생각해 두셨을 테고 필요한 일은 뭐든 하실 텐데 말이에요."

그 애는 뒤로 물러나 앉아 자신이 꽂아 놓은 꽃을 살펴보고는 미소 지은 얼굴을 내 쪽으로 향했다. "전 이런 일에 별로 재주가 없어요." 그 애가 꽃을 가리키며 말했다.

"아주 멋진걸."

그 애는 미심쩍은 눈길로 제단 쪽을 힐끔 돌아보고는 수줍게 웃었다.

어제 아라카와의 한적한 교외로 가는 전차를 타고 있을 때 문득 응접실에서 주고받았던 그 대화가 떠오르자 짜증이 밀려왔다. 남쪽으로 내려가면서 점차 번잡함이 줄어드는 창밖 풍경을 내다보고 있는 동안 제단 앞에 앉아 내게 '예방 조치'를 취하라고 조언하는 딸 애의 모습이 떠올랐다. 나는 그 애가 얼굴을 내 쪽으로 살짝 돌린 채 '어쨌든 이제는 지난해와 같은 실망스러운 결과를 감당하기 어려울 거예요.' 하고 말하던 모습을 다시금 떠올렸다. 그리고, 그 애가 우리 집에 온 첫날 아침 툇마루에서 모든 것을 다 알고 있다는 태도로, 지난해 미야게 집안의 혼담 철회와 관련하여 내가 모종의 비밀을 갖고 있다는 식으로 암시를 던지던 모습도. 이런 일을 회상하는 것만으로도 지난 한 달 동안 내 기분은 엉망이었다. 하지만 어제 혼자 이 도시의 한적한 지역으로 달리는 차에서 호젓하게 감정을 좀 더 선명하게 생각해 보니 내가 느꼈던 짜증스러운 감정이 세쓰코를 향한 것이 아니라 그 애의 남편을 향한 것임을 깨달았다.

아내가 남편의 생각에 영향을 받는다는 것은 아마 자연스러운 일일 것이다. 슈이치의 경우처럼 그 생각이 전혀 터무니없는 것이라 해도 말이다. 그러나 아내로 하여금 친정아버지에 대해 의심쩍은 생각을 품도록 유도한다면 그것은 분명 분개할 만한 일이다. 슈이치가 만주 지방에서 겪었을 힘든 경험을 고려해 나는 지금까지 그가 하는 행동을 되도록 관대하게 보려고 애써 왔다. 예를 들어 나는 슈이치가 우리 세대에 대해 빈번히 보이는 신랄한 언행도 개인적인 것으로는 받아들이지 않았다. 이런 감정도 시간이 흐르면 가라앉을 것이라고 추측했다. 하지만 슈이치에게만큼은 그 감정이 시간이 흐를수록 통렬해지고 분별을 잃어 가고 있는 것 같다.

최근, 그러니까 지난달 세쓰코가 방문해서 그같은 불합리한 생각으로 노리코의 심기에 영향을 미치는 것 같지만 않았다면, 나는 이 모든 일에 이제 그다지 신경을 쓰지 않았을 것이다. 어쨌든 세쓰코와 슈이치는 나와 멀리 떨어져 살고 있었으며, 기껏해야 일 년에 한 차례 보는 정도였으니까. 말이다. 바로 그 때문에 나는 짜증이 났고 지난 며칠 사이에 몇 번인가 세쓰코에게 분노에 찬 편지를 쓰고 싶은 충동을 느꼈다. 남편과 아내가 서로 말도 안 되는 생각을 공유하는 것은 아무래도 좋은 일이지만 그런 것을 입밖으로 낼 건 아니다. 엄한 아버지였다면 필시 오래전에 모종의 조치를 취했을 터였다.

지난달만 해도 내 딸들이 뭔가 깊이 대화를 나누고 있다가 내가 다가가면 떳떳치 못한 얼굴로 하던 대화를 중단하고는 별로 그럴싸해 보이지 않는 새로운 화제를 꺼내는 광경을 목격한 것이 여러 차례였다. 실제로 세쓰코가 이곳에서 보낸 닷새 동안에 그런 일이 적어도 세 번 있었던 것이 기억난다. 불과 며칠 전 우리가 아침식사를 마칠 즈음 노리코가 내게 말했다.

"어제 시미즈 백화점을 지나가다가 전차 정류장에서 누굴 마주친지 아세요? 바로 지로 미야게였어요!"

"미야게라고?" 나는 노리코가 그렇게 아무렇지도 않은 어조로 그 이름을 말하는 것을 듣고 놀란 나머지 그릇에서 고개를 들었다. "정말 곤란한 상황이었겠구나."

"곤란하다고요? 사실, 전 그 사람을 봐서 반가웠는걸요. 하지만 그 사람은 당황한 것 같아서 오래 붙잡고 이야기를 나누지는 않았어요. 아무튼 전 사무실로 돌아와야 했으니까요. 외근을 다녀오던 참이었거든요. 그나저나 그 사람이 이제 약혼했다는 사실을 알고 계셨어요?"

"그가 네게 그렇게 말했어? 꽤나 뻔뻔스럽구나."

"물론 그가 자청해서 얘기한 건 아니에요. 제가 물어봤죠. 난 새로운 혼담이 한창 진행 중인데 그의 결혼은 어떻게 됐느냐고요. 꼭 그렇게 물어봤어요. 그랬더니 그의 얼굴이 빨갛게 물들지 뭐예요! 하지만 그도 실토를 했어요. 이제 거의 약혼을 하게 됐다고 말이에요. 사실상 일이 다 정해졌다는 거예요."

"노리코, 그렇게 분별없이 행동해서는 안 된다. 대체 어쩌자고 결혼 얘기를 꺼냈단 말이냐?"

"알고 싶었거든요. 저는 이제 그런 얘기에 기분이 상하지 않아요. 그리고 현재의 혼담이 잘 진행되고 있으니까 지난날 생각이 났던 거예요. 지로 미야게가 작년 일로 아직도 속앓이를 하고 있다면 애석한 일이잖아요. 그러니 그 사람이 사실상 약혼했다는 사실을 알고 난 제가 얼마나 반가웠겠어요."

"알겠다."

"조만간 그 사람의 신붓감을 만났으면 해요. 아주 근사한 여자일 테죠. 안 그래요, 아버지?"

"그럴 게다." 우리는 한동안 식사를 계속했다. 얼마 후 노리코가 말했다.

"그 사람에게 한 가지 더 물어볼 뻔했던 일이 있었어요. 하지만 물어보지 않았죠." 그 애가 상체를 앞으로 기울이더니 속삭이듯 말했다. "그 사람한테 작년 일에 대해 물어볼 뻔했답니다. 그쪽 집안에서 손을 뗀 이유에 대해서 말이에요."

"묻지 않았다니 다행이로구나. 게다가 당시 그 사람들은 자기들 나름으로 충분한 이유를 댔으니까 말이다. 그들은 그 청년이 너와 결혼하기에 부족하다고 여겼잖니."

"그건 형식적인 말에 불과하다는 건 아버지도 아시잖아요. 우리는 진짜 이유가 뭔지는 알지 못했어요. 적어도 저는 그런 얘기는 듣지 못했다고요." 내가 그 애의 음성에 심상찮은 기미가 있다고 느껴 다시 밥그릇에서 고개를 든 것은 바로 이 시점에서였다. 노리코는 내가 할 말을 기다리고 있기라도 하듯 허공에서 젓가락을 멈춘 채였다. 내가 식사를 계속하자 그 애가 다시 말했다. "그들이 혼담에서 손을 뗀 이유가 뭐라고 생각하세요? 아버지는 그 이유를 알아보셨나요?"

"나는 아무것도 알아내지 못했다. 아까도 말했듯이 그들이, 그 청년이 그 결혼에 부족하다고 했으니까. 그야말로 꼭 들어맞는 대답이잖니."

"아버지, 제가 그들이 필요로 하는 자격을 갖추지 못했기 때문에 그런 것이 아닐까 생각해요. 어쩌면 제가 충분히 예쁘지 않아서일지 몰라요. 그게 진짜 이유라고 생각지는 않으세요?"

"너도 알다시피 그것은 너와는 무관한 거였단다. 한 집안이 혼담에서 손을 떼는 이유야 헤아릴 수 없을 만큼 많으니까 말이다."

"그런데 아버지, 만약 그 일이 저와 무관한 거였다면, 그 사람들이 그런 식으로 혼담에서 손을 뗄 만한 이유가 뭐가 있는지 궁금해요."

딸애의 말투에는 어딘가 모르게 부자연스러울 정도로 고의적인 느낌이 있는 듯했다. 어쩌면 그저 내 상상이었을지 모르지만, 아버지라면 자기 딸의 말투에서 아주 사소한 음조의 변화도 알아차리게 마련이다.

아무튼 노리코와의 그 대화 때문에 나는, 나 자신이 전차 정류장에서 지로 미야게와 마주쳐 결국 대화를 나누기에 이르렀던 일을 다시금 떠올리게 되었다. 거의 일 년 전 일로, 당시에는 미야게 집안과의 혼담이 진행되고 있었다. 저녁나절로 접어들어 이 도시는 하루 일을 마치고 귀가하는 사람들로 북적댔다. 무슨 이유에서인지 나는 요코테 구를 지나 기무라 회사 사옥 밖의 전차 정류장을 향해 걷는 중이었다. 요코테 구를 아는 사람이라면 그곳 상점 위층에 작고 허름한 사무실들이 줄지어 늘어서 있다는 것을 알 것이다. 내가 지로 미야게와 만난 그날, 그는 그 사무실들 중 하나에서 나와 두 상점 사이로 난 좁다란 계단을 내려오고 있었다.

나는 그날 이전에도 두 차례 그를 만난 적이 있었지만 모두 잘 차려 입은 공식적인 가족 모임의 자리에서였다. 그런데 이번에 만난 그의 모습은 전혀 달랐다. 낡고 헐렁한 레인코트 차림에 한쪽 겨드랑이에는 서류가방을 단단히 끼고 있었다. 그는 사람들에게 부림을 당하는 데 이골이 난 청년의 모습을 하고 있었다. 사실 그의 외모는 꾸벅꾸벅 절하는 자세로 아예 굳어 버린 것처럼 보일 정도였다. 내가 그에게, 그가 방금 나온 사무실이 그가 일하는 곳이냐고 물었더니 그는 마치 뭔가 평판이 좋지 않은 집에서 나오다 들킨 사람처럼 불안한 얼굴로 웃기 시작했다.

그의 어색한 태도를 그저 우리의 우연한 만남 때문으로 보기에는 그 정도가 지나치게 심했다. 하지만 당시 나는 그것을 자신이 다니는 회사와 그 주변의 초라한 외관에 당황했기 때문인 것으로 치부했다. 그로부터 불과 일주일쯤 지나 미야게 집안이 혼담에서 손을 뗐다는 사실을 알았을 때 나는 나도 모르게 우리가 만났던 일을 돌이켜 보며 그 일에 어떤 의미가 있지 않을까 생각했다.

"내 생각에는……." 당시 집을 방문한 세쓰코가 분을 참지 못하는 것을 보고 내가 말했다. "내가 그와 이야기할 당시 이미 그쪽에서는 혼담을 철회하기로 마음먹었던 것 같구나."

"그렇다면 아버님이 그 사람이 안절부절못했다고 보신 데 대한 충분한 설명이 되네요." 세쓰코가 말했다. "그때 그 사람이 그쪽의 의도를 암시할 만한 얘기를 한 마디도 하지 않았나요?"

그러나 실제로 만남이 있고 나서 불과 일주일밖에 되지 않았는데도 미야게 청년과 나누었던 대화가 거의 기억나지 않았다. 물론 그날 오후 나는 여전히 이제 곧 그와 노리코의 약혼이 발표되리라고, 그리고 장차 내 가족의 일원이 될 사람을 상대하는 것이라고 여겼다. 그때 나는 미야게 청년이 내 앞에서 긴장을 풀도록 하는 데 신경을 썼고, 전차 정류장까지 걸어가는 짧은 시간과 그곳에 함께 서 있는 몇 분 사이에 실제로 말의 내용에는 크게 유의하지 않았다.

그럼에도 불구하고 그 후 며칠 동안 있었던 일을 되짚다 보니 한 가지 새로운 생각이 떠올랐다. 어쩌면 그 만남 자체가 혼담을 취소하도록 하는 데 일조한 것은 아니었을까 하는 것이다.

내가 세쓰코에게 그 말을 했다. "미야게가 자신이 일하는 곳을 내게 보인 사실에 전전긍긍했으리라는 건 충분히 있을 수 있어. 어쩌면 우리 양쪽 집안 사이에 간격이 너무 크다는 생각이 새삼 떠올랐을지도 모르지. 아무튼 그저 예의상 그런다고 보기에는 지나치게 자주 그 점을 강조하더라고."

그러나 세쓰코는 그 설명을 별로 납득하는 기색이 아니었다. 그리고 그 애는 집으로 돌아가 실패한 동생의 혼담에 대해 남편과 이런저런 대화를 나눈 것이 분명하다. 왜냐하면 올해 그 애는 그 일에 대해 나름대로의 생각, 혹은 적어도 슈이치의 견해를 갖고 돌아온 듯하기 때문이다. 그래서 나로서는 미야게와의 그 만남을 다른 관점에서 되짚어 보지 않을 수 없다. 하지만 앞서도 말했듯이 나는 그 일이 있은 지 일주일밖에 지나지 않은 당시에도 그 일이 거의 기억나지 않았었다. 그러니 이제 일 년도 더 지났으니 어떻겠는가.

그러던 중 지금까지는 별반 중요하게 여기지 않았던 한 가지 특별한 대화가 떠올랐다. 미야게와 나는 간선도로에 이르러 기무라 사옥 앞에서 각자 타고 갈 전차를 기다리고 있었다. 그때 미야게가 했던 말이 기억난다.

"오늘 직장에서 좀 안타까운 소식이 있었습니다. 저희 모회사의 회장님이 돌아가셨다는군요."

"유감스러운 일이로군. 연세가 꽤 드신 분인가?"

"겨우 육십 대 초반인걸요. 저는 그분을 직접 뵐 기회가 없었습니다. 간행물에 실린 사진이야 본 적이 있지만요. 인품이 아주 훌륭하신 분이어서 우리 모두 어버이를 여읜 것 같은 기분입니다."

"자네들 모두에게 충격적인 일이겠군."

"그렇습니다." 미야게는 그렇게 말하고는 잠시 뜸을 들였다. 그런 다음 이렇게 말을 이었다. "하지만 저희 사무실에서는 어떻게 조의를 표하는 것이 좋을지 몰라 난처하답니다. 솔직히 말씀드리자면, 그 회장님이 자살을 했거든요."

"정말인가?"

"그렇습니다. 가스에 질식된 채 발견됐죠. 아마 처음엔 할복을 하려고 했던 것 같습니다. 그리 깊진 않지만 복부에 상처가 나 있었으니까요." 미야게는 침통한 얼굴로 땅바닥으로 시선을 떨어뜨렸다. "그분이 맡고 있던 회사들을 대표해서 사죄한다는 의미였던 것 같습니다."

"사죄라고?"

"회장님은 전쟁 중에 우리가 관여한 모종의 사업에 대해 책임감을 느끼고 계셨던 듯합니다. 이미 미군에 의해 임원 두 분이 해고됐지만 회장님께서는 분명 그것으로 충분치 않다고 느끼셨을 겁니다. 그분의 행동은 전쟁 중에 가족을 잃은 이들에게 우리 모두를 대표해서 하는 사죄였습니다."

"그건 좀 극단적인 것 같군. 세상이 미쳐 돌아가는 것 같네. 사죄한다는 의미로 누군가 자살했다는 소식이 매일같이 들리는 것 같으니 말이야. 그런데 미야게 군, 자네는 그 모든 행위가 엄청난 낭비라고 생각지 않나? 아무튼 조국이 전쟁을 벌이고 그 일을 지지하기 위해 할 수 있는 모든 일을 다했다면 거기에 하등 부끄러울 게 없잖은가. 굳이 죽음으로 사죄할 필요가 있는가 말일세."

"그야 물론 맞는 말씀입니다, 선생님. 하지만 솔직히 말씀드려서 회사에는 안도감 같은 분위기가 돌고 있습니다. 이제 과거의 범죄를 잊고 미래를 바라볼 수 있게 됐다고들 여기니까요. 바로 그것이 저희 회장님께서 하신 훌륭한 행동 덕분이지요."

"그렇다 해도 엄청난 낭비라는 사실은 달라지지 않네. 살아남은 훌륭한 이들이 이런 식으로 목숨을 버리다니."

"사실 애석한 일입니다. 때때로 저는, 사죄의 의미로 자신들의 목숨을 내놓아야 마땅한데 너무 비겁한 나머지 자신들의 책임을 인정하지 않는 사람들이 많이 있다고 생각합니다. 그래서 그런 고귀한 행동은 저희 회장님 같은 이들이 떠맡는 거죠. 벌써 전쟁 중에 있던 자리로 복귀한 사람들도 많답니다. 그중에는 전범이나 다름없는 이들도 있고요. 정말 사죄해야 할 사람들은 그런 이들일 겁니다."

"무슨 말인지 알겠네. 하지만 조국에 대한 충성으로 싸우고 일한 사람들을 전범이라고 부를 수는 없네. 요즘 그 표현이 너무 거리낌 없이 사용되고 있지 않나 싶네."

"그렇지만 바로 이들이 조국을 잘못된 길로 이끈 당사자들입니다, 선생님. 그들이 마땅히 자신들의 책임을 인정하는 게 옳습니다. 그들이 자신들의 과오를 인정하기를 거부하는 것은 비겁합니다. 그리고 나라 전체를 대표해서 그런 과오를 저지른 거라면 더할 나위 없이 비겁한 짓임에 분명하고요."

정말 그날 오후 미야게가 실제로 내게 그 모든 말을 한 것일까? 어쩌면 내가 그의 말과, 슈이치가 나서서 할 것 같은 말을 혼동하고 있는 것은 아닐까? 충분히 있을 수 있는 일이다. 아무튼 나는 미야게를 장래의 사윗감으로 여겼으므로, 그를 이미 내 사위인 슈이치와 연결해서 생각했을지도 몰랐다. 확실히 '더할 나위 없이 비겁한 짓' 같은 표현은 태도가 온순한 미야게 청년보다는 슈이치 쪽이 더할 법한 말이다. 하지만 그럼에도 나는 그날 전차 정류장에서 이런 대화가 실제로 오갔다고 확신하고 있으며, 미야게가 이런 화제를 꺼냈다는 것이 좀 기묘한 일이라고 여긴다. 그렇지만 '더할 나위 없이 비겁한 짓'이라는 표현만큼은 슈이치의 것이라고 확신한다. 사실, 지금 생각해 보니, 슈이치가 그 표현을 쓴 것은 내 아들 겐지의 유해를 매장한 장례식이 있던 바로 그날 저녁이었던 것 같다.

내 아들의 유해가 만주에서 도착하기까지는 일 년도 넘게 걸렸다. 우리는 줄곧, 그곳 공산주의자들이 만사를 어렵게 만들어 놓았다는 말을 들었다. 그러다 그 애의 유해가, 지뢰밭을 가로지르는 무모한 돌격 끝에 전사한 다른 스물세 명의 젊은이들의 유해와 함께 도착했을 때는 그 유해가 정말 겐지의 것인지, 오로지 겐지의 것이기만 한지 확신할 수 없었다. "다른 사람의 것이 섞였다 해도 같은 전우들의 유해일 거예요." 당시 세쓰코가 내게 그렇게 편지를 썼다. "그 점에 대해 불평할 수는 없는 일이죠." 그래서 우리는 그 유해를 겐지의 유해로 받아들인 다음 지난 달에 이 년 뒤늦은 장례식을 치렀던 것이다.

장례식이 한창 진행되고 있을 때 슈이치가 화난 듯이 성큼성큼 걸어 밖으로 나갔다. 내가 세쓰코에게 무슨 일이 있느냐고 물었더니 그 애가 빠른 어조로 이렇게 속삭였다. "저이를 용서해 주세요. 저이의 몸이 좋지 않답니다. 영양 실조 기미를 몇 달째 떨쳐 버리지 못했거든요."

그러나 나중에 조문객들이 우리 집에 모였을 때 세쓰코가 말했다. "이해해 주세요, 아버지. 그이는 이런 장례식에 오면 심기가 몹시 거칠어져요."

"감동적인 얘기로구나. 난 네 남편이 네 오빠와 그렇게 가까운 사이였는지 몰랐다."

"두 사람은 만나기만 하면 의기투합했지요." 세쓰코가 말했다. "게다가 슈이치는 겐지 오빠 같은 부류와 자신을 동일시하니까요. 그이는 늘 자기도 얼마든지 그렇게 될 수 있었다고 말하곤 해요."

"그렇다면 더더욱 장례식장을 떠나지 말아야 할 텐데?"

"죄송해요, 아버지. 그이도 의도적으로 무례하게 행동하려는 건 아니었어요. 하지만 지난해만 해도 저희는 이런 장례식에 수도 없이 참석했거든요. 슈이치의 친구들이나 전우들 말이에요. 그런 장례식에 갈 때면 늘 저렇게 화를 낸답니다."

"화를 낸다고? 화낼 만한 일이 뭐가 있는데?"

하지만 그 즈음 더 많은 조문객이 들어오는 바람에 우리는 대화를 중단할 수밖에 없었다. 내가 슈이치 본인과 직접 이야기할 기회를 얻은 것은 그날 저녁 때가 되어서였다. 조문객 대부분은 아직 돌아가지 않고 응접실에 모여 있었다. 나는 방 저편에 혼자 서 있는 키 큰 사위의 모습을 발견했다. 그는 정원으로 통하는 미닫이문을 열어 놓고, 웅성거리는 이야기 소리에 등을 돌린 채 어두운 밖을 내다보고 있었다. 내가 그의 곁으로 다가가 말했다.

"슈이치, 세쓰코 말이 이런 장례식 때문에 자네가 화가 나 있다고 하더군."

그가 몸을 돌리더니 미소를 지어 보였다. "아무래도 그런 것 같습니다. 이런저런 일을 생각하니 몹시 화가 납니다. 이 무슨 손실인지 모르겠습니다."

"그렇다네. 생각하기도 무서울 만큼 엄청난 손실이지. 그렇지만 다른 많은 사람들처럼 겐지도 용감하게 전사한 걸세."

그러자 사위는 한동안 움직임이 없는 무표정한 얼굴로 나를 빤히 바라보았다. 그는 이따금 그런 식으로 쳐다보곤 하는데, 나로서는 그 눈길에 도저히 익숙해질 수 없었다. 그 응시 자체는 분명 나쁜 뜻이 아님이 분명하지만, 슈이치는 체격이 건장한 데다가 용모가 좀 험상궂게 생겨서 위협이나 비난처럼 느끼기 쉬웠다.

"용맹한 전사의 죽음이 끝도 없는 것 같군요." 이윽고 그가 말했다. "제 고등학교 동기 가운데 절반이 용맹하게 전사했지요. 바보 같은 대의를 위해서 죽은 것이지만, 그들은 그런 사실을 알 도리가 없지요. 그런데, 장인어른, 정말 제가 화난 이유가 무엇 때문인지 아세요?"

"그게 뭔가, 슈이치?"

"겐지 같은 젊은이들을 그곳에 보내 용맹하게 전사하게 만든 자들 말입니다. 그자들은 지금 어디 있죠? 그들은 여느 때나 다름없는 삶을 영위하고 있잖습니까. 게다가 그들 대다수는 미군 앞에서 굽신거린 덕에 전보다 더 잘나가고 말입니다. 우리를 재앙으로 몰아넣은 바로 그자들이 말이에요. 그런데 우리는 겐지처럼 죽은 젊은이들을 애도나 하고 있어야 하는 겁니다. 그게 저를 화나게 하는 이유예요. 용감한 젊은이들은 어리석은 대의 때문에 죽고 진짜 죄인들은 여전히 우리와 함께 살고 있다는 것 말입니다. 그들은 자신들의 정체가 탄로날까 봐 겁내고, 자신들의 책임을 인정하기를 두려워하죠." 그리고 그가 그 말을 한 것은 바로 그때, 다시 바깥 어둠으로 몸을 돌렸을 때라고 확신한다. "제 생각에는 그것이야말로 더할 나위 없이 비겁한 짓이에요."

그때 나는 장례식 때문에 몹시 지친 상태였다. 그렇지만 않았더라도 그의 가설에 이의를 제기했을 것이다. 그러나 나는 다른 기회에 그런 대화를 나눌 수 있으리라 판단하고 화제를 바꾸었다. 그 자리에서 그와 나란히 서서 밤이 내린 바깥을 바라보면서 그의 일과 이치로에 대해 물어보았던 일이 기억난다. 그때까지 나는 전쟁에서 돌아온 슈이치를 거의 만나 보지 못했으므로, 좀 신랄하게 변모한 사위의 모습을 처음으로 맞닥뜨린 것은 그때가 처음이었다.(지금은 익숙해졌지만.) 그날 저녁 나는 전쟁 전 지나치게 반듯했던 태도는 온데간데없고 그런 식으로 이야기하는 그를 보고 놀랐지만, 나는 그것을 장례식 때문에 생긴 감정의 여파로, 좀 더 전체적으로는 그가 전쟁터에서 겪은 엄청난, 세쓰코가 암시한 바에 의하면 끔찍한 충격의 여파로 치부해 버리고 말았다.

그러나 실제로 그날 저녁 내가 그에게서 발견한 노여운 기분은 최근 그의 전형적인 기분이었던 것으로 드러났다. 전쟁 이 년 전 세쓰코와 결혼했던 예의 바르고 겸손한 청년의 그러한 변화는 실로 놀랄 만한 일이었다. 물론 그의 세대 젊은이들이 그토록 많이 죽은 것은 비극적인 일이지만, 그렇다고 해서 자기 윗세대에 대해 그토록 신랄한 태도를 취해야만 할까? 슈이치의 관점에는 거의 악의에 가까운 경직성이 자리잡고 있고, 나는 그 사실이 걱정스럽다. 그 관점이 세쓰코에게 영향을 미치는 듯해서 더더욱 걱정스럽다.

그런데 이러한 변화가 결코 내 사위에게 한한 것이 아니다. 최근 들어 그런 변화를 도처에서 볼 수 있다. 젊은 세대의 성격이 뭔가 내가 잘 이해할 수 없는 방식으로 바뀌었고, 이런 변화의 몇몇 양상들은 확실히 심란하다. 예를 들어, 저번날 밤 가와카미 여사의 주점에서 나는 귓결에 카운터에 앉은 남자가 이렇게 말하는 것을 들었다.

"사람들이 그 바보를 병원으로 데리고 갔다더군요. 늑골 몇 대가 부러지고 뇌진탕을 일으켰대요."

"그 히라야마 청년 말인가요?" 가와카미 여사가 걱정스러운 표정으로 그렇게 물었다.

"그게 그 청년 이름인가요? 늘 돌아다니면서 고함을 지르던 친구 말이에요. 정말이지 누군가 그자를 막아야 했어요. 간밤에 또다시 두들겨 맞은 모양이더군요. 그자가 아무리 허튼소리를 내질렀다 해도 바보를 그 지경으로 만들다니 부끄러운 일이에요."

그 시점에서 내가 그 남자 쪽으로 고개를 돌리고 말했다. "실례합니다만 그 히라야마 청년이 폭행을 당했다는 겁니까? 무엇 때문에요?"

"그자가 옛 군가를 불러 대고 퇴보적인 선전문을 읊어 댔다는 군요."

"그 히라야마 청년은 늘 그러잖습니까." 내가 주의를 환기시켰다. "그 친구는 겨우 두세 가지 노래밖에 부를 줄 모릅니다. 배운 것이 그게 전부니까요."

남자가 어깨를 으쓱여 보였다. "저도 그렇게 생각합니다. 그런 바보 천치를 두들겨 패서 무슨 소용이 있다는 건가요? 정말 몰인정한 짓입니다. 그가 가야바시 다리 저쪽으로 건너갔다더군요. 어두워지고 나면 그곳이 얼마나 엉망인지 아시잖습니까. 그는 그곳 다리 기둥에 기대 앉아 한 시간가량 노래를 부르고 선전문을 읊어 댄 겁니다. 길 건너 술집에도 들릴 정도였어요. 그중 몇몇이 그 소리를 듣는데 넌더리가 난 모양이지요."

"뭐하러 그런 짓을 하는 걸까요?" 가와카미 여사가 말했다. "그 히라야마 청년은 아무에게도 해를 끼치지 않는데 말이에요."

"누군가 그에게 새 노래를 가르쳐 줘야 할 모양입니다." 남자가 술을 마시며 말했다. "그 옛날 노래를 부르며 돌아다니면 또다시 두들겨 맞기만 할 테니까요."

우리는 그 사람을 '히라야마 청년'이라고 부르지만 사실 그는 이제 적어도 쉰 살은 된 사람이다. 하지만 그의 지능이 어린아이 정도밖에 되지 않아서 그 호칭이 부적합하게 여겨지지는 않는다. 내가 기억하는 한 그는 선교회 가톨릭 수녀들의 보살핌을 받아 왔지만, 아마 히라야마라는 집안 태생인 모양이다. 우리의 유흥가가 한창 번창하던 예전에 그 히라야마 청년이 미기히다리나 그 인근 주점 입구 언저리 땅바닥에 앉아 있는 모습을 늘상 볼 수 있었다. 가와카미 여사의 말대로 그는 아무에게도 해를 끼치지 않는 존재였으며, 사실상 전쟁 전부터 그리고 전쟁 동안 그 군가와 애국적인 연설 덕분에 이곳 유흥가에서는 인기 있는 인물이었다.

그에게 군가를 가르친 사람이 누군지는 알 수 없다. 그의 레퍼토리는 기껏해야 두세 가지에 지나지 않았으며 그것도 노래마다 한 소절만 아는 것이 고작이었다. 그러나 그는 그 노래를 쩌렁쩌렁한 목소리로 불렀으며, 노래 사이사이에는 양손을 허리에 짚은 자세로 하늘을 향해 실쭉실쭉 웃으면서 "이 마을은 천황 폐하를 위해 제물을 바쳐야 한다! 너희 목숨을 내놓아라! 새로운 여명이 밝아오면 너희는 개선하게 되리라!" 같은 구절을 외쳐 구경꾼들을 즐겁게 해 주었다. 사람들은, "저 히라야마 청년은 직접 전쟁터에 나가 싸우지 않았을지는 몰라도 태도만큼은 훌륭하군. 저 친구야말로 진정한 일본인이야." 하고 말했다. 나는 종종 사람들이 걸음을 멈추고 그에게 돈을 주거나 먹을 것을 사 주는 것을 보았다. 그럴 때면 그 바보 청년의 얼굴은 웃음으로 활짝 피어났다. 그 히라야마 청년이 그런 애국적인 노래에 집착한 것은 그 덕분에 사람들의 관심과 인기를 얻을 수 있기 때문이었을 것이다.

그 시절에는 바보 따위에 신경을 쓰는 사람이 없었다. 그동안 무슨 일이 벌어졌기에 사람들은 그 청년을 두들겨 패야 한다고 느끼게 된 걸까? 아마도 청년의 노래와 연설이 마음에 들지 않아서일 것이다. 그런데 지금 그를 때리는 사람들은 필시, 그 몇몇 구절들이 그의 머릿속에 각인될 때까지 그의 머리를 토닥이며 격려해 주던 바로 그 사람들일 가능성이 높다.

그러나 앞에서 말했듯이 최근 우리나라의 분위기가 좀 달라져서 슈이치와 같은 태도 역시 결코 예외적이라고 할 수 없다. 미야게 청년 역시 이런 신랄한 태도를 갖고 있었던 거라고 치부한다면 불공평할지 모르지만, 현재의 상황이 그렇다. 당신에게 무슨 말인가 하는 누군가를 잘 관찰한다면, 그가 누구든 간에 이와 똑같은 신랄한 감정 한 줄기가 그 말을 관통하고 있음을 알게 될 것이다. 아마 미야게 역시 그랬는지도 모른다. 미야게와 슈이치 세대에 속한 모든 이들이 그런 식으로 생각하고 말하게 되어 버린 것 같다.

내가 어제 이 도시 남쪽에 있는 아라카와 지역에 갔었다는 이야기를 이미 한 것 같다. 아라카와는 남쪽으로 가는 전차 노선의 종점인데, 그 노선이 그렇게 먼 교외까지 연결되어 있다는 것에 많은 사람들이 놀라워한다. 사실, 깨끗하게 청소되고 인도를 따라 단풍나무가 늘어서 있으며 일정한 간격을 두고 자리 잡은 품위 있는 주택들이 전원에 둘러싸인 주거 지역인 아라카와를 이 도시의 일부로 간주하기는 좀 어렵다. 그러나 내 생각에는 전차 노선을 아라카와까지 연장한 시 당국의 생각이 옳은 것 같다. 조금 더 조용하고 덜 북적대는 교외지에 쉽게 접근할 수 있다는 것은 이 도시 주민들에게도 손해는 아니기 때문이다. 이 전차선이 깔리기 전까지 우리는 제대로 된 교통 서비스를 받지 못했다. 내 기억으로는 특히 무더운 여름철 몇 주 동안에는 도시에 갇혀 버린 것 같은 느낌이 들 정도였다.

과거 삼십 년 동안 승객을 짜증 나게 했던 부적절한 노선들을 폐지하고 현재의 전차 노선을 운영하기 시작한 것은 1931년이었던 것 같다. 당시 이곳에 살지 않았다면, 이 신설 노선이 도시 생활의 다양한 부문에 미친 영향을 상상하기 어려울 것이다. 하룻밤 사이에 지역 전체의 성격이 달라지기라도 한 것 같았다. 늘 사람들로 북적대던 공원에서 사람들이 빠져나가고 오랫동안 유지되어 오던 장사가 심각한 타격을 입기도 했다.

물론 예기치 않게 혜택을 입은 지역도 있었는데, 그중에는 얼마 가지 않아 이 도시의 환락가가 된 '망설임의 다리' 맞은편 지역도 있었다. 새 전차선이 들어오기 전 그곳에는 판잣집들 사이로 한산한 골목이 몇 개 나 있었을 뿐이다. 당시에는 아무도 그곳을 온전한 하나의 구역으로 여기지 않고 그저 '후루카와 동쪽'이라고 지칭했을 뿐이다. 그러나 순환 전차선이 신설되자, 후루카와 종점에서 내리는 승객들이, 훨씬 더 우회하는 다른 노선의 전차로 갈아타기보다는 도보로 걷는 편이 빠르게 도심에 이를 수 있게 되어 그 지역으로 보행자가 급격히 유입되는 결과를 가져왔다. 오랜 세월 동안 그저 그런 정도로 운영되던 그 지역의 몇 안 되는 술집들은 극적으로 번성하기 시작했고, 아울러 새 술집들이 하나씩 문을 열었다.

후에 '미기히다리'가 된 건물은 원래 당시에는 그저 '야마가타네'——늙은 퇴역 군인이었던 원래 경영자의 이름에서 따왔다——라고 알려진, 이 지역에서 가장 오래된 술집이었다. 당시에는 별다른 특색이 없는 곳이었지만 나는 처음 이 도시에 자리 잡은 이후 오랫동안 그 집에 드나들었다. 내가 기억하기로, 야마가타가 자기 주변에서 어떤 변화가 일어나고 있는지를 알아차리고 사업 아이디어를 구체화하기 시작한 것은 신설 전차선이 깔리고 몇 달이 지나서였다. 그 일대가 유흥가로 떠오르게 되면서 가장 오래된 데다가 삼거리의 교차 지점에 위치한 그의 술집은 자연스럽게 그 지역의 대표 주점으로 부각되었다. 이런 점을 고려해 그는 그곳을 웅장한 규모로 확장 개장하는 것이 자신의 책무라고 보았다. 상급 상인들은 사업체를 팔아 치울 태세를 갖추고 있었고, 필요한 자금은 별 어려움 없이 끌어올 수 있었다. 그 점포와 구역 전체 사정을 감안해 봤을 때 주된 난관은 시 당국의 태도였다.

이 점에서 야마가타의 생각은 완전히 옳았다. 왜냐하면 1933년이나 1934년 당시는, 돌이켜 보건대 새로운 유흥가의 탄생을 고려하기에는 부적절한 때였던 것이다. 당국에서는 퇴폐적인 도시 환경을 개선하기 위해 품이 많이 드는 정책을 시행하고 있었으므로, 실제로 도심에서는 그보다 더 퇴폐적인 시설물 상당수가 폐점 절차를 밟고 있었다. 처음에 나는 야마가타의 착상에 그다지 공감하기 어려웠다. 자신이 어떤 시설을 염두에 두고 있는지 그에게서 듣고 나서야 비로소 마음이 움직여 그를 돕기 위해 내가 할 수 있는 일을 해 주겠노라고 약속했다.

앞에서 내가 미기히다리의 탄생에 일조했다는 말을 한 것 같다. 물론 부자가 아닌 내가 재정적으로 도울 수 있는 일은 거의 없었다. 그러나 그즈음 이 도시에서 내 이름은 어느 정도 알려진 상태였다. 기억하건대 아직 국무성의 예술 위원회에서 일하기 전이었지만 그곳에 개인적으로 인맥이 풍부했고 정책과 관련해서 이미 빈번히 자문을 제공하고 있었다. 따라서 당시 내가 야마가타를 대신해 당국에 청원한 것은 의미가 있었다.

내 청원 내용은 다음과 같았다. "소유주의 의도는 상기 시설물을 통해 현재 일본에서 부상하고 있는 새로운 애국 정신을 고양하겠다는 것입니다. 실내 장식은 그 새로운 정신을 반영할 예정이며 그 정신과 어울리지 않는 손님에게는 그곳에서 나가라고 단호하게 권할 것입니다. 나아가 그 시설물을, 새로운 정신을 충실하게 반영하는 작품을 제작하는 이 도시 예술가와 작가들이 한데 모여 어울릴 수 있는 장소로 만들겠다는 것이 소유주의 의도입니다. 이 마지막 사항과 관련해 저 자신이 여러 동료들의 지지를 확보했는데, 그중에는 화가 마사유키 하라다, 극작가 미스미, 언론인 시게오 오쓰지와 에이지 나쓰키 등이 있습니다. 알게 되시겠지만 모두 위축되지 않고 천황 폐하에게 충성하는 작품을 제작하고 있는 이들입니다."

나는 계속해서, 그 일대에 미치는 영향력을 고려해 볼 때 이 같은 시설이야말로 이 지역에 널리 퍼져 있는 바람직한 분위기를 공고히 하기 위한 이상적인 수단이 될 것이라고 지적했다.

그와 아울러 이렇게 경고하기도 했다. "만약 이 시설이 승인되지 않는다면, 그동안 우리가 최선을 다해 맞서 싸워온 진짜 퇴폐로 규정될 만한 다른 구역이 성장하는 결과에 직면하게 될 것이 우려됩니다. 그렇게 되면 우리 문화의 강건함은 약해지고 말 것입니다."

당국은 단순히 동의하는 정도가 아니라 나도 놀랄 정도의 열의로써 응답했다. 그것은 나 자신이 짐작한 것 이상으로 내가 존경받고 있다는 사실을 깨닫게 된 사례 가운데 하나였다. 하지만 당시 나는 나 자신이 얼마나 존경받고 있는지에 관심을 갖지 않았으므로, 미기히다리의 건립에 내가 그토록 개인적인 만족감을 느낀 것은 그런 이유에서가 아니었다. 그보다는 내가 한동안 주장해 왔던 것, 곧 일본의 새로운 정신이 삶을 즐기는 것과 양립 불가능한 것이 아님이 입증된 것이 자랑스러웠다. 다시 말해서 쾌락의 추구를 퇴폐와 한통속이라고 볼 이유가 없었던 것이다.

그렇게 해서 새 전차선이 깔리고 이 년 반쯤 지나서 미기히다리가 문을 열었다. 개조 작업은 훌륭하고 광범위하게 이루어져서, 날이 어두워진 후 그쪽 길을 걸어가는 사람은 창턱과 주 출입구 위쪽으로 박공을 따라 처마 아래쪽에 보기 좋게 걸린 크고 작은 수많은 등이 휘황하게 밝혀진 술집 입구에 저절로 시선이 머물렀다. 또한 용마룻대에서 내려뜨려진 커다란 채색 현수막에는 대형을 이루어 행군하는 군화들을 배경으로 그 시설의 새 이름이 쓰여 있었다.

개점 직후 어느 날 저녁 야마가타가 나를 데리고 안으로 들어가 마음에 드는 탁자를 고르라고 하면서, 이후 그 자리는 오직 나만 사용할 수 있도록 비워 두겠다고 단언했다. 무엇보다도 그것은 내가 그에게 해 준 자그마한 도움에 대한 답례였던 것 같다. 물론 나는 그렇잖아도 야마가타네 주점 최고의 단골이었지만 말이다.

사실 나는 그 집이 미기히다리로 변신하기 이십 년 전부터 야마가타네 주점을 드나들었다. 내 쪽에서 의도적으로 그 집을 선택한 것은 아니었다. 앞서도 말했듯이 그 주점은 그저 평범한 술집이었던 것이다. 하지만 청년 시절 처음 이 도시에 왔을 때 후루카와에 살고 있어서 야마가타네 주점이 드나들기 쉬웠던 것이다.

그 당시 후루카와가 얼마나 볼썽사나운 곳이었는지 당신은 상상하기 어려울 것이다. 실제로 만약 당신이 이 도시가 처음이라면 후루카와 지역에 대해 오늘날 그곳에 자리 잡은 공원과 그 도시에 새로운 명성을 안겨 준 복숭아나무들을 떠올릴 것이다. 그러나 내가 처음 이 도시에 온 1913년 그 지역은 공장과 소규모 회사 소유의 창고들로 가득했는데, 대부분은 버려지거나 파손된 상태였다. 주택들은 낡고 초라했으며 후루카와에 거주하는 이들은 최저 임대료를 감당할 여력밖에 없는 사람들뿐이었다.

그곳의 내 거처는 미혼 아들과 함께 사는 노파의 집 위층에 있는 조그만 다락방으로 사실 사람이 살 만한 곳이 아니었다. 전기가 들어오지 않아서 등잔불을 켜놓고 그림을 그려야 했고 이젤을 세워놓을 공간도 부족했으며 벽과 다다미에 물감을 묻히지 않을 도리가 없었다. 또 종종 한밤중에 일을 하다가 노파나 그녀의 아들을 깨우기도 했고, 다락방 천장이 너무 낮아서 똑바로 설 수 없었기 때문에 몇 시간씩 서까래에 연신 머리를 부딪쳐 가며 반쯤 웅크린 자세로 일했다. 하지만 그 시절 나는 다케다 작업장에 채용되어 화가로서 생활비를 벌 수 있어서 기뻤던 나머지 이런 비참한 여건 같은 것은 그다지 염두에 두지 않았다.

물론 낮 동안에는 내 방이 아니라 다케다 장인의 '작업장'에서 일했다. 이곳 역시 후루카와에 있었는데, 식당 건물 위층에 있는 그 방은 우리 열다섯 명 모두가 한 줄로 이젤을 세워 놓고 작업할 수 있을 만큼 길었다. 그곳의 천장은 내 다락방보다 높긴 했지만 중앙부가 심하게 내려앉아서 그 방에 들어갈 때마다 우리는 늘 천장이 전날보다 몇 센티미터 더 내려온 것 같다고 농담을 주고받았다. 방의 길쭉한 벽을 따라 창문이 나 있어서 작업하기에 좋은 빛이 들어와야 했는데도 어찌된 영문인지 그곳으로 들어오는 햇살은 언제나 지나치게 부족하게 느껴져서 마치 배 안의 선실에 있는 것 같았다. 그곳의 또 다른 문제점은 아래층 식당에 손님이 들어오기 시작하는 저녁 6시 이후에는 그곳에 남아 작업하는 것이 금지라는 사실이었다. "위층에 자네들이 있으면 마치 가축 떼가 있는 것 같은 소리가 난단 말일세." 하고 식당 주인은 말하곤 했다. 그래서 달리 선택의 여지가 없던 우리는 각자의 숙소에서 작업을 계속하는 수밖에 없었다.

밤에도 일하지 않으면 일정을 맞출 수 없는 상황이었다는 설명을 해 두어야 할 것 같다. 다케다 작업장은 단시일 내에 많은 그림을 공급할 수 있다는 것을 장기로 삼았다. 다케다 장인은 배가 항구를 떠나는 시간에 맞추어 마감을 지키지 못할 경우 경쟁사에 일거리를 빼앗기고 말 것임을 우리에게 주지시켰다. 그 결과 우리는 밤늦도록 중노동을 하고도 다음 날 여전히 일정에 맞추지 못했다는 사실 때문에 죄의식을 느끼곤 했다. 마감일이 닥치면 모두 밤에 두세 시간밖에 자지 못한 채 온종일 일하는 경우도 드물지 않았다. 가끔 일거리 몇 개가 연달아 들어오는 경우에는 너무 지친 나머지 하루하루를 현기증 속에서 보냈다. 하지만 그럼에도 우리가 제시간에 일거리를 끝내지 못한 적은 한 번도 없었는데, 그 사실은 다케다 장인이 우리를 얼마나 잘 통제하고 있었는지 잘 보여 주는 사례일 것 같다.

내가 일 년 남짓 다케다 장인과 함께 일하고 났을 무렵 한 화가가 그 작업장에 들어왔다. 그가 바로 야스나리 나카하라로, 여러분에게는 생소한 이름일 것이다. 사실 그는 어떤 식으로든 명성을 얻은 적이 없었으므로, 여러분이 그 이름을 들어 알아야 할 이유도 없다. 실제로 그가 전쟁 몇 해 전 얻게 된 가장 큰 자리는 유야마 지역의 한 고등학교 미술 교사였는데, 내가 듣기로 그는 지금도 여전히 그 자리에 있다고 한다. 당국에서는 다른 교사들 대부분과 마찬가지로 그 역시 다른 사람으로 대체할 하등의 이유가 없었던 것이다. 나는 언제나 그를 '거북이'라는 별명으로 기억하는데, 당시 다케다 작업장에서 그에게 붙었던 그 별명을 나는 우리의 우정이 지속되는 동안 줄곧 애정 어린 마음으로 사용했다.

나는 아직도 거북이의 그림 한 점을 갖고 있다. 그것은 다케다 시절이 끝나고 나서 그리 오래지 않았을 때 그린 그의 자화상이었다. 거기에는 안경을 쓴 야윈 청년이 셔츠 차림으로 비좁고 어두운 방에 이젤과 낡아 빠진 가구 사이에 앉아 있는데 창에서 흘러 든 빛이 그의 얼굴 한쪽을 비추고 있다. 그의 얼굴에 나타난 성실함과 소심함은 분명 내가 기억하고 있는 그 인물과 들어맞는다. 이 점에서 볼 때 거북이는 아주 정직했다. 그 초상화를 보고 있노라면 그를, 전차에서 빈자리를 내기 위해 팔꿈치로 표나게 밀쳐 대도 좋을 만한 인물이라는 생각이 들지도 모른다. 그러나 당시 우리 각자는 그 그림 속의 그의 모습에서 특별한 자부심을 보았던 것 같다. 거북이의 솔직한 성격이 그의 그림에서 스스로의 소심함을 드러내는 편을 택하긴 했지만, 그렇다고 해서 그가 스스로의 모습에 강한 지적인 태도를 부여하는 것까지 막지는 못했는데, 내 기억에 따르면 실제의 그는 그런 지적인 품새의 소유자는 아니었다. 하지만 공정하게 말해서 돌이켜 보건대 당시 우리 중 그 누구도 그렇게까지 정직하게 자화상을 그리지 못했다. 거울에 비친 자신의 세부 모습을 아무리 정교하게 그리더라도 다른 사람들의 눈에 보이는 그 개인의 품성의 실상에 근접하는 경우는 극히 드문 법이다.

유난히 바쁜 일거리를 작업하던 와중에 입사한 그가 거북이라는 별명을 얻게 된 것은 다른 사람들이 예닐곱 점을 완성하는 동안 겨우 두세 점의 작품밖에 그리지 못해서였다. 처음에는 그의 느린 속도를 미숙한 탓으로 치부해서 사람들은 그의 등 뒤에서만 그 별명을 썼다. 그러나 몇 주가 지나도 그의 속도가 나아지지 않자 그에 대한 빈정거림이 늘어갔다. 얼마 지나지 않아 사람들은 아무렇지도 않게 면전에서도 그를 '거북이'라고 부르게 됐으며, 그가 그 별명이 결코 애정에서 나온 것이 아니라는 사실을 깨달았다 해도 내기억에 그는 그러기라도 한 것처럼 들어 넘기려 했던 것 같다. 예를 들면 누군가 긴 방을 가로지르면서 그에게 큰소리로 "어이, 거북이. 자네 지난주에 시작한 그 꽃잎을 아직도 그리고 있나?"라고 말했다면, 그는 마치 그 농담을 받아 주기라도 하듯 웃어 보이려 애썼던 것이다. 내 동료들은 거북이가 자신의 체면을 지키지 못할 정도로 무능한 것을 그가 네기시 지역 출신이라는 탓으로 돌렸던 것 같다. 오늘날도 그렇지만 그 시절에도 이 도시에서 네기시 지역 출신은 영낙없이 약하고 줏대 없는 사람이라는 편파적인 소문이 떠돌았던 것이다.

어느 날 아침 다케다 장인이 잠시 그 긴 방을 나갔을 때 동료 가운데 두 사람이 거북이의 이젤로 가서 속도를 내지 못하는 그를 다그쳤던 일이 기억난다. 내 이젤은 그의 이젤에서 멀지 않은 곳에 있어서 나는 그가 몹시 불안한 표정을 지으며 이렇게 대답하는 것을 똑똑히 보고 들을 수 있었다.

"좀 참아 주세요. 저는 어떻게 그렇게 좋은 작품을 그렇게 빨리 만들어 내는지 선배님들께 정말 배우고 싶으니까요. 저는 지난 몇 주 동안 더 빨리 그리려고 몹시 애써 보았지만 슬프게도 그림 몇 점을 버릴 수밖에 없었어요. 제가 서두르는 탓에 질이 떨어지게 되면 우리 작업장의 높은 수준에 먹칠을 하는 셈이 될 테니까 말입니다. 하지만 저의 초라한 능력이 여러분의 마음에 들도록 개선하기 위해 할 수 있는 최선을 다할 생각입니다. 제발 저를 용서하시고 조금만 더 참아 주세요."

거북이는 두세 번 거듭해서 이렇게 간청하듯 말했는데, 그러는 동안에도 그를 괴롭히던 동료들은 그의 게으름 때문에 그의 작업 몫을 다른 사람에게 의지하게 된 상황에 대해 욕설에 가까운 비난을 퍼부었다. 이때쯤 우리 대부분이 그리던 손길을 멈추고 그 주변으로 모여들었다. 내 생각에, 내가 앞으로 나서서 이렇게 말했던 것은 일부 동료들이 몹시 거친 어조로 거북이를 비난하고 난 뒤, 그리고 다른 동료들은 그저 멀거니 서서 홀린 듯 구경만 하고 있을 바로 그때였던 것 같다.

"그만들 해 둬. 자네들은 지금 예술가적 성실성을 지닌 사람을 상대로 얘기하고 있는 줄 모르나? 만약 어떤 화가가 속력을 내기 위해 작품의 질을 희생하기를 거부한다면 그건 우리 모두가 존중해야 마땅한 일이잖나. 그 사실을 모른다면 자네들이야말로 바보가 된 거지."

물론 이것은 벌써 오래전의 일이어서 그날 아침 내가 정확히 그렇게 말했는지 단언하기 어렵다. 그러나 내가 거북이를 편들어서 이런 식으로 말했다는 것만은 확실하다. 그때 내 쪽으로 고개를 돌린 거북이의 얼굴에서 감사와 안도의 표정을 보았던 것, 그리고 그곳에 있던 다른 사람들이 놀란 눈으로 나를 빤히 바라보았던 것이 분명히 기억나기 때문이다. 나 자신은 동료들에게서 상당히 존경을 받고 있었으므로(나의 작업은 작품의 질이나 양에서 타의 추종을 불허했다.) 나는 그때 그렇게 개입함으로써 적어도 그날 오전 나머지 시간 동안만큼은 거북이를 시련에서 구해 주었다고 생각한다.

어쩌면 내가 이 조그만 일화에 너무 많은 의미를 부여한다는 생각이 들지 모른다. 어쨌든 내가 거북이를 변호하며 했던 주장은 상

당히 진부한 것으로, 본격 예술에 대해 누구라도 즉석에서 떠올릴
만한 것이다. 그러나 그 시절 다케다 작업장의 분위기를 기억할 필
요가 있다. 작업장이 힘들여 얻은 명성을 지키기 위해 우리 모두 시
간과 싸운다는 분위기가 우리 가운데 있었던 것이다. 우리는 또한
우리가 의뢰받은 게이샤 그림이라든가 벚나무, 헤엄치는 잉어, 사찰
같은 그림에서 중요한 점은, 배편으로 그 물건들을 받는 외국인들의
눈에 '일본적인 것'으로 보여야 한다는 것이어서 화풍에서 그 이상
으로 섬세한 다른 모든 면이 십중팔구 간과되고 있음을 충분히 의
식하고 있었다. 따라서 내가 젊은 나 자신에게 지나친 칭찬을 하고
있다고는 생각하지 않는다. 그 시절의 내 행동이 내가 훗날 존경받
게 된 품성의 발로라고 여기긴 하지만 말이다. 그것은 내 주위에 있
는 사람들의 편향된 시각과 맞서는 한이 있더라도 나만의 독자적인
생각을 하고 판단할 수 있는 능력이다. 내가 그날 아침 거북이를 변
호한 유일한 사람이었다는 사실만큼은 분명하다.

비록 그 조그만 개입에 대해 거북이가 내게 고마운 마음을 품었
다 해도 그 시절 대개 그랬던 것처럼 내가 그와 조금이라도 친밀한
대화를 나눌 수 있게 되기까지는 시간이 걸렸다. 실제로, 마침내 우
리의 미친 듯한 일정에 어느 정도 틈이라고 할 만한 시간이 생긴 것
은 내가 이야기한 그 사건으로부터 거의 두 달이 지났을 때였다. 틈
만 나면 종종 그랬듯이 다마가와 사찰 경내를 산책하던 나는 긴 의
자에 앉아 볕을 쬐며 자고 있는 거북이를 보았다.

나는 지금도 다마가와 경내의 예찬자이며, 오늘날 그곳에서 볼
수 있는 산울타리와 수목들이 실제로 신앙의 장소에 걸맞는 분위기
를 연출하는 데 한몫한다는 데 공감한다. 아직 산울타리와 수목이

있기 전인 그 시절 그곳 경내는 훨씬 더 넓어 보였고 사람들로 북적 댔다. 드넓은 풀밭 여기저기에는 온통 사탕과 풍선을 파는 노점이 들어서고 곡예사와 마술사 들이 공연을 벌이고 있었다. 내 기억에, 다마가와 사찰 경내는 사진을 찍고 싶을 때 사람들이 가던 장소이 기도 했다. 그리 멀리 가지 않아도 삼각대와 검은 가리개가 있는 비 좁은 자신의 텐트에 앉아 있는 사진사들을 볼 수 있었다. 내가 거북 이를 발견한 그날 오후는 봄이 막 시작된 일요일이어서 어느 곳이 나 부모와 아이들로 북적댔다. 내가 다가가 곁에 앉자 거북이가 화 들짝 놀라며 잠을 깼다.

"이런, 오노 선배!" 그는 얼굴이 밝아지며 이렇게 외쳤다. "오늘 이렇게 만나다니 행운이네요. 조금 전에 저는 돈이 좀 있으면 오노 선배에게 드릴 만한 것을 샀으면 좋겠는데 하고 생각하던 참이었어 요. 저에게 친절하게 대해 주신 데 대한 감사의 표시로요. 하지만 싸 구려밖에 살 만한 여유가 없는데 그런 선물을 했다가는 결례가 될 까봐서요. 그런데 오노 선배, 선배가 제게 해 주신 일들에 제가 얼마 나 감사하는지 모릅니다."

"별로 크게 한 것도 없어. 그저 내가 가끔 생각한 바를 말했을 뿐 이야."

"하지만 사실, 선배 같은 사람은 드뭅니다. 이런 분과 동료가 되 다니 영광입니다. 앞으로 우리가 헤어지더라도 언제나 선배의 친절 한 마음을 잊지 않겠습니다."

그런 다음에도 그가 내 용기와 고결함에 대해 늘어놓던 찬사를 얼마간 더 듣고 있어야 했던 것이 기억한다. 그러다 내가 말했다. "얼마 전부터 자네와 진지하게 이야기를 하고 싶었는데. 몇 차례 생각해 보았는데 난 아무래도 조만간 다케다 장인 곁을 떠나야 할 것 같아."

거북이가 놀란 눈으로 나를 빤히 응시했다. 그러더니 행여 누군가 내 말을 엿들었을까 겁내기라도 하듯 익살스럽게 주위를 둘러보았다.

"나는 운이 아주 좋았어." 내가 말을 이었다. "내 작품이 화가이자 판화가인 세이지 모리야마의 관심을 끌었거든. 자네도 그 사람에 대해 들어 본 적이 있지?"

거북이는 여전히 나를 빤히 쳐다보면서 고개를 저었다.

"모리야마 선생은 진짜 예술가야. 아마도 위대한 화가일 거야. 내가 그분의 주목을 받고 조언을 듣게 된 것은 이만저만 운이 좋은 게 아니야. 그분은 내가 다케다 장인과 함께 계속 일한다면 내 재능이 돌이킬 수 없을 정도로 훼손될 거라면서 나를 자신의 제자로 받아들이고 싶다고 하셨지."

"그래요?" 내 동료가 경계하는 듯한 어조로 대꾸했다.

"난 조금 전 이 공원을 거닐면서 속으로 이렇게 혼잣말을 했어. '모리야마 선생 말씀이 절대적으로 옳아. 생활비를 벌려고 다케다 장인 밑에서 땀 흘리며 일하는 것은 저 짐말들에나 어울리는 일이야. 진짜 야망이 있는 사람이라면 다른 일을 찾아야 해.' 하고 말이야."

이때쯤 나는 거북이에게 뜻있는 시선을 던졌다. 그는 여전히 나를 빤히 보고 있었는데, 이제 그 표정에는 어리둥절한 기미가 섞여 있었다.

"나는 네 동의도 구하지 않고 모리야마 선생에게 네 얘기를 했어.

사실 자네가 동료들 가운데 예외적인 존재라는 내 의견을 말씀드렸지. 동료들 가운데 진정한 재능과 진지한 열망을 품고 있는 사람은 너뿐이라고 말이야."

"이런, 오노 선배." 거북이는 웃음을 터뜨렸다. "어쩌자고 그런 말씀을 하셨어요? 선배가 제게 친절하게 대해 주시려는 건 알지만 그래도 좀 지나친걸요."

"나는 모리야마 선생의 친절한 제안을 받아들이기로 마음을 굳혔어." 내가 말을 이었다. "그리고 너도 네 작품을 그분께 보여 드렸으면 좋겠어. 운이 좋으면 그분이 너도 제자로 받아들여 주실지 모르니까 말이야."

거북이는 곤혹스러운 표정으로 나를 쳐다보았다.

"오노 선배, 지금 무슨 말씀을 하시는 건가요?" 그가 목소리를 낮추어 말했다. "다케다 장인은 제 부친이 존경하는 분의 추천으로 저를 받아 줬습니다. 그리고 사실 그분은 저의 온갖 문제점에도 지금까지 관용을 베풀었고요. 그러니 몇 달밖에 되지 않은 지금 제가 어떻게 그분에게 등을 돌리고 떠날 수 있겠습니까?" 그러다 갑자기 거북이는 자신이 한 말의 의미를 깨달은 듯 황급히 이렇게 덧붙여 말했다. "물론 오노 선배, 어떤 식으로든 선배가 잘못했다는 뜻은 아닙니다. 선배의 경우에는 저와 사정이 다르니까요. 제가 어떻게 감히……." 그는 당황해하면서 말꼬리를 흐리고는 어색하게 웃었다. 그러고는 가까스로 자제력을 발휘해 이렇게 물었다. "선배, 정말 다케다 장인 곁을 떠날 생각입니까?"

"내 생각에 다케다 장인은 자네나 나 같은 사람의 충성을 받을 만한 자격이 없는 것 같아. 충성심이란 본인이 애써 얻어야 하는 거야. 요즘은 충성심이 넘쳐나지. 모두들 툭하면 충성심을 이야기하고 맹목적으로 따르지. 나로서는 내 삶을 그런 식으로 영위할 생각이 없어."

물론 그날 오후 다마가와 사찰에서 내가 정확히 그렇게 말한 것은 아닐 것이다. 왜냐하면 전에도 여러 차례 이 특별한 장면을 자세히 이야기할 때가 있었는데, 그렇게 반복해서 이야기하게 되면 말해진 이야기가 어쩔 수 없이 독자적인 생명을 갖게 될 수밖에 없기 때문이다. 그러나 설혹 내가 그날 거북이에게 그 정도로 명료하게 내 의중을 밝히지는 않았더라도 방금 그 말이 당시의 내 태도와 결의를 정확하게 대변한다고 말해도 좋을 것 같다.

말이 나온 김에 말하자면 내가 다케다 작업장 시절의 이야기를 거듭해서 풀어놓은 장소는 바로 미기히다리에 있는 그 탁자에서였다. 내 제자들은 내 경력 초기의 이런 이야기를 듣기를 좋아하는 듯했는데, 스승이 자신들과 비슷한 연배였을 때 무엇을 했는지 관심을 갖는 것은 어찌 보면 당연하다. 아무튼 다케다 장인과 함께 보낸 시절의 이야기는 술자리를 갖는 저녁나절이면 빈번하게 화젯거리로 떠오르곤 했다.

"그렇게까지 나쁜 경험은 아니었어." 한번은 제자들에게 그렇게 말했던 기억이 난다. "덕분에 중요한 교훈을 배웠으니까."

"죄송합니다만, 선생님." 탁자 너머에서 상체를 앞으로 기울이며 이렇게 입을 연 이는 구로다였던 것 같다. "선생님이 말씀하신 그런 작업장이 뭐가 되었든 간에 화가에게 유용한 점을 가르칠 수 있다는 것이 도저히 믿어지지 않습니다."

"그렇습니다, 선생님." 다른 누군가가 맞장구쳤다. "그런 작업장에서 뭔가를 가르치다니요. 제가 듣기에는 마분지를 만드는 공장같이 들리는데요."

미기히다리에서 나누는 대화는 이런 식이었다. 내가 제자 하나와 대화를 하고 다른 사람들은 자기들끼리 이야기를 나누고 있다가도 나에 관한 흥미로운 질문이 나올라치면 모두가 즉시 하던 이야기를 멈추고 나를 바라보며 내 대답을 기다리는 것이다. 마치 자기들끼리 이야기를 하는 동안에도 내가 전수해 줄 지식을 듣기 위해 한쪽 귀는 열어 두기라도 한 것 같다. 그렇다고 해서 제자들이 맹종했다는 의미는 아니다. 오히려 그들은 뛰어난 젊은이들이었으며 충분히 생각하지 않고 아무 말이나 하는 형이 아니었다.

나는 제자들에게 이렇게 말했다. "다케다 작업장에서 일했던 경험은 내 인생 초기에 중요한 교훈이 되었지. 스승을 우러러볼 줄 아는 것도 좋지만 스승의 권위에 의문을 제기하는 일 역시 언제나 중요했네. 다케다 작업장에서의 경험은 내게, 군중을 맹목적으로 따르지 말고 내가 떠밀려 가는 방향을 주의 깊게 살펴야 한다는 것을 가르쳐 주었네. 그리고 내가 지금껏 자네들 모두에게 권해 왔던 한 가지는 요동치는 사태에 초연하라는 것일세. 지난 십 년, 십오 년간 우리를 수렁에 몰아넣고 우리나라의 근간을 그토록 약하게 만든 저 퇴폐적이고 바람직하지 않은 영향력에 초연하라는 것 말일세." 그때 내가 좀 취해서 좀 거창하게 말했을 수는 있지만, 그 구석 탁자에서의 모임은 늘 그런 식이었다.

"정말 그렇습니다, 선생님." 누군가가 말했다. "우리 모두 그 말씀을 기억해야 합니다. 우리 모두 요동치는 사태에 초연할 수 있도록 노력해야 합니다."

"지금 이 자리에 있는 우리는 자긍심을 가져도 좋다고 생각하네." 내가 말을 이었다. "우리 주위에는 온통 괴상하고 경박한 생각들이 만연해 있네. 그러나 이제 마침내 일본에 더 훌륭하고 당당한 정신이 발현되고 있는데, 바로 자네들이 그 정신의 소유자란 말일세. 실제로 자네들을 바로 그 새로운 정신의 최선봉으로 인정받게끔 만들고 싶은 게 내 바람이라네." 이때쯤 나는 비단 탁자 주위에 앉아 있는 제자들뿐 아니라 근처에서 귀를 기울이고 있는 이들 모두에게 이야기하는 기분이었다. "사실 지금 우리 모두가 앉아 있는 이 술집은 새로 발현되는 정신의 증언대이고 여기 있는 우리 모두는 스스로를 자랑스럽게 여겨도 좋을 걸세."

술자리가 흥겨워지면 외부인들이 우리 테이블로 와서 우리의 토론과 대화에 끼어들거나 아니면 그저 귀를 기울이며 분위기에 젖는 일이 자주 있었다. 대체로 제자들은 낯선 사람들이 들어도 개의치 않았다. 물론 따분한 작자나 불쾌한 견해를 가진 자가 주제넘게 나서는 일이 생기면 즉각 몰아냈다. 밤늦도록 고함과 웅변이 이어졌음에도 미기히다리에서 진짜 싸움이 벌어지는 일은 드물었다. 그곳을 드나드는 사람들은 모두가 똑같이 순수한 정신으로 하나가 되어 있었기 때문이다. 다시 말해서 그 술집은 야마가타가 원하던 모든 것을 구현한 셈이었다. 그 술집은 세련된 장소였고, 그곳에서 취하는 사람들은 자긍심과 품위를 유지할 수 있었다.

지금 우리 집 어딘가에는 내 제자들 중에서 가장 재능이 뛰어났던 구로다의 그림이 한 점 있는데, 바로 미기히다리에서 술을 마시던 어느 날 저녁 풍경을 묘사한 그림이다. 그림 제목은 「애국심」인데, 제목만 보면 행군하는 병사들을 그린 작품처럼 여겨질지 모르겠다. 물론 구로다의 의도는, 애국심이 후방에서, 틀에 박힌 우리의 일상생활에서, 우리가 술을 마시는 장소, 우리가 한데 어울리는 사람들에서 시작된다는 사실을 말하려는 것이다. 그것은 미기히다리 정신에 대한 구로다의 찬사였다.(당시 그는 그런 믿음을 갖고 있었다.) 그 유화에 그려진 탁자 몇 개는 그 술집의 풍부한 색감과 장식을 고스란히 보여 준다. 특히 눈에 띄는 것은 2층 발코니 난간에 걸린 애국적인 표어가 들어간 깃발들이다. 깃발 아래에서는 손님들이 탁자를 둘러싸고 앉아 이야기를 나누고 있고, 그림 전경에는 기모노 차림의 여종업원 하나가 술잔이 든 쟁반을 서둘러 나르고 있다. 그것은 활기차면서도 왠지 당당하고 기품 있는 미기히다리의 분위기를 정확히 묘사한 훌륭한 작품이다. 지금도 어쩌다가 그 그림을 보게 되면, 내가 (이 도시에서의 내 명성이 가진 얼마간의 영향력으로) 그런 장소를 만드는 데 한몫했다는 사실을 상기하고 일말의 만족감을 느낀다.

최근 가와카미 여사의 주점에서 저녁을 보낼 때면 나는 곧잘 미기히다리와 그곳을 드나들던 시절에 대해 추억에 잠기곤 한다. 가와카미 여사의 주점 안에 손님이 신타로와 나밖에 없을 때면, 그리고 낮게 드리워진 등 아래 바에 앉아 있을 때면 과거의 향수에 젖는 분위기가 되기 때문이다. 그럴 때면 우리는 과거에 알던 누군가에 대해, 그가 술을 얼마나 많이 마셨는지, 그의 우스꽝스러운 버릇은 어떤 것이었는지 같은 이야기를 시작한다. 그러면 얼마 되지 않아서 가와카미 여사가 문제의 그 사람을 떠올리고, 그런 식으로 그녀의 기억을 부추기던 우리 자신도 그 사람에 대해 재미있는 사실들을 점점 더 많이 떠올리게 된다. 저번 날 이런 회고담을 주고받으며 한바탕 웃고 났을 때 가와카미 여사가, 이런 때면 곧잘 그러듯이 이렇게 말했다. "글쎄요, 그분 이름은 기억나지 않지만 얼굴은 확실히 기억나요."

"사실은 말입니다, 아주머니." 내가 그때 일을 떠올리며 말했다. "그 친구는 이곳 단골이 아니었어요. 그 친구는 늘 길 건너에서 술을 마셨지요."

"아, 그 큰 술집 말씀이로군요. 그래도 그분을 보면 알아볼 수 있을 것 같아요. 하지만 사실은 모를 일이죠. 사람은 크게 변할 수 있으니까요. 가끔 가다 거리에서 누군가를 보고는 아는 사람인 줄 알고 인사를 해야겠다고 생각하죠. 그러나 그 사람을 한 번 더 쳐다보면 정말 그런지 도무지 확신이 들지 않는다니까요."

"그래요, 아주머니." 신타로가 끼어들었다. "저도 바로 얼마전에 거리에서 아는 사람인 줄 알고 어떤 사람에게 인사를 했답니다. 그런데 그 사람은 저를 미친 사람으로 여긴 것 같아요. 대꾸도 없이 그냥 걸어가 버리더라고요!"

신타로는 그 이야기가 재미있다고 여겼는지 큰 소리로 웃었다. 가와카미 여사도 미소를 짓기는 했지만 동조하는 웃음소리는 내지 않았다. 그녀가 이번에는 내 쪽으로 고개를 돌리고 이렇게 말했다.

"그런데 선생님, 친구 분들이 다시 이쪽 구역으로 돌아오도록 설득 좀 해 주셔야겠어요. 어쩌면 예전에 아는 얼굴을 볼 때마다 불러 세워서 이 누추한 곳으로 돌아오라고 말해야 할지도 모르겠어요. 그런 식으로 우리는 옛 시절을 되돌릴 수 있을 거예요."

"그것 참 근사한 생각이네요, 아주머니." 내가 말했다. "잊지 말고 해 봐야겠습니다. 길에서 사람을 멈춰 세운 다음 이렇게 말하는 거예요. '난 자네 옛 시절을 잘 알고 있지. 자넨 우리 구역에 자주 드나들었잖은가. 어쩌면 자네는 그 시절이 끝났다고 여길지 모르지만 그건 틀린 생각일세. 가와카미 여사는 전과 똑같이 영업하고 있고 모든 일이 서서히 예전 그 시절로 되돌아가고 있네.' 하고 말입니다."

"바로 그거예요, 선생님." 가와카미 여사가 말했다. "안 그러면 좋은 기회를 놓칠 거라고 말씀하시는 거예요. 그러면 장사도 훨씬 나아질 테지요. 아무튼 예전 분들을 돌아오게 만드는 것은 선생님의 의무예요. 누가 뭐래도 모두들 선생님을 이 일대의 지도자로 우러러보고 있었으니 말이에요."

"말씀 잘하셨어요, 아주머니." 신타로가 말했다. "옛날에는 전투가 끝나고 군주가 군대를 해산시켰더라도 얼마 지나지 않아 다시 불러 모았잖아요. 선생님도 그 군주와 비슷한 입장인 겁니다."

"말도 안 되는 소리." 내가 웃으며 말했다.

"맞는 말씀이에요, 선생님." 가와카미 여사가 말을 이었다. "전에 아시던 친구 분들을 모두 만나서 여기로 돌아오라고 해 주세요. 그러면 좀 있다가 제가 옆집을 사서 옛날 식으로 큰 술집을 여는 거예요. 여기 있던 그 큰 주점처럼 말이에요."

"정말입니다, 선생님." 신타로가 말을 계속했다. "군주가 부하들을 다시 불러 모아야 한다니까요."

"재미있는 생각입니다, 아주머니." 내가 고개를 끄덕이며 말했다. "아시겠지만 미기히다리도 한때는 작은 주점에 불과했지요. 이 집과 별로 다르지 않았습니다. 그러다 우리가 그 집을 큰 주점으로 개조한 겁니다. 아주머니의 주점도 다시 한 번 그런 식으로 개조해야 할지 모르겠군요. 어느 정도 자리가 잡히면 손님들이 돌아오게 돼 있으니까 말입니다."

"선생님은 화가 친구 분들을 다시 모두 불러 모을 수 있어요." 가와카미 여사가 말했다. "그러면 얼마 지나지 않아 기자들도 모두 몰려들 테죠."

"재미있는 생각이에요. 어쩌면 정말 잘할 수 있을 겁니다. 다만, 아주머니께서 그렇게 큰 술집을 운영할 수 있을지는 모르겠군요. 아주머니가 힘드신 건 원치 않아요."

"말도 안 되는 말씀이에요." 가와카미 여사가 기분이 상한 얼굴로 말했다. "선생님께서 맡은 일만 서둘러 주시면 이곳 일은 순조롭게 돌아갈 거예요."

최근 들어 우리는 그런 대화를 몇 차례 거듭해서 주고받았다. 예전의 유흥가가 되살아나지 말라는 법도 없잖은가? 가와카미 여사와 나 같은 사람은 그 일을 농담 삼아 말하기 쉽지만, 우리의 농담 이면에는 만만치 않은 낙관론이 자리 잡고 있다. '군주라면 마땅히 부하들을 불러 모아야 하는 법이다.' 어쩌면 그래야 할지도 모르겠다. 노리코의 미래가 완전히 결정되고 나면 가와카미 여사의 계획을 진지하게 고려해 볼지도 모르겠다.

내 제자였던 구로다를 종전 후 한 번 본 적이 있다는 말을 한 것 같다. 그것은 점령기가 시작된 첫번째 해, 미기히다리와 다른 건물들이 모두 철거되기 전 어느 비 오는 날 아침 아주 우연히 벌어진 일이었다. 그때 나는 우산 밑으로 보이는 앙상하게 남은 잔해를 바라보며 옛 유흥가의 흔적이 남은 곳을 지나고 있었다. 그날 주위에서 인부들이 서성대던 기억이 난다. 그래서 처음에는 불타 버린 건물을 바라보며 서 있는 그 인물에 그다지 주의를 기울이지 않았다. 그런데 내가 그 곁을 지나칠 때 그 사람이 몸을 돌리더니 나를 주시하는 것 같았다. 걸음을 멈추고 그쪽으로 고개를 돌린 나는 우산에서 떨어지는 빗물 사이로 무표정한 얼굴로 나를 쳐다보고 있는 구로다를 보고 기묘한 충격을 받았다.

우산을 받쳐 들고 선 그는 모자를 쓰지 않은 검정 비옷 차림이었다. 그의 뒤편 시커멓게 그을린 건물들에서 빗방울이 떨어지고 거기서 별로 멀지 않은 곳에서 낙수 홈통의 잔해가 엄청난 양의 빗물을 쏟아 내는 것이 보였다. 그때 그와 나 사이로 건축 인부를 가득 태운 트럭 한 대가 지나갔던 것이 기억난다. 또한 그가 들고 있는 우산의 살 하나가 부러져서 바로 그의 발치에 적지 않은 빗물이 떨어지고 있던 것도.

전쟁 전에 그토록 둥글둥글하던 구로다의 얼굴은 광대뼈 언저리가 움푹 패어 있고 턱과 목덜미에는 깊은 주름 같은 것이 생겨 있었다. 나는 그 자리에 선 채 '이 친구는 이제 젊지 않군.' 하고 생각했다.

그는 아주 천천히 머리를 움직였다. 나는 그 동작이 절을 하려는 동작인지, 아니면 그저 부서진 우산에서 튀는 빗물을 피하기 위해 머리를 움직인 것인지 알 수 없었다. 다음 순간 그는 몸을 돌리더니 다른 방향으로 걸음을 떼어 놓기 시작했다.

사실 나는 여기서 구로다 이야기를 길게 쓸 생각이 아니었다. 실제로 지난 달 전차에서 우연히 사이토 박사를 만났을 때 그의 이름이 갑작스럽게 튀어나오는 일이 없었더라면 그의 존재가 내 머릿속에 떠오르는 일은 일어나지 않았을 것이다.

내가 마침내 이치로를 괴물 영화에 데려간 날 오후였다. 그 전날 노리코가 고집을 피우는 바람에 이치로는 영화관에 가지 못했던 것이다. 그래서 실제로 내 손자와 나 단둘이 영화를 보러 갔다. 노리코는 영화를 보지 않겠다고 했고 세쓰코는 이번에도 집에 남아 있기를 자청했다. 노리코의 경우에는 영화가 유치하다는 것이 가지 않는 이유였지만, 이치로는 여자라서 그런 거라고 나름대로 해석해 버렸다. 그날 점심을 먹으려고 자리에 앉았을 때 이치로는 계속해서 이렇게 말했다.

"노리코 이모와 엄마는 영화를 보지 않겠대요. 여자들이 보기에는 너무 무서운 영화니까요. 여자들은 정말 겁이 많아요, 안 그래요, 할아버지?"

"그래, 그런 것 같다, 이치로."

"정말 겁이 너무 많아요. 노리코 이모, 이모는 무서워서 그 영화 안 보려는 거지, 응?"

"그렇단다." 노리코가 겁먹은 표정을 지어 보이며 말했다.

"하기는 할아버지도 무서워하니까. 할아버지도 겁이 난 얼굴이에요. 그래도 할아버지는 남자니까요."

그날 오후 영화관에 가기 위해 현관 입구에 서 있던 나는 이치로와 세쓰코 사이에 벌어진 이상한 장면을 목격했다. 세쓰코가 그애의 신발끈을 묶어 주는 사이에 손자 녀석이 제 엄마에게 끊임없이 무슨 말인가를 하려고 했다. 하지만 세쓰코가 "그게 무슨 소리니, 이치로. 무슨 소린지 못 들었어."라고 대답할 때마다 그 애는 성난 얼굴로 제 엄마를 쏘아보고는, 혹시 내가 자기 말을 들었는지 보려는 듯 내 쪽을 힐끔거렸다. 결국 신발을 다 신고 나서야 세쓰코는 이치로가 귀에 속삭일 수 있도록 몸을 숙여 주었다. 세쓰코는 고개를 끄덕이고는 집 안으로 들어갔다가 잠시 후 접은 비옷을 가져와 아이에게 건넸다.

"비가 올 것 같지는 않은데." 내가 현관 저편을 내다보며 말했다. 사실이지 바깥은 쾌청한 날씨였다.

"그래도 이치로가 비옷을 가져가고 싶어 해서요." 세쓰코가 말했다.

나는 그 애가 비옷을 가져가겠다고 그렇게 고집을 피우는 것을 보고 어리둥절해졌다. 얼마 후 볕 속으로 나와 전차 정류장을 향해 언덕을 내려가고 있을 때 나는 이치로가 으스대는 걸음으로 걷고 있다는 사실을 알아차렸다. 팔에 걸친 그 비옷 덕분에 자신이 험프리 보가트 같은 인물이 되기라도 한 것처럼 말이다. 나는 그 애가 만화에서 본 주인공을 흉내 내고 있다고 결론지었다.

이치로가 큰 소리로 이렇게 선언하듯 말한 것은 우리가 언덕 기슭에 거의 이르렀을 때쯤이었던 것 같다. "할아버지는 유명한 화가였던 것 같아요."

"그런 것 같다, 이치로."

"노리코 이모에게 할아버지의 그림을 보여 달라고 했어요. 그런데 이모가 그림을 보여 주려고 안 해요."

"흠. 잠시 동안 그림을 모두 치워 놓았거든."

"노리코 이모는 제 말을 잘 안 들어 줘요. 그렇죠, 할아버지? 제가 이모에게 할아버지의 그림을 보여 달라고 했어요. 그런데 왜 안 보여 주죠?"

내가 웃으며 이렇게 대꾸했다. "그건 나도 모르겠다, 이치로. 아마 이모가 바빴나 보지."

"이모는 말을 잘 안 들어 줘요."

내가 다시 한 번 웃으며 말했다. "내 생각에도 그렇다, 이치로."

전차 정류장은 집에서 십 분 거리에 있는데, 강 쪽으로 언덕을 내려간 다음 새 콘크리트 제방을 따라 조금 걸어가면 북쪽 순환선이 새 주택 지구 부지 바로 너머에 있는 도로와 합류한다. 지난 달 그 화창한 날 오후에 내 손자와 나는 도심지로 가기 위해 그곳에서 전차를 탔는데, 바로 그때 사이토 박사를 만났던 것이다.

내가 지금까지 사이토 집안에 대해 거의 말하지 않았던 것 같다. 현재 바로 그 집안의 맏아들과 노리코의 혼담이 진행 중이다. 대체로 말해서 혼담 상대로서 사이토 집안은 지난해 미야게 집안과는 전혀 다르다. 물론 미야게 집안도 나름대로 점잖은 사람들이지만 공평하게 말해서 그들을 명문가라고 하기 어려운 반면, 사이토 집안이야말로 명문가라고 해도 전혀 과장이 아니다. 사실 사이토 박사와 내가 그 이전까지 별다른 친분이 없었음에도 불구하고 나는 예술계에서 그의 활약상에 대해 익히 알고 있었고, 오랜 세월 동안 거리에서 지나칠 때면 서로 상대방의 명성을 잘 알고 있다는 표시로 정중한 인사말을 주고받아 왔다. 그러나 물론 지난 달 우리가 만났을 때는 그전과는 사정이 완전히 달라져 있었다.

다니바시 역 맞은편 철교에서 강을 건너기 전까지 전차 안에는 사람이 많지 않았는데, 그래서 우리보다 한 정류장 늦게 전차에 탄 사이토 박사는 내 옆의 빈자리에 앉을 수 있었다. 어쩔 수 없이 우리의 대화는 좀 어색하게 시작되었다. 혼담 초기의 미묘한 단계여서 드러내 놓고 이야기하기가 적절치 않게 여겨졌기 때문이다. 하지만 혼담이 진행되지 않는 듯이 군다면 그것 역시 우스꽝스러웠을 것이다. 결국 우리는 '우리 두 사람 모두의 친구인 쿄 선생'(이번 혼담의 중매인)의 장점을 늘어놓았다. 사이토 박사가 미소를 지으며 이렇게 말했다. "그분의 노력으로 조만간 우리 두 사람이 다시 만나게 되기를 바랍시다." 그 정도가 우리가 혼담 문제에 최대한 가깝게 접근한 것이었다. 나는 약간 어색한 상황에 대처하는 사이토 박사의 자신감 넘치는 태도와, 지난해 처음부터 끝까지 미야게 집안이 사태를 취급하는 신경질적이고 어설픈 방식 사이의 확연한 차이를 감지하지 않을 수 없었다. 최종 결과가 어떻게 되든 사이토 집안 같은 부류를 대하노라면 안도감이 들게 마련이다.

그것을 제외하면 우리는 주로 사소한 잡담을 나누었다. 사이토 박사의 태도는 온화하고 다정했다. 그가 몸을 앞으로 기울여 이치로에게 전차 여행이 즐거운지, 우리가 무슨 영화를 보러 가는지 묻자 내 손자는 아무 거리낌 없이 그와 대화를 주고받았다.

"영리한 아이로군요." 사이토 박사가 내게 만족한 어조로 말했다.

사이토 박사가 이런 말을 한 것은 그가 내릴 정류장이 다 와서였으며, 그는 벌써 모자를 쓰고 있었다. "저희들이 서로 아는 지인이 또 한 분 있지요. 구로다 씨 말씀입니다만."

나는 좀 놀란 표정으로 그를 바라보았다. "구로다 씨라고요." 내가 그 이름을 되풀이했다. "아, 그 사람이라면 분명 예전에 제가 지도하던 그 사람이겠군요."

"그렇습니다. 저는 최근에 우연히 그분을 만났는데, 그분이 선생님 성함을 입에 올리더군요."

"그런가요? 저는 한동안 그 친구를 보지 못했답니다. 전쟁이 일어난 이후로 못 본 것 같아요. 구로다 씨는 요즘 어떻게 지내는지요? 지금은 무슨 일을 하고 있죠?"

"제가 알기로 그분은 새로 생긴 우에마치 대학에서 미술을 가르치기로 한 것 같습니다. 제가 그분과 만나게 된 것도 그 때문이지요. 그 대학 임용 위원회에서 저에게 조언을 부탁했거든요."

"아, 그러시다면 박사님께서는 구로다 씨를 잘 아시는 것은 아니로군요."

"사실 그렇답니다. 하지만 이제부터는 좀 더 잘 알게 되지 않을까 생각합니다."

"그런가요? 그런데 구로다 씨가 아직도 저를 기억하고 있는 모양이군요. 정말 좋은 친구네요."

"그렇답니다. 그분이 무슨 말인가 하던 끝에 선생님의 성함을 거론했지요. 저는 그분과 길게 이야기를 나눌 기회는 없었습니다만. 그래도 다음에 그분을 만나게 되면 제가 선생님을 만났다는 말을 하겠습니다."

"아, 네."

그때 전차는 철교를 가로지르고 있어서 바퀴 소리가 요란했다. 자기 자리에서 무릎을 꿇은 자세로 창밖을 내다보고 있던 이치로가 강에 있는 뭔가를 가리켰다. 사이토 박사는 그쪽으로 고개를 돌리더니 이치로와 몇 마디 말을 주고받고는 내릴 정류장이 다가오자 자리에서 일어섰다. 그는 마지막으로 '쿄 선생의 노력'이라는 말로 암시를 던지고는 인사를 하고 출구 쪽으로 향했다.

늘 그렇듯이 철교를 건너자 정류장에서 사람들이 많이 올라탔기 때문에 우리의 남은 여정은 전처럼 편치 않았다. 영화관 앞에서 내리자 영화관 입구에 눈에 띄게 걸어 놓은 포스터가 보였다. 실제 포스터에는 불길 같은 건 없었지만, 그래도 손자애가 이틀 전 그린 스케치는 원본과 상당히 비슷했다. 화가가 거대한 도마뱀의 사나운 성질을 강조하려고 그려 놓은 번개처럼 지그재그 모양을 한 선이 이치로의 기억에 남은 모양이었다.

이치로가 포스터 쪽으로 다가가더니 웃음을 터뜨렸다.

"누가 봐도 이건 꾸며낸 괴물 모습이에요."그 애가 손가락질을 하며 말했다. "누구라도 금방 알 수 있다고요. 이건 그저 꾸민 거예요."그러고는 다시 한 번 큰 소리로 웃었다.

"이치로, 그렇게 크게 웃지 말거라. 모두 너를 바라보잖니."

"하지만 그러지 않을 수 없는 걸요. 이 괴물은 너무 잘 꾸며 놓았어요. 누가 이따위 괴물에게 겁을 먹겠어요?"

그 애가 비옷을 가져온 진짜 이유를 알게 된 것은 우리가 영화관 안에 들어가고 영화가 시작된 다음이었다. 영화가 시작되고 십 분쯤 지나자 불길한 음악 소리가 들리더니 화면에 소용돌이치는 안개에 싸인 어두운 동굴이 나타났다. 이치로가 속삭였다. "좀 지루한데요. 재미있는 장면이 나오면 말씀해 주시겠어요?"그 말과 함께 그 애는 자기 머리에 비옷을 뒤집어썼다. 얼마 후 포효하는 소리가 나면서 동굴에서 거대한 도마뱀이 나왔다. 이치로가 내 팔을 꽉 잡았다. 내가 그 애 쪽을 힐끗 보니 그 애는 비옷이 머리에서 벗겨지지 않게 다른 손으로 있는 힘을 다해 비옷을 꽉 잡고 있었다.

그 비옷은 영화가 상영되는 동안 거의 내내 그 애의 머리를 덮고 있었다. 가끔씩 비옷 속에서 내 팔을 흔들면서 이렇게 묻는 목소리가 들리곤 했다. "아직도 재미있는 장면이 안 나오나요?"그러면 나는 할 수 없이 작은 소리로 화면에 나오는 장면을 묘사해 주었는데,

그럴라치면 비옷 사이로 조그만 틈이 벌어지곤 했다. 그러나 몇 분도 채 지나지 않아 조금이라도 괴물이 다시 모습을 드러낼 기미가 보이면 그 틈은 다시 닫히고 이런 소리가 났다. "영화가 따분해요. 언제 재미있는 장면이 나오는지 꼭 말해 주세요."

하지만 집에 왔을 때 이치로는 그 영화에 열광해 있었다. "내가 본 영화 중에서 제일 좋았어요." 그 애는 저녁 식사를 먹는 자리에서 연신 그렇게 말하면서 우리들에게 자기가 본 영화 이야기를 늘어놓았다.

"노리코 이모, 그다음에 무슨 일이 일어났는지 말해도 돼요? 정말 무서운 장면이거든요. 이모한테 그 얘기를 해도 될까요?"

"난 너무나 무섭구나, 이치로. 밥도 못 먹을 지경이란다." 노리코가 그렇게 말했다.

"미리 경고하는데 정말 무서운 장면이에요. 이야기를 더 해도 괜찮아요?"

"잘 모르겠구나, 이치로. 지금까지 들은 것만으로도 너무 무서워서 말이야."

나는 원래 저녁 식사 자리에서 사이토 박사 이야기를 꺼내 분위기를 무겁게 만들 생각이 없었지만, 그날 일어난 일을 이야기하면서 그를 만난 이야기를 하지 않는다는 것도 부자연스러웠을 것이다. 그래서 이치로가 잠시 말을 멈춘 틈을 타서 내가 말했다.

"그런데 전차에서 사이토 박사를 만났지 뭐냐. 그분은 누군가를 만나러 가는 길이었지."

내가 그 말을 하자 두 딸은 일제히 먹던 동작을 멈추고 놀란 눈으로 나를 바라보았다.

"별로 중요한 대화는 나누지 않았다." 내가 살짝 웃음소리를 내며 말했다. "그저 의례적인 잡담을 나누었을 뿐이야."

딸들은 그다지 믿지 않는 눈치였지만 다시 식사를 시작했다. 노리코가 자기 언니 쪽을 힐끗 바라보자 세쓰코가 말했다. "사이토 박사님은 별일 없으시죠?"

"그래 보이더구나."

우리는 한동안 잠자코 식사를 했다. 아마 이치로가 다시 영화 이야기를 늘어놓기 시작했던 것 같다. 아무튼 얼마 후 아직 식사를 하던 중에 내가 이렇게 말했다.

"그런데 이상한 일이 있어. 사이토 박사가 나의 예전 제자를 만났다고 하더군. 구로다 말이다. 구로다는 신설 대학에서 교편을 잡을 모양이야."

내가 밥그릇에서 눈길을 드니 딸들은 또다시 식사를 멈춘 채였다. 딸들은 방금 시선을 교환한 것이 분명했는데, 지난 달 딸들이 나에 관해 한참 무슨 이야기인가 나누던 중이라는 느낌을 받았을 때에도 그랬다.

그날 밤 두 딸과 내가 다시 탁자에 둘러앉아 신문과 잡지 따위를 읽고 있을 때 집 안 어딘가에서 규칙적으로 둔탁하게 쿵 하는 소리가 났다. 노리코가 놀라 시선을 들었지만 세쓰코가 이렇게 말했다.

"이치로가 내는 소리야. 저 애는 잠이 오지 않으면 늘 저런 소리를 내지."

"가엾은 이치로." 노리코가 말했다. "그 애는 괴물이 나오는 꿈을 꿀 거예요. 저 애한테 그런 영화를 보여 주시다니 아버지가 나빠요."

"말도 안 되는 소리. 저 애가 그 영화를 얼마나 재미있게 봤는데."

"아무래도 아버지께서 그 영화를 보고 싶으셨던 것 같아요." 노리코가 씩 웃으며 자기 언니한테 말했다. "가엾은 이치로. 그런 무서운 영화를 보는 데 끌려가다니."

세쓰코가 당황한 얼굴로 나를 바라보고는 나직하게 말했다. "이치로를 데려가 주신 건 자상한 일이었어요."

"하지만 저 애는 지금 잠을 못 자고 있잖아." 노리코가 말했다. "그런 영화를 보여 주다니 말도 안 돼. 아냐, 언니는 그냥 앉아 있어. 내가 가 볼게."

세쓰코는 방을 나가는 동생을 바라보고는 이윽고 말했다.

"노리코는 아이들한테 잘해요. 집으로 돌아가면 이치로가 이모를 보고 싶어할 거예요."

"그런 것 같구나."

"노리코는 언제나 아이들한테 잘해 줬어요. 기억나세요, 아버지? 저 애는 기노시타네 꼬마들과도 곧잘 놀아 주곤 했잖아요."

"기억하고말고." 내가 웃으며 말했다. 그러고는 이렇게 덧붙여 말했다. "기노시타네 아들들은 이제 우리 집에 놀러 오기에는 너무 커 버렸지."

"노리코는 아이들한테 늘 잘해 줬어요." 세쓰코가 같은 말을 한 번 더 되풀이했다. "그런데 저 나이가 되도록 아직 결혼도 하지 않고 있다니 정말 안됐어요."

"그래. 그 애한테는 좋지 않은 시기에 전쟁이 일어났지."

잠시 우리는 각자 독서에 몰두했다. 얼마 후 세쓰코가 말했다.

"오늘 오후 전차에서 사이토 박사님을 만나셨다니 정말 뜻밖이에요. 제가 듣기로는 훌륭하신 분 같던데요."

"정말 그렇더구나. 그리고 어느 모로 보나 그 아들도 자기 부친에 못지 않단다."

"그래요?" 세쓰코가 생각에 잠긴 어조로 대꾸했다.

우리는 다시 얼마 동안 읽는 일로 돌아갔다. 잠시 후 딸애가 다시 침묵을 깼다.

"그런데 사이토 박사님이 구로다 씨를 아신다고요?"

"약간 아는 정도야." 내가 신문에서 고개도 들지 않은 채 말했다. "두 사람이 만난 적이 있는 모양이더구나."

"구로다 씨가 요즘 어떻게 지내는지 궁금해요. 그분은 종종 우리 집에 와서 아버지와 응접실에서 몇 시간씩 대화를 나누곤 했잖아요."

"요즘 구로다가 어떻게 지내는지는 전혀 모르겠다."

"죄송하지만, 혹시 아버지께서 조만간 구로다 씨를 찾아가 보면 어떨까요?"

"그 친구를 찾아가라고?"

"구로다 씨나 과거에 알고 지내던 다른 분들을요."

"네가 지금 무슨 말을 하는 건지 알 수 없구나, 세쓰코."

"죄송해요, 저는 그저 아버지께서 과거에 알고 지내던 분들을 만나 대화를 해 보면 어떨까 하는 생각을 해 봤어요. 그러니까 사이토 박사님이 고용한 사립 탐정보다 앞서서 말이에요. 아무튼 조금이라도 불필요한 오해가 생기는 것은 우리가 원치 않는 일이니까요."

"아니, 그런 오해 같은 게 생길 것 같지는 않다." 나는 그렇게 대답하고 다시 신문으로 고개를 돌렸다.

그것으로 그 문제에 대한 이야기는 더 이상 나오지 않았던 것 같다. 세쓰코도 지난 달 우리 집에서 머무는 동안 그 문제를 다시 꺼내지 않았다.

어제, 아라카와로 가는 전차를 탔을 때 차 안은 눈부신 가을 햇살로 가득했다. 나는 한동안 아라카와까지 간 적이 없었다. 사실 전쟁이 끝난 이후로는 처음이어서, 차창 밖을 내다보던 나는 예전에 낯익던 풍경에 많은 변화가 생겼음을 알 수 있었다. 도자카초과 사카에마치를 지나면서 내가 전에 기억하던 작은 목조 가옥들 위로 높이 솟은 벽돌 아파트 단지가 보였다. 얼마 후 미나미마치의 공장지대 뒤편을 지나가면서는 공장들 대부분이 폐허가 된 것이 보였다. 부서진 목재와 골 진 낡은 금속판, 때로는 그저 돌무더기처럼 보이는 것들이 무질서하게 쌓인 공장 마당이 계속해서 이어졌다.

그러나 전차선이 THK사(社) 다리에서 강을 건넌 다음부터는 분위기가 극적으로 달라진다. 들판과 숲 한복판을 가로지르다가, 얼마 지나지 않아 전차선이 끝나는 길고 가파른 언덕 기슭에 아라카와 교외지가 나타나는 것이다. 전차가 아주 느리게 언덕을 따라 내려가다 멈추면 깨끗하게 청소된 인도에 내려서게 되고, 그러면 확실히 도시를 떠나왔다는 느낌에 사로잡힐 것이다.

아라카와가 조금도 폭격을 받지 않았다는 소문은 들은 적이 있었는데, 어제 보니 정말 그곳은 예전 모습 그대로였다. 벚나무가 기분 좋은 그늘을 드리운 길을 따라 언덕을 조금 올라가자 치슈 마쓰다네 집이 나왔는데 그곳 역시 거의 변함이 없었다.

우리 집처럼 크거나 기발함으로 가득 차 있거나 하지 않은 마쓰다의 집은 아라카와에서 흔히 볼 수 있는 견실하고 모양새 좋은 주택이다. 그 집은 판자 울타리에 에워싸인 부지 위에 이웃집들과 적당한 간격을 두고 세워져 있는데, 출입구에는 진달래 한 그루와 가문의 이름이 새겨진 굵은 푯말이 땅에 박혀 있다. 내가 초인종 줄을 당기자 전에는 본 적이 없는 마흔 살쯤 돼 보이는 여인이 나타났다. 그녀는 나를 응접실로 안내한 다음, 빛이 잘 들어오게끔 툇마루에 난 미닫이문을 열어 바깥 정원을 내다볼 수 있게 해 주었다. 그러더니 이렇게 말하고는 자리를 떴다. "마쓰다 선생님이 잠시 후에 나오실 겁니다."

내가 처음 마쓰다를 만난 것은 세이지 모리야마 저택에 살고 있을 때였다. 바로 거북이와 내가 다케다 작업장을 떠나서 가게 된 곳이다. 실제로 마쓰다가 처음으로 그 저택을 찾아왔을 때, 나는 이미 육 년여를 그곳에서 살고 있었다. 오전 내내 비가 내려서 우리는 그곳의 방 한 군데에서 술을 마시고 카드놀이를 하면서 시간을 보냈다. 점심 식사를 끝낸 직후 우리가 다시 큰 술병을 땄을 때 마당에서 사람을 찾는 낯선 이의 목소리가 들렸다.

힘차고 자신감에 넘치는 목소리여서 우리 모두 침묵한 채 당황한 얼굴로 서로를 바라보았다. 우리 모두 같은 생각을 하고 있었는데, 우리를 견책하려고 경찰이 온 줄로만 알았던 것이다. 물론 우리는 어떤 죄도 저지르지 않았으므로 그것은 터무니없는 생각이었다. 그리고 예를 들어 술집에서 누군가가 대화 중에 우리의 생활을 두고 힐난하더라도 우리로서는 얼마든지 항변할 말이 있었다. 하지만 "누구 안 계십니까?" 하고 부르는 그 단호한 목소리는 우리로 하여금 부지불식간에 밤늦도록 술을 마시고 아침에는 늦잠에 빠진 우리의 생활에 대해, 무너져 가는 교외의 저택에서 영위하던 절도 없는 생활에 대해 양심의 가책을 느끼게 했다.

얼마간 시간이 지난 후 가장 가까이에 있던 동료 하나가 미닫이 문을 열고 방문자와 몇 마디 말을 주고받더니 이렇게 말했다. "오노, 어떤 신사분이 자네를 찾는데."

내가 툇마루로 나가 보니 내 또래의 깡마른 청년이 넓은 정방형 마당 한복판에 서 있었다. 마쓰다를 처음 만났던 그 순간을 나는 아직도 생생하게 기억한다. 그날은 비가 그치고 해가 나 있었다. 그의 주변에는 물웅덩이들과, 저택 위쪽의 삼나무에서 떨어진 젖은 나뭇잎이 널려 있었다. 경찰이라고 보기에는 멋을 한껏 부린 차림새로, 잘 재단된 외투의 깃을 세우고 상대를 조롱하는 듯 눈 위까지 비스듬히 모자를 눌러쓰고 있었다. 내가 밖으로 나왔을 때, 그는 흥미롭다는 듯 주위를 둘러보고 있었다. 그런 행동에 깃든 무엇인가 때문에 나는 마쓰다를 처음 본 순간 그의 성품에 오만한 면이 있다는 인상을 받았다. 그는 나를 보고는 서두르지 않고 툇마루 쪽으로 다가왔다.

"오노 씨신가요?"

내가 그에게 무슨 용무냐고 물었다. 그는 몸을 돌려 다시 한 번 마당 주위를 둘러보고는 내게 미소를 지어 보였다.

"재미있는 곳이로군요. 한때는 대단한 건물이었겠어요. 영주나 뭐 그런 사람이 소유한 저택 말입니다."

"그렇습니다."

"오노 씨, 내 이름은 치슈 마쓰다입니다. 사실 우리는 서신을 주고받은 적이 있지요. 저는 오카다 신겐 협회에서 일하고 있습니다."

오카다 신겐 협회는 오늘날 존재하지 않지만 ─ 점령군이 희생

시킨 많은 것들 중의 하나가 되고 말았다 ─ 독자 여러분은 그 협회 이름이나 전쟁 전까지 그 협회에서 매년 개최하던 전시회 이야기를 들어 본 적이 있을 것이다. 오카다 신겐 전시회는 한동안 이 도시에서 회화와 판화에서 두각을 나타낸 화가가 대중적 명성을 얻을 수 있는 주된 관문이었다. 실제로 마지막 몇 해 동안 그 전시회의 명성은 대단해서 이 도시를 대표하는 화가들 대부분이 그 전시회에 신진 화가들의 작품과 나란히 자신의 최신작을 전시했다. 마쓰다의 방문 몇 주 전에 오카다 신겐 협회가 내게 편지를 보낸 것도 그런 전시와 관련해서였다.

"당신의 답장을 받고 약간 호기심이 생겼습니다." 마쓰다가 말했다. "그래서 직접 찾아뵙고 어떻게 된 것인지 사정을 알아봐야겠다고 생각했습니다."

나는 차가운 눈길로 그를 바라보며 말했다. "내가 보낸 답장에 이미 필요한 점은 모두 다 설명한 것 같은데요. 하지만 그렇게 내게 연락을 준 것에 감사드립니다."

그의 눈가에 희미하게 웃음기가 어렸다. "오노 씨, 당신은 자신의 명성을 드높일 중요한 기회를 저버리고 있는 것 같군요. 그러니, 저희 일에 관여하지 않기로 하시는 것이 선생 개인의 견해인지, 아니면 선생의 스승이 정해 놓은 건지 말씀 좀 해 주시겠습니까?"

"당연히 스승께 조언을 구했습니다. 나는 얼마 전 내가 보낸 답장에서 내린 결정이 올바르다고 확신합니다. 여기까지 찾아오신 것은 고마운 일이지만 유감스럽게도 마침 지금 하고 있는 일이 있어서 올라오시라고 할 수 없군요. 그럼 이만 실례하겠습니다."

"잠깐만요, 오노 씨." 그렇게 말하는 마쓰다의 얼굴에는 한층 더 조롱하는 듯한 미소가 떠올라 있었다. 그는 툇마루를 향해 곧장 몇 걸음 더 다가오더니 나를 올려다보았다. "솔직히 말해서 저는 전시회 따위는 별로 신경 쓰지 않습니다. 거기 참여할 사람은 많으니까요. 오노 씨, 제가 여기 온 것은 당신을 만나고 싶어서였습니다."

"그래요? 고마운 말씀입니다."

"그렇습니다. 당신의 작품을 보고 큰 충격을 받았다는 말씀을 드리고 싶었답니다. 당신은 엄청난 재능을 가진 것 같습니다."

"고마운 말씀입니다. 제 스승님의 뛰어난 지도 덕택임이 분명합니다."

"그렇고말고요. 자, 오노 씨, 우리 이 전시회 따위는 잊어버립시다. 제가 오카다 신겐의 일개 사무원이 아니라는 사실을 알아주셨으면 합니다. 저는 진정한 예술 애호가입니다. 제게는 신념과 열정이 있지요. 그래서 이따금 저를 흥분시킬 만한 재능을 가진 분을 만나게 되면 뭔가 해야 할 것 같은 느낌이 든답니다. 오노 씨, 저는 당신과 몇 가지 아이디어를 놓고 토론을 벌이고 싶습니다. 아직 한 번도 당신의 머릿속에 떠오르지 않았지만 당신이 예술가로서 발전하는 데 유익하다고 감히 생각하는 그런 아이디어들에 대해 말입니다. 하지만 지금 당장은 당신을 더 오래 붙잡아 두지 않겠습니다. 다만 제 명함만 놓고 가도록 해 주십시오."

그는 지갑에서 명함을 꺼내 툇마루 가장자리에 내려놓고는 재빨리 절을 하고 자리를 떴다. 그러나 마당을 반쯤 가로지르다 말고 몸을 돌리더니 큰 소리로 내게 말했다.

"제 요청을 신중히 고려해 주셨으면 합니다, 오노 씨. 저는 그저 당신과 몇 가지 아이디어에 대해 토론하고 싶을 것뿐이니까요."

그러니까 거의 삼십 년 전, 우리 둘 다 젊고 야망에 차 있던 시절의 일이었다. 어제 본 마쓰다는 전혀 다른 사람처럼 보였다. 그의 몸은 병으로 쇠약해져 있었고 한때는 잘생기고 오만한 그 얼굴은 위턱과 아래턱이 잘 맞지 않는 탓에 일그러져 있었다. 내게 문을 열어 준 여인이 그를 응접실까지 부축해 와 자리에 앉는 것을 도와주었다. 우리 둘만 남게 되자 마쓰다가 나를 보고 입을 열었다.

"자네는 건강을 잘 유지하는 것 같군. 나로 말하자면 마지막으로 우리가 만난 뒤 보다시피 건강이 크게 나빠졌다네."

나는 위로의 말을 건네면서, 그렇게까지 나빠 보이지는 않는다고 말했다.

"나를 놀리지 말게, 오노." 그가 미소를 지으며 말했다. 나는 스스로 얼마나 약해졌는지는 정확히 아네. 어떻게 손쓸 여지가 거의 없는 것 같아. 나는 그저 몸이 회복되거나 아니면 더 나빠지기를 기다리거나 해야 하는 걸세. 하지만 이런 울적한 이야기는 그만하세. 그런데 자네가 나를 다시 찾아오다니 좀 뜻밖이군. 우리가 그렇게 유쾌하게 헤어진 것 같지는 않으니 말일세."

"그런가? 하지만 우리가 불화했던 기억도 없다네."

"물론 그런 일은 없었지. 우리가 무엇 때문에 다퉜겠나? 자네가 이렇게 다시 나를 보러 와 줘서 기쁘다네. 우리가 마지막으로 만난 지 삼 년이 흐른 것 같군."

"그런 것 같네. 자네를 피할 생각은 없었네. 자네를 찾아와 봐야겠다고 꽤 오래전부터 생각해 왔다네. 하지만 이런저런 일들이……."

"물론 그럴 걸세. 자네에게 일이 많았잖나. 미치코 씨의 장례식에 참석 못한 걸 용서해 주게. 편지를 써서 사죄를 표할까 하는 생각도 했지. 사실은 장례식이 있은 지 며칠 뒤에야 그 소식을 들었다네. 그리고 물론 내 건강 때문에 갈 수가⋯⋯."

"물론 이해하네. 이해하고말고. 사실 장례식을 너무 거창하게 치르면 아내가 당혹스러워 했을 걸 나는 잘 안다네. 어쨌든 내 아내는 자네가 마음으로 늘 함께했다는 걸 잘 알고 있었다네."

"자네와 미치코 씨가 함께하기로 했던 때가 기억나는군." 그는 웃음을 터뜨리며 혼자서 고개를 끄덕였다. "그날 난 자네들 두 사람에게 참 잘된 일이라고 생각했다네, 오노."

"맞아." 나 역시 소리 내어 웃으며 말했다. "자네는 우리를 맺어 주는 데 열을 올렸지. 자네 삼촌한테 맡겨 두었더라면 일이 잘되지 않았을 걸세."

"맞는 말이야." 마쓰다가 미소를 지으며 말했다. "그 말을 들으니 그때 일이 모두 기억나는군. 삼촌은 너무 당황한 나머지 무슨 말이나 행동을 할 때마다 얼굴이 홍당무처럼 빨개졌지. 야나기마치 호텔에서 열린 그 상견례 기억나나?"

우리 둘 다 웃음을 터뜨렸다. 내가 다시 말했다.

"자네는 우리를 위해 많은 걸 해 주었어. 자네가 없었다면 그 일이 그렇게 잘 끝나지 않았을 걸세. 아내는 늘 자네에게 감사의 마음을 갖고 있었네."

"너무 잔인해." 마쓰다가 한숨을 내쉬며 말했다. "전쟁 때문에 모든 게 끝장나 버리다니. 공습 때문이었다고 들었네만."

"그렇다네. 다른 사람은 거의 다치지 않았는데 말일세. 자네 말대로 가혹한 일일세."

"내가 괜히 고통스러운 기억을 떠올리게 했군. 미안하네."

"아니라네. 자네와 함께 아내를 떠올리니 왠지 위로가 되네. 오래전 아내의 모습이 다시 생각나는군."

"그렇다마다."

그때 아까 그 여인이 차를 가지고 들어왔다. 그녀가 쟁반을 내려놓자 마쓰다가 그녀에게 말했다. "스즈키 양, 이분은 내 옛 동료요. 예전에 아주 가깝게 지냈지."

그녀가 내게 몸을 돌리고는 절을 했다.

"스즈키 양은 집 안을 관리하고 나를 돌봐주는 사람일세." 마쓰다가 말했다. "내가 지금 숨을 쉬는 건 이분 덕택일세."

그 말에 스즈키 양은 웃음을 터뜨리고는 다시 절을 한 뒤 방을 나갔다.

그녀가 나간 후 한동안 마쓰다와 나는 말없이 자리에 앉아 스즈키 양이 열어놓은 미닫이문 밖을 내다보았다. 햇살을 받으며 툇마루에 놓인 짚으로 엮은 슬리퍼 한 켤레가 내가 앉은 자리에서 보였다. 그러나 정작 정원의 모습은 제대로 보이지 않아서 나는 한순간 자리에서 일어나 툇마루로 나서 볼까 하는 생각까지 했다. 그러나 마쓰다 역시 나와 함께 나가고 싶은 마음이 들 텐데 그로서는 그러기가 쉽지 않으리라는 사실을 깨닫고는 그대로 앉아서 그곳 정원이 예전의 모습 그대로일지 생각해 보았다. 기억하건대 지난날 마쓰다네 정원은 크기는 작아도 세련되게 가꾸어져 있었다. 바닥에는 윤기 어린 이끼가 덮이고 작고 모양 좋은 나무 몇 그루, 그리고 깊은 연못이 있었다. 그렇게 마쓰다와 앉아 있는 동안 이따금 밖에서 물이 후두둑 떨어지는 소리가 들려왔다. 내가 그에게 여전히 잉어를 키우

느냐고 물어보려는 순간 그가 입을 열었다.

"스즈키 양이 내 생명의 은인이라는 말은 과장이 아닐세. 그녀가 결정적인 도움을 준 게 한두 번이 아니라네. 알다시피, 오노, 이 모든 일에도 불구하고 내게는 아직 얼마간의 저축과 재산이 있다네. 그래서 그녀를 고용할 수 있는 걸세. 이 정도로 운이 좋기도 쉽지 않지. 나는 꼭 부자는 아니네만 옛 동료가 곤경에 처해 있다면 기꺼이 최선을 다해 도울 걸세. 어쨌든 재산을 물려줄 자식도 없으니 말일세."

그 말에 내가 웃었다. "예전의 마쓰다 그대로군. 정말 단도직입적이야. 그렇게 말해 주니 정말 고맙네만 내가 여기 온 것은 그런 일 때문이 아닐세. 나 역시 얼마간 재산이 있다네."

"아, 그 말을 들으니 마음이 놓이는군. 미나미 제국 대학 학장이던 나카네 기억나나? 난 지금도 그 사람을 이따금 만난다네. 요즘 그는 거의 걸인이나 다름없는 신세라네. 물론 어떻게든 겉모습은 유지하려 애쓰지만, 실은 돈을 빌려 생계를 꾸려 가고 있지."

"정말 안쓰러운 일이군."

"그동안 아주 부당한 일들이 벌어졌네." 마쓰다가 말했다. "하지만 우리 두 사람은 아직 얼마간 재산을 갖고 있군. 게다가 오노, 자네는 고마워해야 할 이유가 더 있네. 여전히 건강을 유지하고 있으니 말일세."

"그렇다네. 참 고마운 일일세."

바깥 연못에서 다시 물이 수면 위로 떨어지는 소리가 들려왔다. 물가에서 새들이 목욕을 하는 걸지도 모른다는 생각이 퍼뜩 들었다.

"자네 정원에서 나는 소리는 우리 집 정원에서 나는 소리와 전혀 다르군. 저 소리를 듣고 있으니 여기가 도시에서 멀리 떨어진 곳이라는 걸 알겠네."

"그런가? 난 이제 도시의 소음이 어떤지 거의 기억나지 않는다네. 지난 몇 년 동안 이곳이 내가 아는 세상의 전부였으니까. 이 집과 이 정원 말일세."

"사실 내가 이렇게 온 것은 자네의 도움을 청하기 위해서일세. 조금 전 자네가 암시한 그런 도움은 아니네만."

"아무래도 기분이 상했던 모양이군." 그가 고개를 끄덕이며 말했다. "자네도 하나도 안 변했어."

그 말에 우리 둘 다 소리 내어 웃었다. 이윽고 그가 물었다. "그럼 내가 어떻게 도우면 되겠나?"

"사실은 내 막내딸 노리코의 혼담이 현재 한창 진행 중일세."

"그런가?"

"솔직히 말해 난 그 애 때문에 걱정일세. 나이가 벌써 스물여섯이라네. 전쟁 때문에 그 애가 불리한 상황에 처하게 된 거지. 전쟁만 일어나지 않았다면 지금쯤은 결혼했을 게 분명하네."

"노리코 양이 기억나는 것 같군. 하지만 그때는 아주 어린 소녀였지. 벌써 스물여섯 살이라니. 자네 말대로 전쟁 때문에 최고의 신붓감이라고 해도 상황이 어렵게 됐지."

"지난해에는 거의 성사될 뻔했는데 마지막 순간에 혼담이 틀어졌다네. 혹시 지난해 혼담이 진행되는 동안 노리코에 관련해 누군가 자네에게 온 일 없었나? 무례하게 캐묻고 싶지는 않네만……."

"전혀 무례할 것 없네. 난 충분히 이해한다네. 하지만 그런 일은 없었네. 난 누구와도 그런 얘기를 한 적이 없네. 지난해 이 무렵 난 몹시 몸이 좋지 않았다네. 사립 탐정 같은 사람이 찾아왔더라도 스즈키 양이 돌려보냈을 게 분명하네."

내가 고개를 끄덕이고 나서 다시 말했다. "올해 누군가 자네를 방문할 수도 있다네."

"그래? 그렇다면 자네에 대해 좋은 말밖에 할 것이 없네. 아무튼 우리는 한때 좋은 동료였잖나."

"정말 고맙네."

"자네가 이렇게 와 준 것 참 좋은 일일세. 하지만 노리코 양의 결혼에 관한 한 이렇게 올 필요가 없었다네. 우리가 그렇게 좋게 헤어진 것은 아니지만 우리 사이의 일이 그렇게 돌아가선 안 되지. 자네에 대해 좋게 말하는 것은 나로서는 지극히 당연하다네."

"그 점은 의심치 않았네. 자네는 늘 관대한 사람이었으니까."

"그래도 그 일 덕분에 이렇게 한자리에 앉게 되었으니 기쁘군."

마쓰다는 힘들여 손을 앞으로 뻗더니 우리 둘의 찻잔을 다시 채우기 시작했다. "미안하네만 오노." 이윽고 그가 말했다. "내가 보기에 자네는 아직도 마음에 걸리는 일이 있는 것 같군."

"내가?"

"너무 직설적이어서 미안하네만, 이제 곧 스즈키 양이 와서 나에게 그만 쉬어야 한다고 통고할 걸세. 아무리 옛 동료라도 나로서는 아주 오랫동안 손님 접대를 할 수 없다네."

"당연하지. 정말 미안하네. 내가 분별이 없었네."

"우스운 소리 말게, 오노. 자네는 한동안 더 있어도 되네. 내가 이렇게 말한 것은 자네가 나에게 특별히 할 말이 있어서 온 거라면 지금 바로 말하는 게 좋을 것 같아서라네." 그가 갑자기 웃음을 터뜨리면서 이렇게 덧붙였다. "이런, 자네 내 고약한 태도에 질린 모양이군그래."

"전혀 그렇지 않다네. 내가 정말이지 생각이 짧았네. 하지만 내가 여기 온 건 진짜 딸애의 혼담 때문일세."

"알겠네."

"만일의 사태에 대해 말해 두어야 할 것 같네. 현재 진행되고 있는 혼담의 성격이 좀 미묘해서 말일세. 어떤 물음에든 신중하게 대답해 준다면 나로서는 자네에게 크게 신세 지는 셈일세."

그는 나를 빤히 쳐다보고 있었는데, 그의 눈빛에 재미있어 하는 기색이 어렸다. "물론, 극도로 신중하게 대답하겠네."

"특히 그러니까 과거 문제에 대해서 말일세."

마쓰다의 목소리가 약간 냉랭해졌다. "이미 말했듯이 난 자네의 과거에 대해 좋게 말할 일밖에 없다네."

"그렇군."

마쓰다는 좀 더 나를 빤히 쳐다보더니 한숨을 내쉬었다.

"난 지난 삼 년 동안 이 집 밖을 나가 본 적이 거의 없네. 그러나 지금 이 나라에서 벌어지고 있는 일에는 여전히 귀를 계속 열어 두고 있다네. 우리가 한때 자랑스럽게 성취했던 바로 그 일 때문에 자네와 나 같은 사람들을 비난하려 드는 자들이 있다는 걸 알고 있네. 그리고 그게 지금 자네가 걱정하는 이유일 걸세, 오노. 자네는 내가 망각 속에 묻어 두는 편이 좋은 일들을 굳이 끄집어내서 자네를 칭찬할 거라고 생각하는군."

"그런 게 아닐세." 내가 서둘러 대꾸했다. "자네와 나 둘 다 자랑스럽게 여길 일이 많네. 다만 혼담과 관련될 때는 상황이 미묘하다

는 것을 충분히 인식해야 한다는 것뿐이네. 하지만 지금 자네의 그
말에 마음이 놓이는군. 언제나처럼 자네가 탁월한 판단력을 발휘할
거라는 걸 나는 아네."

"최선을 다하겠네." 마쓰다가 말했다. "하지만 오노, 우리 둘 다
자랑스럽게 여겨야 마땅한 일들이 있네. 오늘날 사람들이 모두 뭐라
고 하든 개의치 말게. 오래지 않아, 앞으로 몇 년만 더 지나면 우리
는 우리가 하고자 했던 그 일을 자랑스럽게 여길 수 있게 될 걸세.
내 바람은 다만 내가 그때까지 사는 것뿐이네. 내 평생에 걸친 노력
이 정당성을 되찾는 걸 보는 게 내 소원이라네."

"물론 그렇고말고. 내 마음도 똑같네. 다만 혼담과 관련해서
는……."

"당연히 그렇지." 마쓰다가 내 말을 끊고 말했다. "최선을 다해
신중히 대처하겠네."

나는 고개를 숙여 보였다. 우리는 둘 다 한동안 침묵했다. 이윽고
그가 말했다.

"그런데 말해 보게, 오노, 과거의 일이 정말 그렇게 걱정되었다면
그 시절에 알던 다른 이들도 찾아가 봤겠군?"

"실은 내가 방문한 첫 사람이 자네일세. 우리의 옛 친구들 대부분
이 요즘 어디에 있는지는 난 전혀 모른다네."

"구로다는 어떤가? 그 친구는 지금도 시내 어딘가에 살고 있다던
데."

"그런가? 그러니까, 전쟁 이후로는…… 그 친구와 연락을 한 적
이 없어서……."

"노리코 양의 장래가 걱정이라면, 그 친구를 찾아가 보는 것이 최

선일 것 같네. 좀 고통스럽겠지만 말일세."

"물론 그렇지. 다만 그 친구가 지금 어디 사는지 전혀 몰라서 말일세."

"알겠네. 그쪽 사립 탐정도 우리처럼 그 친구를 못 찾았으면 좋겠군. 하지만 사립 탐정 중에는 아주 꾀바른 이들도 있으니까."

"그렇지."

"오노, 자네 안색이 지독하게 창백하군. 아까 도착할 때만 해도 그렇게 혈색이 좋아 보였는데. 병자와 함께 있어서 그런 모양일세."

내가 소리 내어 웃으며 말했다. "그럴 리가 있나. 다만 자식은 늘 걱정거리라네."

마쓰다가 다시 한숨을 지으며 말했다. "사람들은 종종 내가 결혼도 하지 않고 자식도 없으니까 인생을 헛산 것처럼 말하네. 하지만 주위를 둘러보면 정말 자식은 걱정거리밖에 되지 않는 것 같네."

"그리 틀린 말은 아니라네."

"그렇기는 해도 재산을 물려줄 자식이 있다고 생각하면 위안이 될 듯하네."

"그건 그렇지."

몇 분쯤 지나자 마쓰다가 예고했던 대로 스즈키 양이 들어오더니 그에게 무슨 말인가 했다. 마쓰다가 미소를 지으며 체념한 어조로 말했다.

"내 간호사가 나를 데리러 왔네. 물론 자네는 있고 싶은 만큼 얼마든지 머물러도 좋네. 하지만 난 이만 실례해야겠네, 오노."

나중에 종점에서 가파른 언덕을 넘어 시내 쪽으로 나를 태워다 줄 전차를 기다리고 있을 때 나는 '과거에 대해서는 좋게 말할 것밖에 없다.'고 단언한 마쓰다의 말을 떠올리며 어느 정도 마음이 놓였다. 물론 그를 방문하지 않았더라도 그럴 거라고 확신할 수 있었다. 히지만 그렇기는 해도 옛 동료들과의 교분을 회복하는 일은 언제나 좋은 일이다. 대체로 어제 아라카와에 갔던 일은 충분히 할 가치가 있는 일임에 분명했다.

1949년 4월

지금도 나는 일주일에 서너 차례 저녁나절만 되면 강으로 내려가, 전쟁 전 이곳에 살던 이들에게는 '망설임의 다리'로 알려진 조그만 나무 다리가 있는 곳까지 걷는다. 그 다리가 그런 이름으로 불리게 된 이유는, 얼마 전까지만 해도 그 다리를 건너면 유흥가로 들어서게 되어 마음 약한 이들이 하룻밤의 환락을 구할 것인지 집에 있는 아내에게로 돌아갈 것인지 사이에서 마음을 정하지 못하고 그 다리에서 망설였기 때문이라고들 했다. 그러나 만약 누군가 그 다리 위에서 생각에 잠긴 얼굴로 난간에 몸을 기대고 있는 나를 보았다고 해도 그런 망설임 때문은 아니다. 단지 내가 해질 무렵 그곳에 서서 주위 풍경을 둘러보고 주변에서 일어나는 변화를 지켜보기를 좋아하기 때문일 뿐이다.

　조금 전 내가 걸어 내려온 언덕 기슭 쪽에는 신축 가옥들이 무리지어 생겨났다. 그리고 강둑을 따라서는, 일 년 전만 해도 풀밭과 진흙밖에 없던 자리에 시 자치 단체에서 앞으로 직원들에게 줄 아파트 단지를 짓고 있다. 그러나 공사가 완공되려면 아직 요원해 보여서, 해가 강에 낮게 걸릴 무렵이 되면 이 도시의 몇몇 지역에서 아직도 볼 수 있는, 그런 폭격의 잔해처럼 보일 수도 있다.

그러나 이런 잔해들은 한 주 한 주 시간이 흐르면서 점차 사라져 간다. 실제로 이제 그런 곳을 보려면 와카미야 구처럼 최북단이나, 또는 혼초와 가스가마치 사이의 지독한 타격을 입은 곳까지 가야 할 것이다. 그러나 불과 일 년 전만 해도 폭격의 잔해는 이 도시 곳곳에서 흔히 볼 수 있는 풍경임이 분명하다. 예를 들어 '망설임의 다리' 건너편 구역 — 예전 우리의 유흥가가 있던 구역 — 에는 작년 이 무렵 온통 돌 부스러기뿐이었다. 그런데 이제 그곳에서는 매일같이 끊임없이 공사가 진행되고 있다. 한때 환락을 구하는 이들이 어깨를 밀치며 지나다니던, 가와카미 여사의 주점 밖에는 널찍한 콘크리트 도로가 깔리고 있고 그 양옆으로 대규모 사무용 건물을 짓기 위한 기초 공사가 진행 중이다.

바로 얼마 전 어느 저녁 가와카미 여사가 내게 시에서 좋은 값에 그녀의 주점을 사겠다는 제안을 해 왔다고 말했을 때, 그녀가 조만간 그곳 문을 닫고 떠날 것임을 내가 오래전부터 각오하고 있었음을 깨달았다.

"어떻게 해야 좋을지 모르겠어요." 그녀가 내게 말했다. "이렇게 오랜 세월 장사하던 곳을 떠나다니 가슴이 찢어질 거예요. 저는 간밤에도 이 생각을 하느라 잠을 못 이뤘답니다. 하지만 선생님, 그런 생각이 들면 저는 이렇게 말하곤 해요. 자, 신타로 씨도 가고, 이제 남은 단골이라고는 선생님뿐이라고 말이에요. 전 정말 어찌해야 좋을지 모르겠어요."

사실 요즘 들어 그녀의 단골은 나밖에 남지 않았다. 신타로는 지난겨울에 있던 그 조그만 사건 이후로—필시 나와 얼굴을 마주칠 용기가 나지 않아서—가와카미 여사의 주점에는 얼굴도 비치지 않았다. 이것은 그 일과는 아무런 관련이 없는 가와카미 여사에게는 유감스럽기 그지없었다.

지난겨울 어느 날 저녁 우리가 여느 때처럼 함께 술을 마시고 있을 때, 신타로가 내게 새로 생긴 고등학교의 교사 자리를 얻고 싶은 바람을 처음으로 언급했다. 그러고는 사실 자신이 그런 자리에 벌써 여러 차례 지원한 적이 있다고 털어놓았다. 물론 신타로가 내 제자였던 것은 오래전 일이므로 그가 이런 문제를 나와 의논하지 않고 처리한다고 해서 이상할 것은 없었다. 이제 그에게 이런 문제에 보증인이 되어 주기에 훨씬 더 적당한 다른 사람들—이를테면 그의 고용주—이 있음을 나는 잘 알고 있었다. 그럼에도 이 자리에서 고백하건대, 그럼에도 나는 그가 자신이 지원했던 일들에 대해 이제까지 내게 말하지 않았던 사실에 좀 놀랐던 것 같다. 그래서 그해 겨울 새해가 된 지 얼마 지나지 않아 내 집을 찾아와서는, 우리 집 현관에 서서 불안한 듯 쿡쿡 웃으며, "선생님, 결례를 무릅쓰고 이렇게 찾아뵙게 됐습니다."라고 말했을 때 나는 사태가 제 궤도로 돌아가는 것 같은 안도감 비슷한 감정을 느꼈다.

나는 응접실 화로에 불을 피웠다. 우리 둘 다 자리에 앉아 화로에 손을 녹였다. 신타로가 벗지 않고 있는 외투 위에 눈송이가 녹고 있는 것을 보고 내가 물었다.

"다시 눈이 오기 시작했나?"

"그저 조금 내리는 것뿐입니다. 오늘 아침과는 전혀 달라요."

"이 방이 이렇게 추워서 미안하군. 이 방은 아쉽게도 이 집에서 가장 추운 것 같네."

"전혀 춥지 않습니다, 선생님. 저희 집 방은 이보다 훨씬 더 추운 걸요." 그는 기분이 좋은 듯 미소를 짓고는 난로 위로 두 손을 모아 문질렀다. "이렇게 안으로 들어오라고 해 주시니 정말 친절하시네요. 선생님께서는 오랜 세월 동안 제게 참 잘해 주셨습니다. 제게 얼마나 많은 것을 해 주셨는지 헤아릴 수도 없습니다."

"전혀 그렇지 않네, 신타로. 사실 나는 옛날에는 자네의 존재를 좀 간과한 게 아닐까 하는 생각이 가끔 든다네. 그러니, 지금 좀 늦었더라도 그런 나의 소홀함을 벌충할 길이 있다면, 어떤 게 있을지 기꺼이 듣겠네."

신타로는 소리 내어 웃고는 계속해서 두 손을 문질러 댔다. "이런, 선생님, 천부당만부당한 말씀입니다. 선생님께서 제게 얼마나 많은 걸 해 주셨는지 헤아릴 수가 없는걸요."

나는 한순간 그를 바라보다가는 말했다. "그럼, 말해 보게, 신타로. 이제 내가 자네를 위해 뭘 해 주었으면 좋겠나?"

그는 깜짝 놀란 듯한 표정으로 눈길을 들고는 이윽고 다시 웃음을 터뜨렸다.

"죄송합니다, 선생님. 이 방이 너무 편안한 나머지, 이렇게 선생님을 방해하러 온 제 목적을 잊고 말았네요."

그의 말에 따르면, 그는 히가시마치 고교에 지원한 일이 좋은 결과가 있으리라고 낙관하고 있다고 했다. 믿을 만한 소식에 의하면, 그의 지원서가 무척 긍정적으로 검토되고 있다는 것이다.

"그런데 선생님, 심사 위원회가 여전히 좀 불만스러워하는 한두 가지 사소한 문제들이 있는 것 같습니다."

"그런가?"

"그렇습니다, 선생님. 제가 솔직하게 말씀드려야 할 것 같군요. 제가 말한 그 사소한 문제란 과거에 관한 우려입니다."

"과거라고?"

"바로 그렇습니다, 선생님." 이 대목에서 신타로는 신경이 곤두선 듯 어색한 웃음소리를 냈다. 그러더니 힘들여 이렇게 덧붙였다. "선생님, 제가 선생님을 최고로 존경한다는 사실을 알아주셨으면 합니다. 저는 선생님으로부터 너무나도 많은 것을 배웠고, 선생님과의 유대를 앞으로도 자랑스럽게 여길 겁니다."

나는 고개를 끄덕이고 그가 말을 계속하기를 기다렸다.

"사실은요, 선생님. 선생님께서 심사 위원회에 편지를 써서 과거에 제가 한 몇 가지 발언을 확인해 주시면 정말 감사하겠습니다."

"어떤 종류의 발언 말인가, 신타로?"

신타로는 또다시 쿡 하고 웃고는 난로 위에서 또다시 두 손을 펼쳤다.

"심사 위원회를 만족시키기만 하면 됩니다, 선생님. 그걸로 충분합니다. 혹시 기억하실지 모르겠는데요, 선생님, 한때 저와 선생님이 견해가 달랐었지요. 중국 위기 동안의 제 작업에 대해서 말입니다."

"중국 위기라니? 우리가 언쟁을 벌였다니 난 기억나질 않네, 신타로."

"죄송합니다, 선생님. 제가 좀 과장해서 말한 것 같습니다. 그건 언쟁이라고 말할 만한 것이 전혀 못 됩니다. 하지만 어쨌든 동의하지 않는다는 제 의사를 조심스럽게 표현했던 건 사실입니다. 다시 말해서 제 작품에 대한 선생님의 제안을 따르는 데 동의하지 않았지요."

"미안하네만 신타로, 난 지금 자네가 무슨 얘기를 하고 있는지 모르겠네."

"그런 사소한 문제를 선생님께서 기억하지 못하시는 건 전혀 이상할 게 없습니다. 하지만 공교롭게도 이 일은 이 시점에서 제게 꽤 중요합니다. 그날 밤 우리가 연 파티를 환기시켜 드리면 기억이 나실지도 모르겠습니다. 오가와 씨의 약혼 축하 파티였습니다. 파티는 하마바라 호텔에서 열렸던 것 같습니다. 그날 밤 제가 좀 지나치게 마셔서 선생님께 건방지게 제 의견을 말씀드린 것 같습니다."

"그날 밤 기억은 어슴푸레하게 나네만, 명확하다고는 할 수 없군. 그런데, 신타로, 그런 사소한 의견 차이가 지금 상황과 무슨 관계가 있나?"

"용서하십시오, 선생님, 하지만 공교롭게도 그 문제가 좀 중요해졌습니다. 심사 위원회는 몇 가지 점을 분명히 해 두어야 하는 모양입니다. 요컨대 미 당국을 만족시켜야 하니까요……." 신타로는 신경이 곤두선 어조로 말끝을 흐렸다. 이윽고 그가 말했다. "부탁드립니다, 선생님. 그 사소한 의견 차이에 대한 기억을 좀 되살려 봐 주십시오. 선생님의 지도하에서 제가 배운 그 많은 것들에 감사하긴 했지만, 사실 저는 선생님의 견해에 완전히 동의했던 것은 아니었습니다. 그렇습니다, 저는 당시 우리 학파가 취한 방향에 강한 의구심을 갖고 있었다고 해도 과장이 아닌 것 같습니다. 예를 들어 혹시 기억하실지 모르겠습니다만, 중국 위기 포스터에 관한 선생님의 가르침을 따르면서 저는 의구심을 가졌고, 내친 김에 제 견해를 선생님께 말씀드리기까지 한 거지요."

"중국 위기 포스터라." 나는 기억을 더듬으며 말했다. "그래, 이제 자네가 그린 포스터가 기억나는군. 그때는 국가적으로 미묘한 시기였지. 망설임을 떨치고 우리가 원하는 바를 결정해야 할 때였어. 내 기억에 따르면, 자네는 그 일을 잘해냈고, 우리는 모두 자네의 작업을 자랑스러워했던 것 같은데."

"하지만 선생님, 선생님이 제게 원하셨던 작업 방향에 제가 진지하게 의구심을 품었던 게 기억나실 겁니다. 그날 저녁 하마바라 호텔에서 제가 공개적으로 선생님과 의견이 다르다는 걸 말씀드린 게 말입니다. 죄송합니다, 선생님. 이런 사소한 문제로 선생님께 걱정을 끼쳐드리다니요."

나는 잠시 동안 입을 열지 않았던 것 같다. 이즈음 나는 분명 서 있었던 것 같다. 왜냐하면 이윽고 입을 열었을 때, 그에게서 멀어져 방을 가로질러 걸어가 툇마루 장지문 근처에 서 있었던 것이 기억나기 때문이다.

"그러니까 자네는 내가 그 학교 심사 위원회에 편지를 써 주기를 바란다는 거군. 자네를 내 영향권 밖으로 분리해 달라는 거지." 이윽고 내가 말했다. "자네가 요구하는 게 거기까지군."

"전혀 그런 게 아닙니다, 선생님. 제 말을 오해하셨습니다. 저는 선생님의 이름과 연관되는 것을 과거에 그랬던 것처럼 지금도 자랑스럽게 여깁니다. 이건 그저 중국 위기 포스터 문제에서 심사 위원회를 안심시켜 줄 수 있는지……."

그가 다시 말끝을 흐렸다. 나는 미닫이문을 밀어 아주 조금 열어 놓았다. 차가운 공기가 방 안으로 들어왔지만, 왠지 그런 것은 아무래도 좋았다. 나는 문틈을 통해 툇마루 너머의 뜰을 내다보았다. 눈발이 천천히 나부끼듯 흩날리고 있었다.

"신타로, 어째서 자네는 과거를 있는 그대로 대면하지 않나? 자네는 당시 자네의 포스터 캠페인으로 두터운 신망과 많은 찬사를 받았네. 이제 세상이 자네의 작업과 다른 견해를 갖게 되었을지는 모르지만, 자네 자신에게 거짓말을 할 필요는 없다네."

"물론입니다, 선생님." 신타로가 대답했다. "선생님께서 무슨 말씀을 하시는지 압니다. 하지만 이 문제로 돌아가자면, 선생님께서 그 중국 위기 포스터에 대해 심사 위원회에 편지를 써 주신다면 정말 감사하겠습니다. 사실 여기 위원회 회장의 이름과 주소를 가져왔습니다."

"신타로, 내 말 좀 들어 보게."

"선생님, 지극한 존경의 마음으로 저는 선생님의 충고와 가르침에 항상 감사하고 있습니다. 하지만 지금 저는 한창 경력을 쌓아 가야 할 시기입니다. 은퇴를 하면 모든 것을 돌아보고 곰곰이 생각해 보는 게 아주 좋겠지요. 하지만 공교롭게도 저는 지금 바쁘게 돌아가는 세상 속에 살고 있고, 다른 모든 점에서는 이미 제 것이 되고도 남는 이 자리를 얻어 내기 위해 필요한 한두 가지 일들을 해야 하는 겁니다. 선생님, 이렇게 부탁드립니다. 부디 제 입장을 헤아려 주십시오."

나는 대답하지 않은 채 우리 집 뜰에 내리는 눈을 내다보았다. 뒤에서 신타로가 자리에서 일어서는 기척이 들려왔다.

"여기 그 이름과 주소가 있습니다, 선생님. 괜찮으시다면 이걸 여기 두고 가겠습니다. 선생님께서 시간이 나실 때 이 문제를 고려해 주시면 정말 감사하겠습니다."

내 생각에 그는 잠시 그 자리에서 내가 몸을 돌려 권위 있는 태도로 그가 떠나는 걸 허락하기를 기다렸던 것 같다. 하지만 나는 뜰을 내다보는 눈길을 거두지 않았다. 눈이 쉬지 않고 내렸음에도 관목과 나뭇가지 위에 쌓인 양은 아주 적었다. 아니나 다를까 내가 보고 있는 동안 한 줄기 바람이 불어와 단풍나무 가지를 흔들어 그 위에 쌓여 있던 눈을 거의 흩뿌려 버렸다. 뜰 구석에 있는 석등만이 큼직하고 하얀 눈 모자를 쓰고 있었다.

나는 신타로가 방을 나가는 소리를 들었다.

그날 내가 신타로에게 불필요하게 엄하게 대한 것처럼 여길 수도 있다. 하지만 그의 방문 직전까지 몇 주간에 걸쳐 내게 일어난 일을 감안하면, 자신의 책임을 한사코 회피하려는 그에게 내가 왜 그렇게 비우호적인 태도를 취해야 했는지 틀림없이 이해할 수 있을 것이다. 왜냐하면 실제로 신타로의 그 방문은 노리코의 맞선이 있은 지 겨우 이삼 일 후에 이루어졌던 것이다.

타로 사이토와 노리코의 결혼을 위한 혼담은 지난가을 내내 상당히 성공적으로 전개되었다. 10월에는 사진 교환이 있었고, 그 결과 우리는 혼담 중매인인 쿄 선생을 통해 문제의 청년이 노리코를 만나고 싶어 한다는 전갈을 받았다. 노리코는 물론 이 제안에 대해 생각해 보겠다는 듯한 제스처를 취했지만, 그즈음에는 내 딸—이미 스물여섯이 된—이 타로 사이토 같은 유망한 배우자를 쉽게 지나쳐 버릴 수 없으리라는 것이 분명했다.

그래서 나는 쿄 선생에게 우리가 맞선에 동의한다는 뜻을 알렸고, 그리하여 11월 어느 날이라는 날짜와 가수가 파크 호텔이라는 장소에 양측이 동의했다. 가수가 파크 호텔은 여러분도 알겠지만, 요즘에는 외관이 좀 볼썽사나워서 나는 왠지 그 선택이 크게 내키지 않았다. 하지만 쿄 선생이 그 행사만을 위한 방을 예약했다고 나를 안심시키면서, 사이토 일가가 그곳의 음식을 무척 좋아하는 것 같다고까지 했으므로, 결국 나는 그다지 내키지 않지만 그 제안에 동의했다.

쿄 선생은 또한 그 맞선이 신랑감의 집안에 비해 우리 집안이 기울어 보일 수 있다고 지적했다. 신랑감 쪽에서는 부모는 물론 남동생도 참석할 예정이라는 것이었다. 우리가 노리코에게 또 다른 힘을 실어 주기 위해 가까운 친구나 친척을 데려오겠다고 한다면 그 제안 역시 충분히 받아들여지리라고 중개자는 나를 이해시켰다. 하지만 멀리 살고 있는 세쓰코도 그렇고, 우리가 자연스럽게 이런 자리에 참석해 달라고 부탁할 수 있는 친지는 달리 없었다. 그러므로 그 장소에 대한 우리의 미흡함과 더불어 이 맞선에서 우리가 왠지 불리한 입장에 있다는 느낌이 노리코로 하여금 다른 경우보다 이 문제에 대해 훨씬 더 신경을 곤두세우게 만들었는지도 모른다. 어떤 경우든 그 맞선을 앞둔 몇 주간은 무척 고통스러웠다.

노리코는 직장에서 집으로 돌아오자마자 내게 이렇게 말하곤 했다. "하루 종일 뭐 하고 지내셨어요, 아버지? 언제나처럼 침울하게 집 안을 어정거리셨겠죠." 실제로는 '어정거리기는커녕' 그 혼담이 반드시 좋은 결과를 맺도록 하기 위해 나 나름대로 바삐 애썼다. 하지만 당시 나는 일의 진행 사항을 자세하게 알려 주어 그 애를 걱정시키는 편이 좋지 않다고 판단해서, 내가 하루를 어떻게 보냈는지에 대해 자세히 밝히지 않고 그 애가 그런 암시적인 말을 계속하도록 내버려 두었다. 이제 돌아보면 그 특정 문제를 터놓고 이야기하지 않았던 것이 노리코를 더더욱 긴장하게 만들었을 수 있다는 것, 내 쪽에서 좀 더 솔직하게 접근했다면 당시 우리가 나눈 많은 불유쾌한 대화를 막을 수 있었을 것 같다.

예를 들어 어느 날 오후의 일이 생각난다. 노리코가 집으로 돌아왔을 때 나는 정원에서 관목 가지를 치고 있었다. 그 애는 툇마루에서 예의 바르게 인사를 하고는 다시 집 안으로 모습을 감추었다. 잠시 후 내가 툇마루에 앉아 가지치기가 잘 되었는지 보기 위해 뜰을 내다보고 있을 때, 기모노로 갈아입은 노리코가 차를 들고 다시 모습을 나타냈다. 그 애는 쟁반을 우리 사이에 내려놓고 자리에 앉았다. 기억하건대 작년 그 눈부신 가을 오후의 끝자락, 부드러운 빛이 나뭇잎 사이로 떨어져 내리고 있을 때였다. 내 시선을 따라오면서 그 애가 말했다.

"아버지, 왜 대나무를 그렇게 자르셨어요? 이제 자연스럽지가 않잖아요."

"자연스럽지 않다고? 그렇게 생각하니? 내 생각엔 균형이 잘 맞는 것 같은데. 네가 알지 모르지만 어린 순들이 어디 모여 있는지를 고려해야 한단다."

"아버지는 가지치기를 지나치게 하시는 경향이 있어요. 그러다가는 저 대나무 덤불도 엉망으로 만드시고 말겠어요."

"저 덤불도 엉망으로 만든다고?" 나는 딸애 쪽으로 몸을 돌렸다. "그게 도대체 무슨 말이냐? 네 말은 지금 내가 다른 것을 이미 망쳤다는 거냐?"

"저 철쭉은 예전의 모습을 결코 회복하지 못했잖아요. 이건 아버지께 시간이 남아돌아서 벌어진 일이에요, 아버지는 필요 없는 부분까지 가지치기를 하신다니까요."

"미안한데 말이다, 노리코, 난 네가 무슨 말을 하는지 잘 모르겠다. 넌 지금 저 철쭉 역시 균형이 맞지 않다는 거냐?"

노리코는 다시 한 번 뜰 쪽을 바라보고는 한숨을 내쉬었다. "아버지는 사태를 그냥 있는 그대로 내버려 두실 줄 알아야 해요."

"미안하지만, 노리코, 내 눈에는 대나무와 철쭉 둘 다 훨씬 나아졌다. 나로서는 네가 왜 '불균형하다'고 하는지 알 수가 없구나."

"그렇다면 아버지 눈이 이상해지시는 게 분명해요. 아니면 그저 취향이 세련되지 못했거나요."

"취향이 세련되지 못했다고? 그거 정말 흥미로운 지적이구나. 너도 알다시피 노리코, 사람들은 내 이름과 세련되지 못한 취향을 연결 짓지는 않는 것 같은데."

"음, 제 눈에는 그래요, 아버지." 그 애가 피곤한 기색으로 대답했다. "저 대나무는 부자연스러워요. 아버지는 저 나무가 늘어뜨려져서 보여 주는 멋진 모습을 망쳐 버렸어요."

나는 말없이 자리에 앉아 잠시 뜰을 바라보았다. "그래." 이윽고 내가 그렇게 말하며 고개를 끄덕였다. "네 눈에는 그렇게 보일 수도 있겠다, 노리코, 넌 예술적인 감각을 타고나지 못했으니 말이야. 너도 그렇고 세쓰코도 그렇다. 겐지는 달랐지. 하지만 내 딸들은 자기들 엄마를 닮았어. 실제로 네 엄마가 그런 엉뚱한 평가를 하곤 했던 게 기억나는구나."

"아버지가 관목 가지치기에 대해 그 정도로 권위 있다는 건가요?

그건 몰랐네요. 죄송해요."

"내가 그 정도로 권위 있다고 주장하는 게 아니란다. 그저 내 취향이 세련되지 못했다는 비난에 좀 놀랐을 뿐이야. 내 경우에 그건 쉽게 들을 수 없는 비난이라서 말이다. 그뿐이야."

"좋아요, 아버지, 전 이 모든 게 견해의 문제라고 확신해요."

"네 어머니도 너와 좀 비슷했지, 노리코. 아무런 스스럼 없이 자기 머릿속에 떠오르는 대로 이야기하는 것 말이다. 그건 상당히 정직한 거 같다."

"전 아버지가 그런 것에 대해 정통하시리라고 확신해요. 논란이나 의심의 여지가 없는 일이죠."

"기억나는구나, 노리코, 네 어머니는 심지어 때때로 내가 그리는 그림에도 평을 하곤 했지. 네 어머니는 어떤 점을 지적해 나를 웃게 만들려고 애썼어. 그런 다음 자신도 웃음을 터뜨리고는 자신이 그런 것에 대해 아는 게 거의 없다는 걸 인정했지."

"그러니까 아버지 말씀은 자신의 그림에 대해서도 언제나 옳다는 거군요."

"노리코, 이런 언쟁을 해서 무슨 소용이 있겠니. 내가 뜰에서 한 일이 네 마음에 들지 않는다면, 네가 직접 나가서 내키는 대로 고쳐 보렴."

"정말 친절하신 말씀이에요. 하지만 제가 그걸 언제 하면 좋을까요? 전 아버지처럼 하루 종일 빈둥거릴 시간이 없는걸요."

"그게 무슨 뜻이냐, 노리코? 나도 바쁜 하루를 보냈다." 나는 그 애를 한순간 물끄러미 바라보았지만, 그 애는 얼굴에 따분하다는 듯한 표정을 지은 채 줄곧 뜰을 바라보았다. 나는 몸을 돌리고 한숨을 내쉬었다. "이런 언쟁은 해 봐야 아무 소용이 없다. 네 어머니는 적어도 우리가 함께 웃음을 터뜨릴 수 있는 얘기를 할 줄 알았지."

그런 순간이면 물론 나는 그 애를 위해 실제로 내가 어느 정도로 애쓰고 있는지 알려 주고 싶은 유혹을 느꼈다. 내가 그렇게 했다면, 내 딸은 분명히 놀랐을 것이고, 감히 단언하건대 내게 그렇게 행동한 것을 부끄러워했을 것이다. 예를 들어 바로 그날만 해도 나는 실제로 구로다가 현재 살고 있는 야나가와 구에 다녀왔던 것이다.

결국 구로다의 소재를 찾아내는 것은 그리 어려운 일이 아니었다. 언젠가 내가 선의에서 보증을 선 적이 있는, 우에마치 대학의 미술 교수가 나에게 내 옛 제자의 주소뿐 아니라 최근 몇 년 동안 그에게 어떤 일이 벌어졌는지까지 들려 주었던 것이다. 전쟁이 끝나 군대에서 제대한 후 구로다는 일이 아주 고약하게 풀리지는 않은 듯했다. 이 세상의 방식이 그렇듯이 그가 감옥에서 보낸 세월이 그에게 확실한 신임장이 되어 주었고, 몇몇 그룹들이 그를 잊지 않고 환영해 주고 그가 필요로 하는 것을 주선해 주었다. 그리하여 그는 일자리를 구하고 자신만의 독자적인 그림을 다시 시작하는 데 필요한 재료를 구하는 데 별달리 어려움을 겪지 않았다. 그때, 그러니까 작년 여름이 시작될 무렵 그는 우에마치 대학에서 미술 교수로 일하고 있었다.

이제 내가 이렇게 말하는 것이 좀 모순되게 여겨질지도 모르지만 나는 구로다의 경력이 잘 풀려 가고 있다는 소식에 기뻤다. 아니, 자랑스러웠다. 그러니까, 요컨대 과거 그의 스승으로서 그런 일에 여전히 자부심을 느끼는 것은 지극히 자연스러운 일이다. 여러 가지 상황 때문에 스승과 제자의 사이가 벌어져 버렸다 해도 말이다.

구로다가 사는 곳은 부촌이 아니었다. 나는 쓰러져 가는 오두막 집이 다닥다닥 붙어 있는 좁은 골목을 한동안 걸은 끝에 무슨 공장의 앞마당처럼 보이는 사각형의 콘크리트 광장에 이르렀다. 그 광장 건너편에 트럭 몇 대가 서 있었고, 그 너머 철망 담장 뒤로 불도저 한 대가 땅을 파헤치고 있었다. 한동안 그 불도저를 지켜보고 나서야 바로 위에 있는 그 커다란 신축 건물이 실제로 구로다의 아파트 단지라는 것을 깨달았던 것이 기억난다.

나는 2층으로 올라갔다. 어린 소년 둘이 세발자전거를 타며 복도를 왔다 갔다 하고 있었다. 나는 구로다의 집을 찾아냈다. 벨을 눌렀지만 안에서는 대답이 없었다. 하지만 그즈음 나는 어떻게 해서든 그를 만나 보겠다는 생각을 굳혔으므로 다시 한 번 벨을 눌렀다.

스무 살쯤 되어 보이는 깨끗한 인상의 청년이 문을 열었다.

"정말 유감입니다만 ─ 그는 아주 간곡하게 말했다 ─ 구로다 선생님은 지금 집에 안 계십니다. 혹시 직장 동료이신가요?"

"어떻게 보면 그렇습니다. 구로다 씨와 상의하고 싶은 문제가 좀 있어서요."

"그러시다면, 안으로 들어오셔서 기다리시는 게 좋겠습니다. 구로다 선생님은 곧 돌아오실 것이고, 선생님이 그냥 가 버리신다면 무척 안타까워하실 겁니다."

"당신을 번거롭게 하고 싶지는 않습니다만."

"전혀 그렇지 않습니다, 선생님. 자, 어서 들어오십시오."

아파트는 작았고, 그런 현대식 물건들 중 대부분이 그런 것처럼 들어가는 통로 같은 것 없이 현관 문 안쪽 조금 떨어진 곳에서 바로 얕게 한 단 높인 다다미가 시작되었다. 실내는 깨끗하게 정돈되어 있었고, 사방 벽에는 그림 여러 점과 벽걸이 장식물들이 걸려 있었다. 커다란 창을 통해 아파트 안으로 햇빛이 쏟아져 들어왔고, 창 너머로 좁은 베란다가 나 있는 것을 볼 수 있었다. 밖에서 불도저 소리가 들려왔다.

"크게 바쁘지 않으셨으면 좋겠군요, 선생님." 청년이 나를 위해 방석을 놓아 주며 말했다. "제가 선생님을 그대로 돌려보냈다는 것을 구로다 선생님이 돌아와 아시면 절 용서하지 않으실 테니까요. 이제 차를 대접하도록 해 주십시오."

"참 친절하시군요." 내가 자리에 앉으며 말했다. "당신은 구로다 씨의 제자인가요?"

청년은 작게 웃음을 터뜨렸다. "구로다 선생님은 친절하게도 제 보호자를 자처하시지요. 저 자신은 그렇게 불릴 자격이 있는지 확신할 수 없지만요. 제 이름은 엔치입니다. 그분은 저에게 개인적으로 가르침을 주셨고, 이제 대학에서 중책을 맡고 계신데도 너그럽게도 제 작업에 여전히 관심을 가져 주십니다."

"아, 그렇습니까?"

밖에서 작업 중인 불도저 소음이 들려왔다. 잠시 동안 청년은 어색하게 내 주위를 서성이더니 이렇게 말하며 자리에서 물러났다. "그럼 저는 차를 좀 준비하겠습니다."

잠시 후 그가 다시 모습을 나타냈을 때, 내가 벽에 걸린 그린 한 점을 가리키며 물었다. "구로다 씨의 화풍이 뚜렷이 드러난 그림이군요."

이 말에 청년은 차 쟁반을 두 손에 든 채 웃음을 터뜨리며 어색하게 그림 쪽을 바라보았다. 그런 다음 그가 말했다.

"제 생각에 저 그림은 구로다 선생님의 기준에 훨씬 못 미치는 것 같습니다."

"저게 구로다 씨의 그림이 아니란 말이오?"

"죄송하지만 선생님, 저건 제 그림입니다. 제 스승께서 너그럽게도 저걸 높이 평가해 벽에 걸어 주셨지요."

"그거 정말이오? 음, 그렇군."

나는 그 그림을 골똘히 응시했다. 청년은 내 옆의 낮은 탁자에 쟁반을 내려놓고 자신도 바닥에 앉았다.

"정말로 저게 당신 그림이란 말이오? 음, 당신은 굉장한 재능을 갖고 있군. 굉장한 재능이고말고."

그는 또다시 당황한 듯 웃음을 터뜨렸다. "구로다 선생님을 스승으로 모시게 되어 저는 무척 운이 좋습니다. 하지만 아직도 배울 게 많습니다."

"나는 저 그림이 구로다 씨 자신의 대표작이라고 확신했다오. 그정도로 붓 터치가 좋소."

청년은 찻주전자를 들고 다음에 어떻게 해야 할지 모르겠다는 듯약간 어색하게 어찌할 줄을 모르고 있었다. 나는 그가 주전자 뚜껑을 들어 올리고 안을 들여다보는 모습을 지켜보았다.

"구로다 선생님은 언제나 제게 말씀하시곤 했지요. 보다 분명하게 나 자신의 스타일을 시도하고 그려야 한다고요. 하지만 저는 구로다 선생님의 방식에 너무나도 감탄한 나머지 선생님의 방식을 모방하지 않을 수 없습니다."

"한동안 스승의 방식을 모방한다고 해서 나쁠 것은 없소. 그런 식으로 많은 것을 배울 수 있으니까. 하지만 머지않아 당신은 자신만의 아이디어와 테크닉을 개진하게 될 거요. 당신은 틀림없이 커다란 재능을 지닌 젊은이니까 말이오. 그렇소, 난 당신의 미래가 아주 유망하다고 확신하오. 구로다 씨가 당신에게 관심을 가진 것도 이상한 일이 아니군."

"제가 구로다 선생님께 얼마나 많은 빚을 졌는지 말로 다할 수가 없습니다, 선생님. 이런, 지금 보시는 대로 저는 지금도 이곳 선생님의 아파트에서 숙식을 하고 있는 걸요. 저는 이곳에 거의 이 주일간을 있었습니다. 제가 전에 있던 곳에서 쫓겨나자, 구로다 선생님께서 와서 저를 구해 주셨지요. 선생님이 저를 위해 해 주신 것을 일일이 말씀드리기란 불가능하답니다, 선생님."

"그러니까 당신은 살던 곳에서 쫓겨났다는 거요?"

"네, 선생님." 그가 조그맣게 웃으며 대답했다. "집세는 꼬박꼬박 냈습니다. 하지만 아시다시피, 제가 아무리 애를 써도 다다미 위에 물감을 묻히지 않을 수가 없었죠. 결국 집주인은 저를 쫓아내더군요."

그 말에 우리 둘 다 웃음을 터뜨렸다. 이윽고 내가 말했다.

"미안하오, 사정 모르는 사람처럼 굴 생각은 아니었소. 나 자신도 처음 그림을 시작할 때 그런 문제를 겪었던 게 생각나는군. 하지만 당신이 인내심을 갖고 꾸준히 그린다면, 얼마 지나지 않아 합당한 작업 환경을 누릴 수 있게 되리라고 난 확신하오."

우리 둘 다 다시 웃었다.

"그렇게 말씀해 주시니 기운이 납니다, 선생님." 청년이 말했다. 그런 다음 차를 따르기 시작했다. "제 생각엔 이제 곧 구로다 선생님이 도착하실 겁니다. 부디 급히 떠나시지 않으셨으면 합니다. 구로다 선생님은 이렇게 기다려 주신 데 대해 감사를 표할 수 있게 되면 기뻐하실 겁니다."

나는 놀라서 그를 바라보았다. "구로다 씨가 나에게 감사를 표하고 싶어할 거라니요?"

"죄송합니다만 선생님. 저는 선생님께서 코든 학회에서 나오신 분이라고 생각했습니다."

"코든 학회요? 미안하지만 그게 뭐요?"

청년은 얼마 전의 어색한 태도를 다시 취하며 내 쪽을 힐긋 바라보았다. "죄송합니다. 선생님, 제 실수입니다. 저는 선생님께서 코든 학회에서 나오신 분인 줄 알았습니다."

"그렇지 않소. 난 그저 구로다 씨가 옛날에 알던 사람일 뿐이오."

"알겠습니다. 옛 동료시군요."

"그렇다오. 그렇게 볼 수도 있을 것 같소." 나는 또다시 벽에 걸린 그 청년의 그림을 응시했다. "그렇소, 사실이오. 굉장한 재능이군. 굉장한 재능이야." 내가 말했다. 나는 이제 그 청년이 나를 주의 깊게 뜯어보고 있는 것을 의식했다. 이윽고 그가 말했다.

"죄송합니다만, 선생님. 혹시 성함이 어떻게 되시는지요?"

"미안하오. 크게 결례를 했군. 내 이름은 오노라오."

"그렇군요."

청년은 자리에서 일어서서 창문 쪽으로 걸어갔다. 잠시 동안 나는 탁자 위에 놓인 잔 둘에서 피어오르는 김을 바라보았다.

"구로다 씨가 오려면 오래 걸릴 것 같소?" 내가 물었다.

처음에 나는 그 청년이 대답을 하지 않을 모양이라고 생각했다.

하지만 그는 창문에서 몸을 돌리지 않은 채 말했다. "그분이 지금 바로 돌아오지 않으시면, 선생님께서는 다른 일을 보기 위해 일어나시는 편이 좋을 것 같습니다."

"괜찮다면 좀 더 기다리겠소. 이곳까지 꽤 먼 길을 왔으니 말이오."

"구로다 선생님께 선생님이 다녀가셨다고 전하겠습니다. 그럼 구로다 선생님이 선생님께 편지를 쓰실 수도 있지요."

바깥 복도에서는 아까의 아이들이 우리에게서 멀지 않은 벽에 세발자전거를 쾅쾅 두드려 대면서 서로 고함을 치고 있는 것 같았다. 그 모습을 보자 창문 앞에 서 있던 그 청년이 토라진 아이와 몹시 비슷하다는 생각이 들었다.

"이런 말을 하는 걸 용서하시오, 엔치 씨……. 하지만 당신은 아직 너무 젊소. 구로다 씨와 내가 처음으로 만났을 때 당신은 어린아이였을 거요. 자세한 내용을 알지 못하는 문제에 대해 성급하게 결론을 내리는 건 좋지 않소."

"자세한 내용을 모른다고요?" 그는 내게 몸을 돌리며 말했다. "죄송하지만 선생님, 그러는 선생님 자신은 자세한 내용을 모두 알고 계십니까? 구로다 선생님이 어떤 고초를 겪었는지 알고 계시냐고요?"

"일들은 대개 보이는 것보다 훨씬 복잡하다오, 엔치 씨. 당신 세대 젊은이들은 사태를 지나치게 단순하게 보는 경향이 있소. 어쨌든 우리 두 사람이 지금 이런 문제에 대해 논쟁을 벌여서 좋을 게 없는 것 같소. 당신이 괜찮다면, 나는 구로다 씨를 기다리겠소."

"제 생각에는 선생님, 그만 일어나시는 게 좋겠습니다. 구로다 선생님이 돌아오시면 다녀가셨다고 말씀드리겠습니다." 이 시점까지 그 청년은 목소리에 예의 바른 어조를 유지하고 있었는데, 그즈음 자제심을 잃은 듯했다. "솔직히 말해서 선생님, 전 당신의 뻔뻔함이 감탄스러울 지경입니다. 무슨 친구라도 되는 것처럼 이렇게 여기로 그분을 찾아오다니요."

"난 실제로 지금 친구 같은 방문객이오. 내 견해를 말하자면, 구로다 씨가 나를 그런 식으로 받아들이고 않고는 그가 결정할 일이라 생각하오."

"선생님, 저는 구로다 선생님이 어떤 분인지 잘 압니다. 제 판단으로는 그만 가 보시는 게 최선인 것 같습니다. 그분은 당신은 보고 싶어 하지 않을 겁니다."

나는 한숨을 내쉬고 자리에서 일어섰다. 청년은 또다시 창밖을 내다보고 있었다. 하지만 내가 옷걸이에서 내 챙 모자를 들어 올리자 그가 다시 한 번 내게로 몸을 돌렸다. "자세한 내용 말인데요, 오노 선생님." 하고 그가 말했다. 그의 목소리에는 기묘한 평정이 깃들어 있었다. "당신은 자세한 내용을 모르시는 게 분명하군요. 아신다면, 어떻게 이렇게 여길 찾아오실 수 있습니까? 그것만 보고도 말입니다, 선생님, 저는 당신이 구로다 선생님의 어깨에 대해 아무것도 모른다는 걸 알겠습니다. 그분은 어깨의 고통을 호소했지만, 교도관들은 자기들 마음대로 그 부상에 대해 보고하지 않고 전쟁이 끝날 때까지 방치했습니다. 하지만 구로다 선생님을 매질하기로 마음먹을 때마다 그 사실을 기억해 냈겠지요. 배신자, 그들은 그분을 그렇게 불렀습니다. 배신자라고요. 매일 매순간 말입니다. 하지만 이제 우리는 모두 진짜 배신자가 누구인지 압니다."

나는 구두끈을 다 묶고 문을 향해 걷기 시작했다.

"당신은 너무 젊소, 엔치 씨. 이 세상과 그 함축적인 의미를 알기에는 말이오."

"우리는 모두 이제 진짜 배신자가 누구였는지 압니다. 그들 중 많은 이들이 여전히 거리를 활보하고 있지요."

"내가 다녀갔다고 구로다 씨에게 말해 주겠소? 어쩌면 그는 친절하게도 내게 편지를 써 줄지도 모르지. 안녕히 계시오, 엔치 씨."

당연히 나는 그 청년의 말에 지나치게 신경을 곤두세우지 않도록 나 스스로를 단속했지만, 노리코의 혼담이라는 관점에서 보면 엔치의 암시만큼 구로다가 과거의 나에 대해 적대적일 수 있으리라는 가능성은 당연히 골치 아픈 요소였다. 어쨌든 아버지로서 내 의무는 아무리 불유쾌하다 해도 그 문제를 처음 생각대로 진행시키는 것이었다. 그날 오후 나는 집으로 돌아와 구로다에게 편지를 써서 그와 의논할 미묘하고도 중요한 문제가 있으니 다시 만나고 싶다는 내 소망을 밝혔다. 내 편지의 어조는 상냥하고 우호적이었으므로, 며칠 후 내가 받은 그의 답장이 냉랭하고 불쾌할 정도로 짧은 것에 실망하지 않을 수 없었다.

"저로서는 우리 사이의 그 어떤 만남도 가치 있다고 믿을 이유가 전혀 없습니다." 내 옛 제자는 그렇게 썼다. "지난번 들러 주신 것에 대해 감사드리는 바이지만, 앞으로는 번거롭게 그러지 않으셨으면 합니다."

고백하건대 구로다와의 이 일은 내 기분을 침울하게 했다. 이 일은 노리코의 혼담에 대해 내가 갖고 있던 낙관적인 전망을 손상시켰음이 분명하다. 그리고 앞서 말한 대로 내가 구로다를 만나 보려는 내 시도에 대해 자세하게 밝히지 않았음에도 내 딸은 그 문제가 만족스럽게 해결되지 않고 있음을 분명 감지했을 것이고, 그 때문에 마음이 불안했을 것이다.

맞선 당일 딸애가 어찌나 긴장되어 보였던지, 나는 그날 저녁 그 애가 사이토 일가—그들은 자연스럽고 편안한 자신감을 보여 줄 터였다—에게 어떤 인상을 줄지 걱정되기 시작했다. 그날 오후 후반부가 되어 갈 무렵 나는 노리코의 기분을 어떻게든 가볍게 해 주는 것이 현명하겠다고 느꼈다. 식당에 앉아 책을 읽고 있다가 그 애가 지나가는 것을 보고 내가 이렇게 말한 이면에는 그런 생각이 자리잡고 있었다.

"놀라운걸, 노리코, 하루 종일 외모를 가꾸는 것 외에 아무것도 하지 않고 보낼 수 있다니 말이다. 이 행사가 결혼식이라도 된다고 생각하는 것 같구나."

"마찬가지로 어쩌면 그렇게 제대로 준비가 되어 있지 않느냐고 아버지를 놀릴 수도 있죠." 그 애가 반박했다.

"난 준비하는 데 그렇게 긴 시간이 필요치 않단다." 내가 소리 내어 웃으며 대답했다. "정말 신기한 일이구나. 네가 준비하는 데 이렇게 하루 종일 걸리다니 말이야."

"그게 아버지의 문제예요. 아버지는 지나치게 자부심이 강하셔서 이런 일들을 제대로 준비하시지 않는다니까요."

나는 놀라서 그 애를 바라보았다. "그게 무슨 말이냐? '지나치게 자부심이 강하다.'라니? 무슨 뜻에서 그런 말을 하는 거냐, 노리코?"

내 딸은 눈길을 돌리며 머리핀을 바로잡았다.

"노리코, '지나치게 자부심이 강하다.'라는 게 무슨 뜻이냐고? 도

대체 무슨 뜻에서 그런 말을 하는 거냐?"

"아버지께서 제 미래 같은 사소한 일을 갖고 요란을 떨고 싶어 하시지 않는다면, 충분히 이해할 수 있어요. 어쨌든 아버지는 신문도 다 읽으셔야 하니까요."

"넌 이제 말의 방향을 바꾸는구나. 조금 전에는 내가 '지나치게 자부심이 강하다.'고 하지 않았니. 그 문제에 대해 좀 더 이야기해 보지 그러니?"

"전 그저 시간이 되었을 때 아버지 모습이 남 앞에 흉하게 보이지 않을 만큼 단장되어 있기를 바랄 뿐이에요." 그렇게 말하고 그 애는 뭔가 할 일이 있다는 듯 식당을 나갔다.

힘들었던 그 기간 동안 종종 그랬듯이 그 경우에도 나는 노리코의 행동이 그 전해 미야게 집안과의 혼담 동안 했던 행동과 얼마나 대조적인지를 상기하지 않을 수 없었다. 당시 그 애는 거의 안일하다고 할 정도로까지 편안해 보였다. 물론 그 애는 지로 미야게와 이미 잘 아는 사이였다. 감히 말하건대 그 애는 두 사람이 결혼하게 되리라고 확신하고 있었던 것 같다. 그래서 두 집안 간의 그런 혼담이 번잡한 요식행위에 지나지 않는다고 여겼다. 그래서 결과적으로 그 애가 받은 충격이 더 쓰라렸을 것이 분명하지만, 그날 오후 그 애가 그런 암시를 한 것은 내게는 불필요한 일처럼 보인다. 어쨌든 그 사소한 언쟁은 우리 두 사람의 마음을 맞선에 적당하도록, 그날 저녁 가수가 파크 호텔에서 일어날 일에 기여할 모든 가능성에 대비하도록 만들어 주는 데 거의 도움이 되지 못했다.

가수가 파크 호텔은 오랜 세월 동안 이 도시의 서양식 호텔 가운데 가장 멋진 곳이었다. 하지만 최근 그곳 경영진은 그곳의 객실을 좀 천박한 방식으로 장식하는 일에 착수했다. 미국인 고객들에게 매력적인 '일본다움'으로 감명을 주기 위한 의도에서 나온 것이 분명했다. 그럼에도 쿄 선생이 예약한 방은 상당히 편안했고, 특히 눈에 띄는 대형 퇴창을 통해 가수가 언덕의 서쪽 사면과 멀리 도시 풍경을 내려다볼 수 있었다. 그 외에 그 방에는 커다란 원형 테이블 하나와 등받이 높은 의자들이 놓여 있었고, 벽에는 내가 전쟁 전에 안면이 있던 화가 마스모토의 그림 한 점이 걸려 있었다.

나는 그 행사에 긴장한 나머지 의도한 것보다 조금 빠르게 술에 취한 것 같다. 그날 밤에 대한 내 기억이 그리 또렷하지 못한 것을 보면 말이다. 내가 사윗감으로 살펴보아야 할 청년 타로 사이토에게선 만나자마자 기분 좋은 인상을 받았던 것이 분명히 기억난다. 그는 똑똑하고 책임감 있는 인물이었을 뿐 아니라, 내가 그의 부친에게서 보고 감탄하는 예의 그 침착하고도 품위 있는 태도를 지니고 있었다. 물론 우리가 도착하자 나와 노리코를 맞이하는 편안하지만 무척 예의 바른 그의 태도를 지켜보며 몇 년 전 똑같은 상황에서 나에게 깊은 인상을 주었던 또 다른 청년을 떠올렸지만 말이다. 그러니까 슈이치와 세쓰코의 맞선은 당시 황궁 여관이었던 곳에서 열렸다. 그래서 나는 타로 사이토의 예절과 좋은 품성이 슈이치가 그랬던 것처럼 세월과 더불어 퇴색할 가능성에 대해 잠깐 생각해 보았다. 하지만 타로 사이토는 슈이치가 겪었다는 고통스러운 경험 같은 건 겪지 않았기를 바라는 마음이었다.

사이토 박사는 언제나처럼 존재감을 발휘했다. 그날 저녁 전에 정식으로 인사를 나눈 적이 없음에도 사이토 박사와 나는 사실 여러

해 동안 서로의 명성을 알고 길에서 서로 인사를 나누며 지낸 사이였다. 그의 아내는 아름다운 오십 대 여인으로 나는 그 부인과도 그런 식으로 인사를 나누어 왔지만 그 횟수는 많지 않았다. 나는 그녀가 자기 남편과 마찬가지로 상당히 침착한 인물로 일어날 수 있는 그 어떤 어색한 상황도 통제할 수 있으리라는 것을 알 수 있었다. 사이토 일가 중에서 내게 감명을 주지 못한 유일한 참석자는 신랑감의 남동생인 마쓰오로, 내 짐작에 그는 이십 대 초반인 것 같았다.

그날 저녁을 돌아보니 그 마쓰오라는 젊은이를 보자마자 내 마음속에 경계심이 일었던 것 같다. 무엇 때문에 그를 보자마자 그런 경각심이 생긴 것인지 아직도 잘 모르겠다. 아마도 그를 보고 구로다의 아파트에서 만난 엔치라는 젊은이를 연상해서일 수도 있다. 어쨌든 모두 식사를 시작했을 때, 나는 그런 의혹이 내 마음속에서 점점 더 굳어지는 것을 느꼈다. 그 시점에서 마쓰오가 모든 예의를 갖추어 적절히 행동하고 있었음에도, 언뜻 눈에 띈 나를 바라보는 그의 방식, 혹은 그가 탁자를 가로질러 내게 그릇을 건네주는 방식에는 나에 대한 그의 적대감과 비난을 감지하게 하는 뭔가가 있었다.

그런데 식사가 몇 분 동안 진행된 후, 갑자기 머릿속에 한 가지 생각이 떠올라 충격을 받았다. 마쓰오의 태도가 실제로 그 나머지 가족의 태도와 전혀 다르지 않다는 사실 말이다. 다만 그는 그것을 감출 만큼 노련하지 않은 것뿐이었다. 그때부터 나는 사이토 일가가 진짜 생각하고 있는 바를 알려주는 지표가 그이기라도 한 것처럼 의식해서 마쓰오를 건너다보기 시작했다. 하지만 그는 탁자를 가로질러 멀찍이 떨어져 앉아 있었고, 그의 옆에 앉은 쿄 선생이 그와 대화를 오래 나누는 듯했으므로, 나는 행사의 그 단계에서 마쓰오와 의미 있는 대화를 전혀 나누지 못했다.

"우리가 듣기로는 피아노 연주를 무척 좋아하신다면서요, 노리코 양." 사이토 부인이 어느 시점에선가 이렇게 말했던 것이 기억난다.

노리코는 작게 소리 내어 웃고는 대답했다. "요즘은 거의 연습을 하지 않는답니다."

"젊었을 때 저는 연주를 하곤 했지요. 하지만 이제는 저 역시 연습을 하지 않아요. 우리 여자들은 그런 걸 계속하기에는 시간 여유가 별로 없지요, 안 그래요?"

"그렇고말고요." 내 딸이 약간 신경이 곤두선 목소리로 대답했다.

"저는 음악에 영 문외한입니다." 타로 사이토가 노리코를 위축되지 않은 눈길로 응시하며 말했다. "사실 제 모친은 제게 음감이 없다고 언제나 비난하시지요. 그래서 저는 제 취향에 대해 확신을 가질 수가 없답니다. 어떤 작곡가가 좋은지 어머니께 여쭤봐야 하죠."

"말도 안 되는 소리." 사이토 부인이 말했다.

타로가 말을 이었다. "노리코 양, 한번은 바흐의 피아노 협주곡 앨범 세트를 손에 넣은 적이 있었답니다. 저는 그걸 무척 좋아했지만, 제 모친은 제 비루한 취향을 꾸짖고 계속 비판하셨답니다. 당연히 제 의견은 여기 어머니가 좋아하시는 것에 맞서 이길 승산이 없었지요. 그래서 저는 이제 바흐를 거의 듣지 않는답니다. 하지만 당신이 저를 구해 주실 수 있을지도 모르겠군요, 노리코 양. 바흐를 좋아하십니까?"

"바흐라고요?" 한순간 내 딸은 어찌해야 좋을지 모르는 기색이었다. 이윽고 그 애는 미소를 짓고는 이렇게 말했다. "예, 그럼요. 아주 좋아해요."

"흠." 타로 사이토가 의기양양하게 말했다. "이제 제 모친은 사태를 재고하실 필요가 있겠군요."

"얘가 지금 엉뚱한 소리를 하고 있는 거예요, 노리코 양. 전 바흐의 작품 전체를 비난한 적이 없어요. 하지만 말해 주세요. 피아노에 관한 한 쇼팽이 더 유려하다는 데 동의하지 않으세요?"

"물론 그렇죠." 노리코가 대답했다.

내 딸은 그 저녁의 전반부 대부분 그런 뻣뻣한 대답으로 일관되게 행동했다. 이는 전적으로 예상할 수 없었던 반응은 아니라고 말해야 할 것 같다. 가족들이나 가까운 친구들과 함께 있을 때면 노리코는 좀 건방진 태도로 말하고, 종종 위트를 구사하고 신통찮긴 해도 웅변을 늘어놓는 버릇이 있다. 하지만 좀 더 공적인 자리에서는 적절한 태도를 찾아내는 데 어려움을 겪어서 수줍은 처녀라는 인상을 주는 것을 나는 종종 보았다. 하필이면 이런 경우에 바로 그런 일이 일어나고 있다는 것이 걱정스러웠다. 사이토 일가가 자기네 가족 중 여자들이 말수가 적고 얌전한 편을 선호하는 구식 집안이 아니라는 것이 내 눈에는 명백해 보였기 때문이다. 그리고 사이토 부인의 고자세가 이런 점을 확인해 주는 듯했다. 실제로 나는 이 점을 예상했고, 이 맞선을 준비하는 과정에서 노리코가 최대한 자신의 생기 있고 지적인 자질을 드러내야 한다고 강조해 왔다. 내 딸은 그런 전략에 최대한 동의했고, 당연한 말이지만, 솔직하고 자연스럽게 행동하겠다고 몹시 단호하게 잘라 말해서 혹시 지나치게 자유롭게 행동해서 그 행사를 망치지 않을까 걱정했을 정도였다. 그래서 자신의 그릇에서 거의 눈을 떼지 않은 채 그 애를 대화에 끌어들이려는 사이토 일가의 질문에 간신히 단순하고 예의 바른 대답밖에 하지 못

하는 것을 지켜보면서 나는 그 애가 겪고 있을 좌절감을 상상할 수 있었다.

하지만 노리코의 어려움과는 아랑곳없이 탁자를 둘러싸고 앉은 사람들 사이에서는 대화가 편안하게 흘러가는 듯했다. 사이토 박사는 특히 편안한 분위기를 만드는 데 아주 능숙해서 나에게 쏟아지는 마쓰오 청년의 시선을 의식하지 않았다면 나는 그 행사가 얼마나 중요한 것인지를 잊고 경계의 수위를 낮추었을 것이다. 식사 중 어느 한순간, 사이토 박사가 자기 자리에서 편안히 등을 뒤로 젖히며 이렇게 말하던 것이 기억난다.

"오늘날 이 도시의 도심에서는 데모가 점점 자주 벌어지는 것 같습니다. 오노 씨, 오늘 오후 제가 전차를 타고 있는데, 이마에 커다란 상처를 입은 사람이 차에 오르더군요. 그는 제 옆자리에 앉았습니다. 당연히 저는 그에게 괜찮으냐고 묻고 병원에 가 보는 것이 좋겠다고 충고했지요. 그런데 알고 보니 그 사람은 이미 의사에게 다녀오는 길이었고 이제 데모 중인 동료에게 돌아가기로 마음먹은 것이었습니다. 이런 일에 대해 어떻게 생각하십니까, 오노 씨?"

사이토 박사는 상당히 심상하게 말했지만, 나는 한순간 테이블에 앉은 사람들 모두가 ─ 노리코를 포함해서 ─ 식사를 멈추고 내 대답을 기다리는 듯한 인상을 받았다. 물론 이것은 내 상상에 지나지 않을 수도 있다. 하지만 내가 마쓰오 청년 쪽으로 힐긋 눈길을 던졌을 때 그가 기묘할 정도로 강렬한 눈빛으로 나를 지켜보던 것이 지금도 아주 선명하게 기억난다.

"사람들이 다치는 것은 물론 유감스러운 일입니다. 감정이 격앙되고 있는 거죠." 내가 말했다.

"그 말씀이 맞아요, 오노 씨." 사이토 부인이 끼어들었다. "감정이 격앙될 수는 있어요. 그런데 사람들이 이제 지나치게 멀리 치닫고 있는 것 같아요. 그래서 부상자가 그렇게 많이 나오는 거죠. 하지만 여기 제 남편은 그 모든 것이 선을 위한 것이라는군요. 저는 사실 남편의 말이 무슨 뜻인지 이해할 수가 없어요."

나는 사이토 박사가 이 말에 무어라 대답할 것을 기대했지만 그 대신 또 다른 침묵이 흘렀고, 그 침묵 속에서 사람들의 관심은 또다시 내 쪽으로 향했다.

"부인께서 말씀하신 것처럼 그렇게 많은 사람들이 부상당하다니 정말 안타까운 일입니다." 내가 말했다.

"제 아내는 언제나처럼 제 의도를 잘못 전달하고 있군요." 사이토 박사가 말했다. "전 이 모든 싸움이 선하다는 주장은 한 번도 한 적이 없습니다. 다만 이런 일에는 단순히 사람들이 부상을 입는 것 이상의 무엇인가가 있다고 내 아내를 설득하려 했던 겁니다. 물론 사람들이 상처입는 것을 보고 싶어 하는 사람은 없습니다. 하지만 그 근본적인 정신 ─사람들이 자신들의 관점을 공개적으로 강하게 표현하고자 하는 욕구를 느낀다는 사실─ 은 건강한 겁니다. 그렇게 생각지 않으십니까, 오노 씨?"

나는 한순간 망설였던 것 같다. 어쨌든 내가 무어라 대답하기 전에 타로 사이토가 입을 열었다.

"하지만 아버지, 이제 사태가 정도를 벗어나고 있는 게 분명해요. 민주주의는 좋은 것이지만, 그렇다고 시민들이 뭔가에 동의하지 않을 때마다 마구 날뛸 권리를 갖는다는 의미는 아니지요. 이런 점에서 우리 일본인은 아이 같은 모습을 보여 왔습니다. 우리는 민주주의의 책임을 어떻게 다룰 것인지 아직 배워야 해요.”

“여기 특이한 경우가 있군요.” 사이토 박사가 소리 내어 웃으며 말했다. “적어도 이 문제에서는 아비가 아들보다 훨씬 더 진보적이군요. 타로의 말이 맞을지도 모릅니다. 이 순간 우리나라는 걷고 달리는 것을 배우는 어린아이 같습니다. 하지만 제 말은 그 근본적 정신이 건강하다는 겁니다. 이건 한창 자라는 어린 소년이 달리다가 무릎을 깨는 것을 지켜보는 것과도 같습니다. 그렇다고 아무도 그에게 달리기를 못 하게 하고 집 안에 가둬 두고 싶어 하지는 않습니다. 그렇게 생각지 않으십니까, 오노 씨? 아니면 제 아내나 아들이 주장하는 것처럼 제가 지나치게 진보적인가요?”

어쩌면 내가 또다시 잘못 생각했는지도 모르겠다. 앞서 말한 것처럼 나는 내가 의도했던 것보다 조금 더 빠르게 취하고 있었으니까. 하지만 사이토 집안사람들의 이른바 견해차가 내게는 기묘하게도 불화로 여겨지지 않았다. 한편 나는 마쓰오 청년이 다시 한 번 나를 지켜보고 있음을 눈치챘다.

“물론 저는 사람들이 더 이상 다치지 않기를 바랍니다.” 내가 말했다.

이 시점에서 타로 사이토가 화제를 바꾸어 노리코에게 최근 개점한 이 도시의 백화점 중 하나에 대한 의견을 물었던 것 같다. 그래서 한동안 화제는 보다 사소한 것으로 옮겨갔다.

이런 행사는 물론 그 어떤 신붓감에게도 쉬운 일은 아니다. 그렇게 면밀히 살피는 눈길을 받으며 동시에 자신의 미래의 행복에 그토록 중대한 판단을 하기를 젊은 여성에게 요구한다는 것은 부당한 일 같다. 하지만 노리코가 그 긴장을 그렇게까지 감당하지 못할 줄은 미처 예상하지 못했음을 인정해야겠다. 그날 저녁 시간이 흐를수록 그 애의 자신감은 점점 줄어들어서 '예'나 '아니오' 이상의 말은 할 수 없게 된 듯했다. 타로 사이토가 노리코의 긴장을 풀어 주려고 최선을 다하고 있다는 것을 알 수 있었다. 하지만 그는 그 상황에서 지나치게 집요하게 보이지 말아야 했으므로, 이따금 유머러스한 대화를 시작하려는 그의 시도는 어색한 침묵으로 끝나곤 했다. 그런 내 딸애의 곤경을 지켜보면서 나는 그 전해에 있었던 맞선과의 대조점을 떠올리고 또다시 충격을 받았다. 당시에는 방문차 와 있던 세쓰코가 여동생을 지지해 주려고 참석했는데, 그날 밤 노리코는 그런 도움이 거의 필요치 않은 듯했다. 노리코와 지로 미야게가 그런 형식적인 행사를 조롱하기 위해서인 듯 탁자를 가로질러 줄곧 짓궂은 눈길을 교환하는 것을 보고 짜증스러워했던 것이 기억난다.

사이토 박사가 입을 열었다. "지난번 우리가 만났을 때, 둘 다 아는 사람이 있다는 걸 깨달았던 거 기억하실 겁니다, 오노 씨. 구로다 씨 말입니다."

그즈음 식사는 거의 끝나가고 있었다.

"아, 물론 기억하지요." 내가 말했다.

사이토 박사는 그때까지 내가 거의 한 마디도 나눠 본 적이 없는 마쓰오 청년을 가리켰다. "여기 제 아들이 현재 우에마치 대학에서 공부하고 있답니다. 구로다 씨가 가르치고 있는 곳 말입니다."

"그렇습니까?" 내가 청년 쪽으로 몸을 돌렸다. "그럼 자네는 구로다 씨를 잘 아나?"

"잘 알지는 못합니다." 청년이 대답했다. "유감스럽게도 저는 미술 쪽에 조예가 없고, 미대 교수님들과는 그리 만나 볼 기회가 많지 않아서요."

"구로다 씨는 평판이 좋지, 안 그러니, 마쓰오?" 사이토 박사가 기어들었다.

"물론 그렇습니다."

"여기 오노 씨는 구로다 씨와 한때 아주 가깝게 지내셨단다. 너 그 사실을 알고 있니?"

"예, 들어서 알고 있습니다." 마쓰오가 대답했다.

그 시점에서 타로 사이토가 이렇게 말함으로써 다시 화제를 바꾸었다.

"알다시피, 노리코 양, 저는 제가 왜 음감이 둔한지를 설명해 줄 근거를 줄곧 염두에 두고 있었습니다. 제가 어렸을 때, 저희 부모님 께서는 피아노를 한 번도 조율하신 적이 없답니다. 노리코 양, 저는 중요한 성격 형성기 내내 매일같이 여기 계시는 어머니께서 음정이 맞지 않는 피아노로 연주하시는 것을 들어야 했지요. 이게 제 문제의 배경이 될 법하지요, 그렇게 생각하지 않으세요?"

"그렇겠네요." 노리코가 말하고는 다시 자기 그릇을 향해 시선을 떨어뜨렸다.

"자, 저는 언제나 그게 어머니의 잘못이라고 주장해 왔지요. 그런데 어머니는 오랜 세월 동안 음감이 엉망이라고 저를 꾸짖으셨답니다. 저는 정말이지 부당한 대우를 받은 거죠, 그렇게 보시지 않으세요, 노리코 양?"

노리코는 미소를 지어 보일 뿐 아무 말도 하지 않았다.

이 시점에서 그때까지 물러서 있던 쿄 선생이 재미난 일화 하나를 이야기하기 시작했다. 나중에 노리코의 설명에 따르면, 그가 한창 자기 이야기를 하는 중에 내가 마쓰오 사이토 청년에게 몸을 돌리고 불쑥 이렇게 물었다고 한다.

"구로다 씨가 분명 자네에게 나에 관한 이야기를 했을 걸세."

마쓰오는 혼란스러운 표정으로 나를 쳐다보았다.

"선생님에 대한 이야기요, 선생님? 그가 망설이면서 말했다. "그분이 선생님에 대해 종종 말씀하신 건 분명하지만, 저는 구로다 교수님을 잘 몰라서요……." 그는 말꼬리를 흐리더니 도움을 청하듯 자기 부모 쪽을 바라보았다.

"내 생각에는 말이야." 사이토 박사가 내게는 좀 의외로 여겨지는 상당히 신중한 어조로 말했다. "구로다 씨는 오노 씨를 뚜렷하게 기억하고 있을 거야."

"내가 보기에 구로다 씨는 나를 그다지 좋게 평가하지 않을 걸세." 내가 다시 마쓰오를 바라보며 말했다.

청년은 다시 한 번 어색하게 자기 부모 쪽으로 몸을 돌렸다. 이번에는 사이토 부인이 말했다.

"제 생각에는 반대로 그분이 선생님을 아주 높게 평가할 것 같은데요, 오노 선생님."

"몇몇 사람들은 말입니다, 사이토 부인." 내가 어쩌면 좀 크게 들릴 수 있는 목소리로 말했다. "제 경력이 부정적인 영향을 미쳤다고 여깁니다. 사실 이제는 지워지고 잊힌 영향력에 지나지 않지만요. 저는 이런 관점이 있다는 것을 모르지 않습니다. 제 생각에 구로다 씨는 그런 견해를 가진 사람 중의 하나일 겁니다."

"그런가요?" 어쩌면 이 점에 대해 내가 잘못 생각했는지도 모른다. 하지만 나는 사이토 박사가, 자신은 훤히 외우고 있는 교과 내용을 학생이 발표하기를 기다리는 교사처럼 나를 지켜보고 있다는 생각이 들었다.

"그렇습니다. 그리고 저에 대해 말하자면, 저는 이제 그런 의견에 타당성이 있다는 걸 인정할 준비가 되어 있습니다."

"제 생각에 선생님은 선생님 자신에게 부당하신 것 같은데요, 오노 선생님." 타로 사이토가 말을 시작했지만, 내가 재빨리 말을 이었다.

"저 같은 사람들이 이 나라에 일어났던 저 끔찍한 일에 책임이 있다고 말하는 사람들이 있습니다. 저에 관해 말하자면, 저는 제가 많은 잘못을 저질렀다고 인정합니다. 저는 제가 한 일의 많은 부분이 우리나라에 궁극적으로 해를 끼쳤다는 것, 제가 끼친 영향이 부분적으로 우리 국민들에게 실로 엄청난 고통을 안겨 주는 영향력을 행사했다는 견해를 받아들입니다. 인정하는 거죠. 사이토 박사님, 저는 이 점을 변명 없이 인정합니다."

사이토 박사가 얼굴에 혼란스러운 표정을 띤 채 몸을 앞으로 기울였다.

"죄송합니다만 오노 씨. 당신은 지금 당신이 한 일이 불만스럽다는 말씀이십니까? 당신의 그림에 대해서요?"

"제 그림도 그렇고 제 가르침도 그렇습니다. 사이토 박사님, 저는 이 점을 깨끗하게 인정합니다. 제가 말할 수 있는 것은 다만 그 당시 제가 선한 믿음에서 행동했다는 것뿐입니다. 저는 친애하는 동포를 위해 선한 일을 하고 있다고 굳게 믿었습니다. 하지만 아시다시피 제가 실수했다는 것을 이제 인정해야 할 것 같습니다."

"제 생각에 선생님은 스스로에게 지나치게 엄격하신 것 같습니다." 타로 사이토가 유쾌한 어조로 말했다. 그러더니 노리코 쪽으로 몸을 돌리고는 이렇게 말했다. "말해 주시겠어요, 노리코 양. 당신 아버님께서 언제나 스스로에게 이렇게 엄격하신가요?"

나는 그제야 노리코가 깜짝 놀라서 나를 응시하고 있다는 것을 알았다. 아마도 그런 방심 상태였기 때문에 그 애는 타로의 그런 질문에 그날 처음으로 평소의 자신다운 경쾌한 화법을 되찾은 듯했다.

"아버지는 전혀 엄격하지 않으세요. 아버지께 엄격해야 하는 건 저랍니다. 그렇지 않으면 아침 식사 시간에도 자리에서 일어나시지 않을 테니까요."

"그런가요?" 타로 사이토가 노리코에게서 한결 참신한 반응을 끌어낸 데 기뻐하며 말했다. "제 부친 또한 늦게 일어나시는 편이죠. 사람들 말이 나이 드신 분들은 우리보다 잠을 덜 주무신다고 하지만, 우리의 경험으로 보면 그건 완전히 틀린 얘기 같네요."

노리코는 웃음을 터뜨리고는 말했다. "제 생각에 그건 그저 아버님들의 경우 같아요. 사이토 부인께서는 일어나는 데 아무 문제도 없으시리라고 확신해요."

"참 좋은 일이군요." 사이토 박사가 나에게 말했다. "저 애들이 우리를 놀리고 있습니다. 우리가 아직 방을 나가기도 전에 말이죠."

그 시점까지 혼담이 전체적으로 미결정 상태에 머물러 있었다고 주장하고 싶지는 않지만, 파국으로 치달을 가능성이 있는 어색한 것에서 성공적인 저녁으로 바뀐 것은 그 순간부터라고 나는 느꼈다. 식사가 끝난 후 우리는 오랜 시간 사케를 마시며 이야기를 이어 나갔고, 택시를 부를 즈음에는 모든 것이 잘될 거라는 분명한 느낌이 있었다. 가장 결정적으로 적당한 거리를 줄곧 지키고 있긴 했지만 타로 사이토와 노리코가 서로에게 호감을 갖게 된 것이 분명했다.

물론 그 저녁의 몇몇 순간이 전혀 고통스럽지 않았던 척하지는 않겠다. 또한 상황에 밀려 신중함을 발휘해 그렇게 해야 할 상황이 아니었다 해도, 내가 그렇게 자진해서 지난날에 대해 그런 종류의 발언을 했을 거라고 주장하지도 않겠다. 그렇긴 해도 자존심을 소중히 생각하는 사람이라면 누구라도 자신이 과거에 한 일에 대한 책임을 오랫동안 회피하고 싶어 한다는 말은 이해하기 어렵다. 언제나 쉬운 일이 아닐 테지만, 한 인간이 삶의 과정에서 자신이 저지른 실수를 깨끗하게 인정함으로써 얻어지는 만족감과 권위가 틀림없이 있다. 어쨌든 신념에 차서 저지른 실수는 그렇게 부끄러운 것이 아닐 것이다. 그것을 인정할 수 없거나 인정하려 들지 않는 것이 훨씬 더 수치스러운 일임이 분명하다.

신타로를 예로 들어 보자. 말이 나왔으니 말인데 그는 그렇게 갈망하던 교사 자리를 확보한 모양이다. 그가 자신이 과거에 한 일을 인정할 용기와 정직함이 있었다면 내 생각에 그는 오늘날 훨씬 더 행복했을 것이다. 새해가 되고 얼마 지나지 않은 그날 오후 내가 냉담한 반응을 보이자, 그는 방침을 바꾸어 중국 위기 포스터 문제에 대해 심사 위원회와 협상을 했는지도 모른다. 하지만 내 짐작에 신타로는 목표를 추구하는 과정에서 자신의 비루한 위선을 포기하지 않은 것 같다. 이제 나는, 신타로의 품성에 언제나 정직하지 못하고 교활한 면이 있었는데, 과거에 그것을 제대로 인식하지 못했다고 믿게 되었다.

"아시다시피 아주머니"하고 얼마 전 어느 저녁 그곳에 갔을 때 내가 가와카미 여사에게 말했다. "제 생각에 신타로는 우리로 하여금 그렇게 믿게 만들긴 했지만 결코 물욕이 없는 성격은 아니었던 것 같습니다. 사람들을 이용해 사태를 자신에게 유리하게 만드는 게 그의 방식이었을 뿐이죠. 신타로 같은 사람들은 뭔가를 하고 싶지 않으면, 그것에 대해 속수무책인 척하고, 그래서 모든 걸 용서받는 거죠."

"이런, 선생님." 가와카미 여사는 그렇게 오랫동안 단골이었던 누군가를 나쁘게 생각한다는 것이 당연히 내키지 않는 듯 동의할 수 없다는 표정을 지어 보였다.

"예를 들자면 말이지요, 아주머니." 내가 말을 계속했다. "그가 얼마나 영리하게 전쟁을 피했나 생각해 보세요. 다른 사람들은 그렇게 많은 것을 잃었는데, 신타로는 아무 일도 일어나지 않은 것처럼 자신의 작은 작업실에서 일만 했잖아요."

"하지만 선생님, 신타로 씨는 다리가 불편해서……."

"다리가 불편하든 않든 간에 모두들 소집되었죠. 물론 사람들은 마지막에 그를 찾아냈어요. 하지만 그때는 전쟁이 며칠 남지 않았죠. 아주머니, 신타로가 언젠가 제게 말하기를 자신은 전쟁 때문에 두 주간 일을 못했다고 했어요. 그게 신타로가 전쟁 때문에 치른 손해의 전부입니다. 제 말 믿으세요, 아주머니, 우리 옛 친구의 어린아이 같은 외양 뒤에는 훨씬 더 많은 것이 있답니다."

"음, 어쨌든 말이죠." 가와카미 여사가 지친 어조로 말했다. "이제 그는 더 이상 여기 안 오겠네요."

"물론이죠, 아주머니, 당신은 단골 하나를 영영 잃어버린 겁니다."

가와카미 여사는 손에 불붙인 담배를 쥐고는 카운터 끝에 몸을 기댄 채 자신의 작은 바를 둘러보았다. 언제나처럼 그곳에는 우리 둘뿐이었다. 창문에 드리운 모기장을 통해 들어오는 늦은 오후 햇살이, 어둠이 내려서 등들이 그곳을 밝혀 줄 때보다 그곳을 훨씬 더 낡고 지저분한 공간으로 보이게 했다. 밖에서는 사람들이 여전히 일을 하고 있었다. 망치질 소리가 어딘가로부터 들려왔고, 트럭이 출발하는 소리나 요란한 드릴 소리가 종종 술집 전체를 뒤흔들었다. 그 여름 저녁 가와카미 여사의 시선을 따라 그 공간을 둘러보면서 나는 시 자치 단체가 바로 그 순간에도 우리 주위에 건설 중인 거대한 콘크리트 건물 한가운데에서 그녀의 주점이 얼마나 좁고 낡고 생뚱맞은지를 떠올리고 충격을 받았다. 내가 가와카미 여사에게 말했다.

"아시다시피, 아주머니, 이번 제안을 받아들이고 이제 다른 곳으로 이사하는 것을 진지하게 고려해야 합니다. 이건 굉장한 기회예요."

"하지만 전 여기 아주 오래 있었는걸요." 그녀가 말했다. 그런 다음 담배에서 피어오르는 연기를 흩어 버리기 위해 한 손을 내저었다.

"새로 멋진 가게를 열 수 있잖습니까, 아주머니. 기타바시 구역이나 어쩌면 혼초에 말이죠. 근처에 갈 때마다 반드시 들를게요."

가와카미 여사는 밖에서 일꾼들이 내는 소리 가운데서 무슨 소리인가를 가려내려는 듯 한순간 말이 없었다. 이윽고 미소 한 줄기가 그녀의 얼굴에 퍼져 나가더니 이윽고 그녀가 말했다. "여긴 한때 정말이지 멋진 구역이었어요. 기억하시죠, 선생님?"

나는 그녀의 미소에 역시 미소로 답했을 뿐 아무 말도 하지 않았다. 물론 그 옛 구역은 멋진 곳이었다. 우리 모두는 그곳에서 즐거워했고, 그 토론과 농담에 깃든 정신은 틀림없이 진실이었다. 하지만 그 같은 정신이 언제나 최선은 아니었는지도 모른다. 지금의 많은 것이 그렇듯이 그 작은 세계는 지나가 버리고 다시는 돌아오지 않을 수도 있다. 나는 그날 저녁 가와카미 부인에게 그 같은 이야기를 하고 싶은 충동을 느꼈지만 그렇게 한다면 눈치 없는 짓이 될 거라고 결론을 내렸다. 그 옛 구역은 여사에게 소중한 것임이 분명하고 ─ 그녀는 자신의 인생과 에너지를 모두 거기에 바쳤으니까 ─ 그것이 영영 사라져 버린다는 것을 받아들이기를 내켜 하지 않는 그녀의 태도를 충분히 이해할 수 있으므로.

1949년 11월

내가 처음으로 사이토 박사를 만났을 때의 기억은 상당히 생생하게 남아 있는 만큼 꽤 정확하다고 확신한다. 지금부터 십육 년 전 내가 지금의 집으로 이사 온 지 얼마 되지 않은 어느 날이었다. 내 기억에 따르면, 그 눈부신 여름날 나는 집 밖에서 담장을 수리하든가 아니면 대문의 뭔가를 고치면서 지나가는 새 이웃들과 인사를 하고 있었다. 그러다가 한동안 길에서 등을 돌리고 있던 나는 누군가 내 뒤에 서서 내가 일하는 것을 지켜보고 있다는 것을 의식했다. 몸을 돌려 보니 내 나이 대의 남자 하나가 문패에 새로 새겨진 내 이름을 관심 있게 살펴보고 있었다.

"그러니까 선생님이 오노 씨군요." 그가 말했다. "이런, 이거 정말 영광입니다. 선생님 같은 분이 이웃이 되다니 정말 영광이네요. 아실지 모르지만 저 역시 미술계에 몸담고 있답니다. 제 이름은 사이토입니다. 도쿄 대학에 재직하고 있지요."

"사이토 박사시라고요? 이런, 이거 정말 영광입니다. 명성은 익히 들었지요, 선생님."

우리는 거기 우리 집 대문 밖에 서서 몇 분간 이야기를 나누었다. 확신하건대 그때 사이토 박사는 내 일과 경력에 대해 몇 마디 더 했던 걸로 기억한다. 그리고 몸을 돌려 다시 언덕을 내려가기 전에 이렇게 되풀이해서 말했던 걸로 기억한다. "선생님 같은 수준의 예술가가 이웃이 되다니 정말 대단한 영광입니다, 오노 선생님."

그 이후 사이토 박사와 나는 서로 마주칠 때마다 인사를 나누었다. 그 첫 만남 이후—최근의 사건으로 인해 우리가 무척 친숙해질 때까지—사실 우리는 걸음을 멈추고 긴 대화를 나눈 적이 거의 없다. 하지만 그 첫 만남에 대한 기억, 사이토 박사가 문패에 적힌 내 이름을 알아보았던 기억 덕택에 나는 큰딸 세쓰코가 지난달 암시하려 애썼던 것 중 적어도 일부는 크게 잘못 짚은 것이라고 얼마간 확신할 수 있다. 예를 들어 사이토 박사가 지난해 혼담 때문에 어쩔 수 없이 조사에 착수하기 전까지 내가 누군지 전혀 몰랐다는 이야기는 도대체 사실일 수가 없다.

올해 세쓰코가 우리 집에 머문 기간이 너무 짧았기 때문에, 그리고 그 애가 그 기간 중에 이즈미마치 구에 있는 노리코와 타로의 신혼집에 머물렀기 때문에 그날 아침 그 애와 가와베 공원을 산책한 것은 나로서는 정말이지 그 애와 제대로 이야기할 수 있는 유일한 기회였다. 그러므로 내가 그 대화를 그 후 얼마동안 머릿속에서 되짚어 생각한 것도 당연하고, 그날 그 애가 말한 몇 가지 일을 떠올리며 점점 더 짜증이 치밀어 오르는 것도 무리가 아닌 것 같다.

하지만 당시 나는 딸애와 함께 한동안 하지 못했던 가와베 공원 산책을 다시 즐기게 되어 기쁜 나머지 기분이 좋았으므로, 세쓰코의 말을 깊게 생각해 보지 못했다. 이는 겨우 한 달쯤 전에 있었던 일로, 낙엽은 이미 지고 있었지만 햇살이 아직 눈부신 그런 날이었다. 세쓰코와 나는 공원 한가운데를 가로지르는 널찍한 가로수길을 걷고 있었다. 다이쇼 왕의 조각상 옆에서 노리코와 이치로를 만나기로 한 시각까지는 아직 여유가 있었으므로 우리는 느긋하게 걸음을 옮기다가 중간중간 걸음을 멈추고 가을 풍경에 찬탄하기도 했다.

가와베 공원이 이 도시의 공원 중에서 가장 만족스러운 공원이라는 내 견해에 아마 여러분도 동의할 것이다. 가와베 구의 붐비는 좁은 길들만 돌아다니다가 나뭇가지들이 늘어진 그 널찍하고 긴 대로를 걸으면 최고의 기분 전환이 될 터였다. 하지만 당신이 이 도시가 처음이고 가와베 공원의 역사에 대해 잘 모른다면, 이 공원이 어째서 내게 특별한 흥미를 불러일으키는지 여기서 설명해야 할 것 같다.

여러분이 공원 여기저기를 돌아다니며 그런 대로들 중 어느 길을 걷든 간에 나무들 사이로 학교 운동장 크기 정도 되는 풀이 우거진 공터들을 지나친 기억이 날 것이다. 그 공간은 마치 그 공원을 설계한 사람들이 혼동을 일으켜 이런저런 계획을 세웠다가 중도에 포기해 버린 것 같은 인상을 준다. 실제로 그것이 어느 정도 사실이다. 몇 년 전 아키라 스기무라—지금 내가 사는 이 집을 나는 그가 죽은 직후 구입했다—는 가와베 공원에 대해 정말이지 야심만만한 계획을 세웠다. 요즘은 아키라 스기무라의 이름을 듣게 되는 경우가 드물다지만, 얼마 전까지만 해도 그는 이론의 여지없이 이 도시의 가장 영향력 있는 인물 중 하나였다. 내가 들은 바에 따르면 그는 어떤 단계에 이르러 주택 네 채의 주인이 되었고, 이 도시를 걷다 보면 얼마 지나지 않아 그가 직접 소유하거나 그와 밀접한 연관을 가진 장소를 지나가지 않기가 거의 불가능했다. 그리하여 1920년인가 1921년 성공의 절정에서 스기무라는 자신의 부와 자본의 대부분을 이 도시와 시민의 머릿속에 자신의 발자취를 영원히 남기게 해 줄 프로젝트에 투자하기로 결정했다. 그는 가와베 공원 — 당시에는 구질구질하고 눈에 띄지 않는 장소였던 — 을 이 도시 문화의 정점으로 바꾸려는 계획을 세웠다. 그 공원은 부지를 확장해 시민들이 휴식할 수 있는 보다 자연 친화적인 공간을 확보하게 될 뿐 아니라, 몇몇 눈부신 문화 센터들 — 자연사 박물관, 시라하마 거리에 있던, 최근 화재로 없어진 극장 대신 다카하시 학파를 위한 새로운 가부키 극장, 유럽 스타일의 콘서트 홀, 그리고 좀 특이하게도 이 도시의 고양이와 개를 위한 공동묘지 — 이 지어질 터였다. 그 밖에 또 그가 무엇을 계획했었는지 이제 기억이 나지 않지만 야심찬 계획이었음이 분명하다. 스기무라는 가와베 구를 변화시키는 데서 더 나아가 강 북쪽에 새롭게 비중을 실어 줌으로써 이 도시의 문화적 균형을 도모하고 싶어 했다. 앞서 말한 것처럼 이 계획은 한 인간의 발자취를 이 도시의 특성에 영원히 아로새길 수 있는 시도와 다름없었다.

공원 건설을 위한 작업이 잘 진행되고 있는 듯했지만 이윽고 그 계획은 심각한 재정적 난관에 부딪쳤다. 나로서는 그 상세한 내막은 알 수 없지만, 그 결과 스기무라의 '문화 센터'는 영영 지어지지 못했다. 스기무라 자신도 그로 인해 막대한 재산을 잃었고, 다시는 과거와 같은 영향력을 회복하지 못했다. 전쟁 후 가와베 공원은 시 당국에서 직접 관리하게 되었다. 시는 나무들이 늘어선 대로를 만들었다. 오늘날 스기무라의 계획 중에서 남은 것이라고는 박물관과 극장이 지어질 예정이었던 뜬금없이 비어 있는 예의 그 수풀이 우거진 공터뿐이다.

앞서 이야기한 것 같은데 스기무라가 죽은 후 그의 집안과 나의 거래 ─그의 마지막 소유였던 이 집을 내가 구입할 때─가 나로 하여금 특별히 그를 기리게 만든 것은 아니었다. 그럼에도 요즘 나는 가와베 공원을 산책할 때마다 나도 모르게 스기무라와 그의 계획을 생각하며, 그 사내에 대해 어떤 찬탄의 감정을 느낀다고 고백해야 할 것 같다. 한 인간이 평범을 넘어서기를, 보통을 능가하는 그 무엇이 되기를 열망한다는 것은, 설사 실패하고 그 야망으로 인해 재산을 잃는다 해도 찬탄받아 마땅한 것이기 때문이다. 더 나아가 나는 스기무라가 불행한 사내로 죽지 않았다고 굳게 믿는다. 그의 실패는 대부분의 평범한 인생의 보잘것없는 실패와는 완전히 다르다. 스기무라 같은 사내는 그것을 알고 있었을 터였다. 누군가 다른 이들이 시도조차 못할 일을 시도했다면 비록 실패했다 해도 자신의 삶을 돌아볼 때 어떤 위안 ─깊은 만족감이라고 해도 좋을─을 얻을 수 있는 것이다.

하지만 여기서 스기무라에 대해 자세히 이야기하려는 의도는 아니었다. 앞서 말한 대로 나는 그날 세쓰코가 한 특정 이야기 ─얼마간 시간이 흐른 다음 곰곰이 생각해 본 다음에야 나는 그 말의 의미를 제대로 파악할 수 있었다─에도 불구하고 대체로 그 애와 함께하는 가와베 공원 산책을 즐기고 있었다. 어쨌든 우리의 대화는, 우리 앞 얼마 떨어지지 않은 길 한복판에 다이쇼 천황의 동상이 나타나는 바람에 끝났다. 거기서 노리코와 이치로를 만나기로 했던 것이다. 내가 동상 주위의 벤치들을 둘러보고 있는데 아이가 외치는 소리가 들려왔다. "저기 할아버지가 있어!"

이치로는 마치 안아 주기를 기대하는 것처럼 두 팔을 펼친 채 내게로 달려왔다. 하지만 내 가까이에 이르자 자기 자신의 모습을 점검하는 것 같았다. 아이는 얼굴에 엄숙한 표정을 짓더니 악수를 청하듯 한 손을 내밀었다.

"안녕하십니까." 하고 그 애는 사무적인 태도로 말했다.

"이런, 이치로, 너 정말 많이 컸구나. 지금 몇 살이지?"

"여덟 살인 것 같습니다. 이리 오십시오, 할아버지. 할아버지와 의논할 것이 좀 있습니다."

세쓰코와 내가 그 애를 따라 노리코가 기다리고 있는 벤치로 갔다. 노리코는 내가 처음 보는 밝은 색 원피스를 입고 있었다.

"아주 환해 보이는구나, 노리코." 내가 그 애에게 말했다. "딸내미가 시집을 가니까 이내 딴사람이 되는구나."

"결혼했다는 이유만으로 여자가 칙칙하게 입을 필요는 없잖아요." 노리코가 재빨리 대답했다. 하지만 그럼에도 내 칭찬에 기분이 좋은 것 같았다.

내 기억에 따르면, 우리 모두는 다이쇼 왕 동상 아래에 앉아 한동안 이야기를 나누었다. 우리가 그날 공원에서 만나기로 한 것은 내 두 딸들이 단 둘이 옷감을 살 시간을 갖고 싶어 했고, 그동안 내가 백화점에서 이치로와 함께 점심을 먹은 다음 그 애에게 도심 여기저기를 구경시켜 주면서 오후를 보내는 데 동의했기 때문이었다. 이치로는 얼른 그 자리를 떠나고 싶어 조바심을 내며 우리가 앉아서 이야기를 하고 있는 동안 줄곧 내 팔을 찔러 대며 말했다.

"할아버지, 여자들끼리 얘기하게 내버려 두세요. 우리에겐 할 일이 있잖아요."

그렇게 해서 통상적인 점심시간보다 조금 늦은 시각에 나는 손자와 함께 백화점에 도착했다. 식당이 있는 층은 그즈음 한산했다. 이치로는 진열장 안에 전시된 여러 가지 음식 중에서 시간을 들여 자기가 먹을 것을 고르다가는, 어느 순간 나를 돌아보며 말했다.

　"오지, 요즘 제가 가장 좋아하는 음식이 뭔지 맞춰 보세요."

　"흠, 잘 모르겠는걸, 이치로. 핫케이크냐? 아니면 아이스크림?"

　"시금치예요! 시금치를 먹으면 힘이 생겨요!" 그 애는 가슴팍을 불룩하게 부풀리고 과시하듯 근육을 불룩거렸다.

　"알겠다. 여기 주니어 런치에 시금치가 들어 있구나."

　"주니어 런치는 어린애들을 위한 거잖아요."

　"그럴 수도 있지만, 이건 아주 맛있겠는걸. 할아버지는 이걸 주문해야겠다."

　"좋아요. 그럼 저도 주니어 런치를 먹겠어요. 할아버지와 친구해 주기 위해서요. 하지만 제 것에는 시금치를 많이 달라고 해 주세요."

　"그렇게 하마, 이치로."

　"할아버지, 할아버지도 가능한 한 자주 시금치를 먹어야 해요. 그러면 힘이 생길 거예요."

　이치로는 우리가 앉을 자리로 넓은 창문 옆의 탁자를 골랐다. 음식이 나오기를 기다리는 동안 그 애는 네 층 아래의 사람들로 붐비는 대로를 살펴보느라 줄곧 얼굴을 유리창에 갖다 대고 있었다. 일년 전 세쓰코가 내 집을 다녀간 이후 이치로를 보는 건 처음이었는데—그 애는 무슨 바이러스 감염 때문에 노리코의 결혼식에 오지 못했다—그동안 아이는 깜짝 놀랄 정도로 훌쩍 자라 있었다. 키가 눈에 띄게 컸을 뿐 아니라, 전체적인 태도가 훨씬 안정되고 아이 티를 벗었다. 특히 눈빛이 훨씬 성숙해진 듯했다.

사실상 그날 아래쪽 거리를 보기 위해 유리창에 얼굴을 갖다 대고 있는 이치로를 지켜보면서 나는 그 애가 얼마나 자기 아버지를 닮았는지 알 수 있었다. 세쓰코를 닮은 부분도 있었지만, 그건 대부분 그 애의 태도나 얼굴 표정 같은 것이었다. 그리고 물론 나는 이치로가 그 나이 때의 내 아들 겐지와도 무척 닮았다는 사실에도 다시 충격을 받았다. 고백하건대 나는 아이들이 친척과 가족을 이렇게 닮는 것을 보면 기묘한 만족감을 느낀다. 내 손자가 그런 특징을 성인이 될 때까지 지니기를 바란다.

물론 우리가 어릴 때만 이런 식으로 쉽게 다른 사람을 닮을 수 있는 것은 아니다. 막 성인이 되었을 무렵 자신이 몹시 존경하는 스승이나 정신적 지주의 영향을 받기 마련이다. 물론 나중에 그 사람의 가르침을 전체적으로 재평가하게 되고 심지어는 거부하게 될 수도 있지만, 어떤 특징들은 그 영향의 그림자처럼 살아남아서 그의 삶전체를 관통하게 된다. 예를 들어 나는 내 버릇 중 어떤 것들 — 뭔가를 설명할 때 취하는 손짓, 비꼬거나 조바심을 드러낼 때의 억양, 심지어는 사람들이 내 특유한 표현이라고 생각하기에 이른 즐겨 사용하는 어구 같은 — 이 원래는 내 스승이었던 모리 선생으로부터 체득한 특징임을 안다. 그리고 많은 내 제자들이 나로부터 그런 사소한 것들을 이어받을 것이라고 생각해도 지나친 자만은 아닌 것 같다. 나아가 내가 그들을 지도했던 세월에 대해 평가를 다시 한다해도 많은 제자들이 자신들이 배운 많은 것에 대해 여전히 감사하는 마음을 가지기를 바란다. 내 경우에는 과거 내 스승인 세이지 모리야먀, 곧 '모리 선생' — 우리는 언제나 그를 이렇게 불렀다 — 에게 어떤 명백한 단점이 있었든, 마지막에 우리 사이에 무슨 일이 벌어졌든 간에 나는, 와카바의 구릉진 시골에 있는 그의 저택에서 지낸 그 칠 년의 세월이 내 경력에 가장 결정적인 역할을 했다는 사실을 언제든 인정할 준비가 되어 있다.

모리 선생의 저택이 어땠는지를 떠올리려 애쓸 때면 나는, 거기에서 가장 가까운 마을로 통하는 산길에서 보이는, 유난히 멋진 그 저택의 모습을 떠올리게 된다. 길을 걸어 올라가면 아래쪽 움푹 팬 곳에서 키 큰 삼나무 한가운데 자리 잡은 짙은 색 나무로 된 사각형 저택이 모습을 드러냈다. 사각형의 삼면에 각각 길게 건물이 세워져 중앙의 마당을 둘러싸고 연결되었고, 나머지 한 면은 삼나무 담장과 대문으로 마감되어서, 밖에서는 안뜰이 전혀 보이지 않았다. 그래서 그 옛날 일단 육중한 대문이 빙그르 돌면서 닫히고 나면 침입자들이 안으로 들어가기가 쉽지 않았으리라는 것을 상상할 수 있다.

하지만 오늘날 낯선 방문자들은 그런 어려움을 별로 느끼지 않을 것이다. 그 산길에서는 그런 자세한 사항이 눈에 띄지 않는다 해도, 그 저택은 이제 거의 허물어져 가는 상태였던 것이다. 저택 안의 방들이 하나같이 벽지가 찢어지고 다다미 바닥 여기저기가 너무나도 낡아서 조심히 걷지 않으면 발이 빠질 위험이 있다는 것을 그 산길에서 보아서는 짐작할 수 없다. 실제로 좀 더 가까운 지역에서 그 저택을 바라본 모습을 떠올리면, 깨진 기왓장과 곰팡이 핀 격자 세공, 갈라져 썩어 가는 툇마루의 충격적인 모습이 기억난다. 지붕 기왓장에는 끊임없이 새로운 균열이 생겼고, 하룻밤 비가 오고 나면 방마다 축축한 목재와 썩어 가는 나뭇잎 냄새가 진동했다. 벌레와 나방이 떼로 날아 들어와 목재로 된 곳이면 어디든지 달라붙고 틈이란 틈마다 파고 들어갔으므로, 그러다가 저택이 한순간 무너지는 것이 아닐까 두려울 정도였다.

이런 방들 중에서 오직 두세 개의 방만이 그 저택이 과거에 지녔던 광채를 암시할 수 있는 상태였다. 낮 동안 내내 청신한 빛으로 가득 차는 그런 방 하나가 특별한 행사를 위해 따로 준비되어 있었다. 모리 선생이 새로운 그림을 완성할 때마다 제자들 모두—우리는 모두 열 명이었다—를 그 방으로 불렀던 게 기억난다. 또한 방안으로 들어가기 전 우리 각자가 문지방에서 걸음을 멈추고 바닥한가운데 자리 잡고 있는 문제의 그림을 보며 감탄한 나머지 헉 하고 숨을 멈추던 것이 기억난다. 그러는 동안 모리 선생은 우리가 들어오는 것을 의식하지 못한 양 화초 같은 것을 매만지거나 창밖을 내다보고 있었다. 얼마 지나지 않아 우리는 그림을 둘러싸고 바닥에 앉아 소리 죽인 어조로 서로 이런저런 부분을 가리키곤 했다. "선생님께서 저 구석을 어떤 식으로 채웠는지 좀 봐. 탁월하군!" 하지만 아무도 실제로 대놓고, "선생님, 정말 훌륭한 그림입니다!" 하고 말하지는 않았다. 어떤 이유에선지 이런 경우 우리는 관습적으로 스승이 거기 없는 것처럼 행동했던 것이다.

새로운 그림에는 종종 충격적인 혁신 같은 것이 담겨서 우리 사이에서 토론이 열정적으로 전개되곤 했다. 예를 들어 한 번은 우리가 그런 식으로 그 방으로 들어갔을 때, 무릎 꿇고 앉아 있는 여자의 모습이 담긴 그림과 맞닥뜨렸던 것이 기억난다. 특이하게도 아래쪽에서 바라본 그림이었는데, 화가의 시선이 어찌나 낮았던지 바닥에 앉은 우리가 그 여자를 올려다보는 것 같았다.

누군가 이렇게 주장하던 것이 기억난다. "이렇게 낮은 곳에서 올려다보았기 때문에 이 여인은 품위 있는 모습이 될 수 있었던 거야. 그렇지 않았다면 이런 품위는 갖지 못했을 거야. 이건 정말 놀라운 성취야. 다른 관점을 취했다면 이 여인은 자기 연민에 빠진 것처럼 보였을 거야. 이 그림에 미묘한 힘을 부여하는 것은 바로 이 긴장감이라고."

또 다른 누군가가 말했다. "이럴 수도 있어. 이 여인에게는 어떤 품위가 있지만, 그게 낮은 곳에서 바라본 관점을 취했기 때문이라고는 할 수 없어. 선생님이 우리에게 말하고 있는 것은 분명히 그보다 훨씬 더 잘 들어맞는 어떤 걸 거야. 관점이 낮은 듯이 보이는 것은 다만 우리가 특정한 눈높이에 지나치게 익숙해져 있기 때문임을 선생님은 지적하시는 거야. 이건 그런 자의적이고 편협한 습관으로부터 우리를 벗어나게 하고 싶은 선생님의 바람을 보여 주는 그림인 게 분명해. 선생님은 우리에게 이렇게 말하고 계신 거라고. '사물을 언제나 늘 하듯이 닳아빠진 앵글에서 볼 필요는 없다.' 바로 이런 이유에서 이 그림이 이렇게 영감을 불러일으키는 거라고."

얼마 지나지 않아 우리는 모리 선생의 의도에 대해 각각의 이론을 세워 서로 큰 소리로 토론을 하기에 이르렀다. 그러면서 줄곧 스승 쪽을 힐긋거렸다. 스승은 우리의 이론 중 그 어떤 것에도 옳다는 표시를 하지 않았다. 그가 그저 방 저편 구석에 서서 얼굴에 재미있어하는 듯한 미소를 띠고 팔짱을 낀 채 창의 나무 격자 너머로 마당을 건너다보던 것이 기억난다. 그렇게 한동안 우리의 토론을 듣고 나서 그는 몸을 돌리고 말했다. "이제들 물러가거라. 내가 하고 싶은 일이 있다." 그 말에 우리는 모두 새로운 그림에 대해 다시 한 번 무어라 중얼거리며 줄지어 방에서 나갔다.

이런 말을 하다 보니 모리 선생의 태도가 왠지 오만하게 여겨질 수도 있겠다는 생각이 든다. 하지만 줄곧 우러러보이고 찬탄을 받는 위치에 있어 온 사람이라면 그런 경우 그가 보인 초연한 태도를 이해할 수 있을 것이다. 왜냐하면 제자들을 가르치고 정확한 판단을 제시하는 것이 언제나 바람직한 것은 아니기 때문이다. 제자들이 토론하고 생각할 수 있는 기회를 갖도록 침묵을 지키는 편이 더 나을 때도 많다. 앞서 말한 것처럼 커다란 영향력을 미치는 위치에 있어 온 사람이라면 이런 상황을 이해할 수 있을 것이다.

어떤 경우든 스승의 작품에 대한 논란이 여러 주에 걸쳐 계속되는 일도 있었다. 모리 선생 자신으로부터 아무 설명도 없었으므로, 우리는 대개 우리 중에서 한때 수제자의 지위를 누렸던 사사키가 분명한 판단을 내려 줄 것이라고 기대했다. 앞서 말한 대로 어떤 토론은 오래 끌 수도 있었지만, 일단 사사키가 그 문제에 대해 마음을 정하고 나면 그런 토론에 끝을 내곤 했다. 마찬가지로 사사키가 누군가의 그림이 어떤 점에서든 스승의 성향에 '반하는 것' 같다고 말하면, 그런 잘못을 저지른 사람은 거의 언제나 즉각 자신의 잘못을 인정했다. 그 경우 문제의 그림은 폐기되거나 때로는 쓰레기와 함께 소각되었다.

실제로 기억하건대, '거북이'는 나와 함께 이 저택에 온 후 여러 달 동안 거듭 그런 상황에서 작품을 파기당해야 했다. 내가 그곳에 쉽사리 적응할 수 있었던 반면, 그는 스승의 원칙에 명백히 위배되는 요소를 담은 그림을 거듭 제작하곤 했던 것이다. 그래서 내가 여러 차례 그를 대신해 내 새 동료들에게 그가 의도적으로 모리 선생에게 불충한 것이 아니라고 해명하던 것이 기억난다. 그 초기 나날 동안 거북이는 종종 풀죽은 태도로 내게 다가와 반쯤 완성된 자기 작품 앞으로 나를 데리고 가서는 낮은 목소리로 이렇게 말했다. "오노 선배, 부디 말해 주세요. 이 그림이 우리 스승의 원칙에 맞는 것 같아요?"

그가 자신도 모르게 여전히 명백히 공격적인 다른 요소를 차용했다는 것에 때로는 나까지도 화가 나기도 했다. 모리 선생의 우선순위는 그다지 포착하기 어려운 것이 아니었기 때문이었다. 당시 우리 스승에게는 '현대의 우타마로[5]'라는 꼬리표가 종종 붙었다. 그것이 환락가 여인들의 초상화를 전문으로 그리는 모든 능숙한 화가에게 당시 쉽사리 주어지는 호칭이긴 했어도, 모리 선생의 관심을 그런대로 잘 요약해서 보여 주는 것은 분명했다. 모리 선생은 의식적으로 우타마로 전통을 '현대화'하려고 애쓰고 있었던 것이다. 그의 많은 유명한 작품들, 곧 「산노쓰즈미[6]를 묶으며」나 「목욕 후」 속에서 여자는 고전적인 우타마로 방식대로 뒤에서 바라본 모습으로 등장한다. 그런 고전적인 특징들이 그의 그림에 다양하게 나타난다. 수건을 얼굴로 들어 올리는 여자, 긴 머리를 빗는 여자가 그것이다. 또한 모리 선생은 여자의 얼굴에 떠오른 표정을 통해서보다는 여자가 입고 있는 혹은 들고 있는 직물을 통해서 감정을 표현하는 전통적인 장치를 폭넓게 사용했다. 하지만 동시에 그의 작업은, 우타마로의 대단한 찬미자들이라면 인습 타파적인 것으로 간주할 법한 유럽의 영향으로 가득 차 있었다. 예를 들어 모리 선생은 형태를 그릴 때 전통적으로 사용하던 진한 외곽선을 오래전에 버리고, 대신 삼

---

5) 에도 시대에 활동한 우키요에 화가로, 극히 일본적인 미인화를 남겼다.
6) 우리나라 장고와 흡사한 일본 악기로, 당겨진 줄을 중앙에서 묶어서 쓴다.

차원의 존재감을 창출하기 위해 빛과 그림자와 더불어 색채 덩어리를 사용하는 서구적인 방식을 선호했다. 그의 가장 주된 관심사라고 할 만한 것, 곧 은은한 색채의 사용이 유럽인들에게서 힌트를 얻은 것임에는 의심의 여지가 없었다. 모리 선생의 바람은 자신이 그린 여자들 주위에 어떤 멜랑콜릭한, 밤의 분위기를 불러일으키는 것이었다. 내가 그의 지도하에서 공부한 여러 해 동안 줄곧 그는 등불빛의 느낌을 포착해 내기 위해 색채를 폭넓게 실험했다. 따라서 등불이 실제로 혹은 암시적으로 언제나 그림 어딘가에 나타나는 것이 모리 선생 작업의 전형적인 특징이라고 할 수 있었다. 그런데 거북이는 그 저택에 온 지 일 년 후까지도 그런 효과와 관계없는 색채들을 많이 사용했고, 자신이 그림 안에 잊지 않고 등불을 포함시켰음에도 어째서 스승의 가르침에 불충실하다고 비난을 받아야 하는지 어리둥절해 했던 걸 보면 모리 선생 예술의 요점을 파악하는 데 느린 특징이 전형적으로 발현된 것 같다.

나의 중재에도 불구하고 사사키 같은 이들은 거북이가 겪는 어려움에 대해 참을성이 거의 없었으므로, 때때로 내 친구에게는 그곳의 분위기가 다케다 장인의 작업장에서 그가 겪었던 것만큼 적대적인 것이 될 위험이 있었다. 그러던 중에 사사키에게 변화가 생겼다. 그 일은 우리가 그 저택에 온 지 두 번째 해 동안 일어난 것 같다. 사사키에게 닥친 그 변화는, 거북이를 괴롭히며 그가 줄곧 이끌어 왔던 그 어떤 적대적인 분위기보다 더 가혹하고 암울한 성격의 고통스러운 적대감으로 이어졌다.

무엇인가 배우는 그룹에는 리더 역할을 하는 인물이 있는 것 같다. 그의 역량이 다른 학생들이 따를 만한 모범이 된다고 스승이 인정한 학생 말이다. 그리고 이 선도적 역할을 하는 학생이 그보다 능력과 경험이 적은 학생들에게 스승의 아이디어의 주된 해석자가 될 수 있는 것은 스승의 아이디어를 가장 잘 포착했다는 미덕 때문이었는데, 사사키의 경우가 바로 그러했다. 하지만 같은 이유에서 스승의 작업에서 단점을 발견하고 스승의 작품과는 궤를 달리하는 자기 자신의 관점을 개진하기 쉬운 것 역시 이런 학생이다. 이론상으로 좋은 스승이라면 이런 경향을 수용해야 한다. 당연히 그것을 자신이 제자를 성숙하게 길렀다는 표시라고 생각하고 반가워해야 한다. 하지만 실제로는 여러 가지 감정이 상당히 복잡하게 얽힐 수 있다. 한 예술가가 재능 있는 제자를 오랫동안 엄하게 훈련시켰을 경우, 그런 재능의 성숙을 배신 아닌 다른 것으로 보기란 어렵다. 그래서 안타까운 상황이 벌어질 수 있는 것이다.

그가 스승과 격론을 벌인 후 우리가 사사키에게 한 일은 상당히 부당했다. 여기서 그런 일을 회상해 봤자 도움 될 게 별로 없을 것 같다. 하지만 나는 사사키가 결국 우리 곁을 떠난 날 밤의 일을 그런대로 생생하게 기억하고 있다.

우리 중 대부분은 이미 방에 들어와 있었다. 툇마루 안쪽에 있는 누군가를 부르는 사사키의 음성이 들려왔을 때, 나는 그 다 허물어져 가는 방 하나에 누워 어둠 속에서 깨어 있었다. 사사키가 누구를 부르고 있었는지는 모르지만 그는 대답을 듣지 못한 듯했다. 이윽고 미닫이문이 닫히는 소리가 나더니 사사키의 발소리가 점점 더 가까워졌다. 그가 또 다른 방 앞에서 걸음을 멈추고 무어라 말하는 소리가 들렸지만, 아무도 그 말에 대답하지 않는 것 같았다. 그의 발소리가 점점 더 가까워지더니 이윽고 내 방 바로 옆방의 미닫이문을 여는 소리가 들렸다.

"너와 나는 여러 해 동안 좋은 친구였어. 적어도 너는 나와 이야기하는 것을 꺼리면 안 되잖아?" 사사키가 말했다.

상대에게서는 아무 대답이 없었다. 그러자 사사키가 다시 말했다. "그 그림들이 어디 있는지만 말해 줄 수 있을까?"

여전히 대답이 없었다. 어둠 속에 누워 있는 내 귀에 옆방 바닥 밑에서 쥐들이 종종걸음을 치는 소리가 들려왔고, 내게는 그 소리가 마치 대답처럼 느껴졌다.

"그 그림들이 그렇게 공격적으로 느껴진다면서, 그 그림을 한사코 내주지 않는다는 건 말이 안 되잖아. 이 순간 그 그림들은 내게 커다란 의미가 있어. 난 어디로 가든 간에 그 그림들을 갖고 가고 싶어. 그밖에는 아무것도 필요 없어."

상대의 대답 대신 또다시 쥐들이 종종걸음 치는 소리가 들려온 데 이어 긴 침묵이 흘렀다. 그 침묵이 어찌나 길었던지 나는 사사키가 그 자리를 떠나 어둠 속으로 모습을 감추었는데 내가 그의 발소리를 듣지 못한 것이라고 생각했다. 하지만 그때 다시 그의 목소리가 들려왔다.

"이 며칠 동안 모두들 내게 끔찍한 짓을 했어. 하지만 나를 가장 힘들게 한 것은 네가 나에게 단 한 마디도 위로의 말을 해 주지 않았다는 거야."

여전히 침묵뿐이었다. 이윽고 사사키가 말했다. "이제 넌 나를 바라보지도, 내가 잘되기를 빌어 주지도 않는 거야?"

이윽고 미닫이문이 닫히고 사사키가 툇마루에서 내려와 뜰을 가로질러 걸어가는 소리가 들려왔다.

사사키가 떠난 후 그 저택에서 그의 이름이 입에 오르는 경우는 거의 없었고, 이따금 드물게 그저 '배신자'라고만 언급될 뿐이었다. 우리가 종종 벌이던 욕하기 시합 동안 한두 차례 일어난 일을 떠올릴 때 사사키에 대한 기억을 떠올리기만 해도 우리 가운데에 즉각 불쾌감이 퍼져 나갔던 것이 기억나긴 하지만 말이다.

날씨가 따뜻할 때 우리는 방의 미닫이문을 활짝 열어 놓았으므로, 한 방에 모여 있는 우리 몇몇은 맞은편 채에서 그처럼 모여 있는 다른 그룹을 볼 수 있었다. 이런 상황에서는 이내 누군가가 마당을 가로질러 재치 있고 도발적인 말을 던지고, 얼마 지나지 않아 양쪽 그룹은 각각 툇마루에 나와 앉아 서로를 향해 욕설을 외치기 시작한다. 지금 생각해 보면 이런 행동은 불합리하게 여겨지겠지만, 이 저택의 건축과 한 채에서 다른 채를 향해 누군가 소리칠 때 나는 메아리 울리는 음향 속의 어떤 것이 왠지 이런 유치한 시합에 빠져들도록 우리를 부추겼다. 이런 욕설의 범위는 아주 넓어질 수도 있었지만 — 다시 말해서 누군가의 사내다운 기량 혹은 누군가가 막 완성한 그림을 놀리는 것이 될 수도 있었다 — 대부분은 상대를 상처 주려는 의도가 없는 것들이었다. 그런 때 양쪽에서 웃음소리와 함께 고조되던 흥미로운 대화가 기억난다. 물론 이런 대화에 대한 나의 기억은 대체적으로 우리가 당시 그 저택에서 누리던 가족 같은 친밀감을 역설적으로 요약해 보여 준다. 그런데 이런 욕설을 하는 동안 사사키의 이름이 한두 차례 언급되면서 사태가 갑자기 걷잡을 수 없게 되어 버렸다. 우리들은 경계를 넘어 마당으로 나와 드잡이를 했던 것이다. 누군가를 장난으로라도 '배신자'와 비유하는 것은 결코 넘어갈 수 없는 일임을 우리가 알게 되기까지는 그리 오랜 시간이 걸리지 않았다.

이런 추억을 통해 여러분은 스승과 그의 원칙에 대한 우리의 헌신이 가차 없고 총체적인 것이었음을 알 수 있을 것이다. 나중에야 알게 되었지만, 그런 분위기를 조성한 스승은 또한 비판의 대상이 되기도 쉽다. 영향력의 단점이 명백히 드러나기만 한다면 말이다. 하지만 재차 말하지만 야망이 큰 사람, 뭔가 커다란 것을 성취해 낸 후 자신의 아이디어를 완벽하게 전수할 필요를 느낀 사람이라면, 모리 선생이 상황을 주재하는 방식에 공감할 것이다. 오늘날 그의 경력이 어떻게 되었는지를 돌아보면 조금 어리석게 보일 수도 있지만, 당시 모리 선생의 바람은 이 도시에서 행해지던 회화의 정체성을 근본적으로 바꾸는 것 하나였다. 그가 자신의 시간과 재산의 대부분을 제자 양성에 바친 것 역시 마음속에 그런 목표를 갖고 있었기 때문이었다. 내 옛 스승에 관해 판단할 때 이 점을 기억하는 것이 중요할 것 같다.

물론 우리에게 미친 그의 영향력이 단순히 그림의 영역에만 국한된 것은 아니었다. 그 세월을 통틀어 우리는 그의 가치와 생활 양식에 거의 일치해서 살았다. 그리고 이는 이 도시의 '부유하는 세상' ─ 우리의 모든 그림에 배경이 되어 준 술과 여흥과 쾌락의 밤 세계 ─ 을 탐사하는 데 많은 시간을 보낸다는 것을 의미했다. 그 시절 이 도시의 중심가가 어떤 모습이었는지를 떠올리면 나는 언제나 향수 같은 것을 느낀다. 길은 요즘처럼 차들로 요란하게 붐비지 않았고 공장에서도 아직 밤공기 중에 철 따라 핀 꽃 향기가 풍겼다. 우리가 자주 들렀던 곳은 '수등(水燈)' ─ 이렇게 불린 이유는 물론 그 건물에 매달린 등들이 운하에 비쳐 보였기 때문이다 — 이라고 불리던 고지마 거리 운하 옆에 있는 작은 찻집이었다. 그곳의 여주인은 모리 선생의 옛 친구로, 그 때문에 우리는 언제나 융숭한 대접을 받았다. 그곳에서 여종업원들과 술을 마시고 노래를 부르며 보낸 특별한 밤들이 떠오른다. 우리의 또 다른 단골집은 나가타 거리에 있는 활쏘기 연습장이었다. 그곳의 여주인은 지난날 자신이 아키하라에서 게이샤로 일할 때 모리 선생이 어떻게 자신을 모델로 일련의 목판화 연작[7]을 만들었는지를 우리에게 지치지도 않고 거듭 얘기하곤 했다. 그 작품들은 후에 몹시 유명해졌다. 그 활쏘기 연습장에는 예닐곱 명의 젊은 여자들이 여종업원으로 있었는데, 얼마 후 우리는 각자 좋아하는 여종업원이 생겼고, 그들과 파이프 담배를 나눠 피우고 밤 시간을 보냈다.

우리의 유흥은 이런 시내 탐험에만 국한되지 않았다. 모리 선생의 연예계 인맥은 끝이 없는 것 같았다. 가난한 유랑 극단 무리들, 춤꾼들, 음악가들이 오랜 친구로서 인사를 하기 위해 끝없이 저택으로 몰려들었다. 그럴 때면 술을 엄청나게 마셨고, 방문객들은 밤새도록 노래를 부르고 춤을 추었으며, 얼마 지나지 않아 누군가가 술을 더 사오기 위해 가장 가까운 마을의 술도가로 가서 그곳 주인을 깨웠다. 그 시절 저택의 단골 방문객으로 마키라고 불리는 이야기꾼이 있었다. 그는 통통하고 쾌활한 얼굴의 사내로 자신의 옛이야기 연기로 한순간 우리를 속절없이 웃게 만들었다가는 다음 순간 슬픔의 눈물을 짓게 만들었다. 여러 해가 지난 후 나는 미기히다리에서

7) 우타마로나 도요쿠니 같은 에도 시대 화가들은 활쏘기 연습장에서 전통 복장을 입고 시중을 드는 여자들을 그린 목판화를 다수 남겼다.

마키와 두어 차례 부딪쳤고, 우리는 그 저택에서 보낸 밤들을 기분 좋게 회상했다. 마키는 그런 파티가 대부분 하룻밤을 그대로 새우고 다음 날 낮을 지나 그다음 날 밤까지 이어졌다고 확신했다. 나로서는 그렇게까지 확신할 수는 없었지만 낮 시간 동안의 모리 선생의 저택에 대한 그의 기억을 인정할 수밖에 없었다. 잠을 자거나 피로로 축 처진 몸뚱이들이 사방에 너부러져 있었는데, 그중 몇몇은 마당에 엎어져 내리쪼이는 햇볕을 그대로 받고 있었다.

그런 어느 날 밤이 좀 더 생생하게 기억난다. 나는 잠시 흥청거리는 소란에서 벗어나 맑은 밤공기를 쏘일 수 있음에 감사하며 중앙 마당을 가로질러 혼자 걸었다. 이어 창고 입구로 다가가 그 안으로 들어가기 전에 마당을 가로질러 내 동료들과 방문객들이 서로 즐기고 있는 방 쪽을 힐끗 돌아보았다. 장지문 너머로 춤추는 이들의 윤곽을 볼 수 있었고, 어떤 가수의 음성이 밤공기를 뚫고 내가 있는 곳까지 들려왔다.

내가 창고로 향한 것은 그곳이 이 저택에서 아무리 오랫동안이라도 사람들의 방해를 받지 않고 있을 수 있는 몇 안 되는 곳 중 하나였기 때문이다. 지난 세월 언제인가 그 저택에 경비와 하인 들이 있었을 때, 그 공간은 무기나 갑옷을 넣어 두는 곳으로 쓰인 것 같다. 하지만 그날 밤 내가 그 안으로 들어가 문 위에 매달린 등을 켰을 때, 그곳 바닥에는 온갖 물건이 흩어져 있어서 빈 곳에서 빈 곳으로 펄쩍거리며 뛰지 않고서는 바닥을 가로지를 수가 없었다. 밧줄로 한데 묶인 낡은 캔버스, 부서진 이젤, 붓과 막대기가 꽂힌 온갖 종류의 단지와 주전자가 도처에 흩어져 있었다. 나는 비어 있는 바닥까지 힘들게 걸어가 자리에 앉았다. 문 위에 달린 등불 빛이 내 주위에 과장된 물건 그림자를 드리우고 있었다. 마치 기괴한 미니어처 묘지 안에 앉아 있는 것 같은 으스스한 느낌이었다.

내가 깊이 생각을 곱씹는 일에 정신이 팔려 있었던 게 분명하다. 창고 문이 스르르 열렸을 때 깜짝 놀랐던 것이 기억나기 때문이다. 나는 고개를 들고 문간에 모리 선생이 서 있는 것을 보고는 서둘러 말했다. "안녕하십니까, 선생님."

문 위의 등불 빛이 내가 앉아 있는 쪽까지 미치지 않았던 모양이었다. 아니 어쩌면 그저 내 얼굴이 어둠 속에 묻혀 있었는지도 모른다. 어쨌든 모리 선생은 앞쪽을 살피더니 물었다.

"거기 누구냐? 오노냐?"

"예, 선생님."

그는 눈길을 거두지 않고 잠시 눈앞을 살펴보았다. 그러더니 기둥에서 등을 들어서는 그것을 들고 앞을 비추며 바닥의 물건을 조심스럽게 피해 내가 있는 쪽으로 다가오기 시작했다. 그가 걸어오는 동안 그의 손에 들린 등이 우리 주위에 온갖 움직이는 그림자들을 만들어 냈다. 나는 서둘러 그가 앉을 자리를 만들었지만, 내가 그러는 동안 모리 선생은 내게서 조금 떨어진 곳에 놓인 오래된 나무 궤짝 위에 앉았다. 그가 한숨을 내쉬더니 입을 열었다.

"시원한 바람을 좀 쐬려고 밖으로 나왔는데 여기에서 불빛이 새어 나오더구나. 사방은 모두 칠흑 같은데 이곳에만 등이 하나 켜 있어. 그래서 생각했지. 이제 저 창고는 연인들이 몸을 숨기기에 적당한 장소가 아니구나. 저기 있는 사람은 누구든 외로운 사람이겠군."

"저는 여기 앉아서 몽상에 잠겨 있었습니다, 선생님. 여기에 그렇게 오래 있을 생각은 없었어요."

그가 등을 바닥에 내려놓았다. 그래서 내가 앉아 있는 곳에서는 그의 실루엣밖에는 보이지 않았다. "춤추는 저 여자들 중 하나가 자네를 몹시 마음에 들어 했던 것 같은데. 이제 밤이 왔는데 자네가 사라진 것을 보면 그녀가 실망하겠는걸."

"여기 오신 손님들에게 무례하게 굴 생각은 없었습니다, 선생님. 선생님처럼 저도 바람을 쏘이러 나왔을 뿐입니다."

우리는 잠시 침묵했다. 마당을 가로질러 동료들이 노래를 부르고 이어 손뼉을 치는 소리가 들려왔다.

"그런데 오노, 자네 내 옛 친구 기사부로를 어떻게 생각하나? 상당히 특이한 인물 아닌가?"

"물론입니다, 선생님. 그분은 더할 나위 없이 덕성 있는 신사 분인 것 같습니다."

"요즘은 그 사람이 누더기를 걸치고 있지만, 한때는 정말 이름을 날렸다네. 그리고 오늘 우리 앞에서 공연하는 걸 보니까 과거의 솜씨가 녹슬지 않았던걸."

"물론입니다."

"그런데 오노. 무슨 걱정이 있느냐?"

"걱정이요, 선생님? 이런, 전혀 없습니다."

"늙은 기사부로에게서 거슬리는 점이라도 발견한 거 아니냐?"

"전혀 그렇지 않습니다, 선생님." 나는 어색한 웃음을 터뜨렸다. "이런, 아니고말고요. 그분은 정말이지 매력적인 신사 분이십니다."

이런 대화가 오간 다음 우리는 잠시 다른 일들에 대해, 떠오르는 대로 이야기를 나누었다. 하지만 모리 선생이 다시 화제를 돌려 내게 무슨 '걱정'이 있는 게 아니냐고 물었을 때, 내 속내를 듣지 않고

서는 그가 그곳을 떠나지 않을 것임이 분명해졌을 때, 나는 마침내 입을 열었다.

"기사부로 상은 물론 아주 좋은 신사 분 같습니다. 그분과 그분의 무용수들은 정말 친절하시게도 저희를 즐겁게 해 주고 계십니다. 하지만 전 이런 생각을 하지 않을 수 없습니다, 선생님, 최근 몇 달 동안 우리는 이런 사람들의 방문을 너무 자주 받았다고요."

모리 선생이 아무 대답도 하지 않았으므로, 나는 말을 이었다.

"죄송합니다, 선생님. 저는 기사부로 상과 그분의 친구들에게 무례하게 굴 생각은 전혀 없습니다. 하지만 때때로 저는 좀 어리둥절해집니다. 우리 화가들이 기사부로 상 같은 이들과 더불어 이렇게 많은 시간을 보내야 한다는 게 혼란스럽습니다."

이즈음에서 내 스승은 등을 손에 들고 자리에서 일어나 창고를 가로질러 뒷벽 쪽으로 걸어간 것 같다. 그전까지 뒷벽은 어둠에 싸여 있었지만, 그가 등을 가까이 가져다 대자 위 아래로 걸려 있는 목판화 세 점이 또렷하게 모습을 드러냈다. 세 점 모두 다른 게이샤를 그린 것으로 바닥에 앉아 머리 손질을 하고 있는 게이샤를 뒤에서 바라본 그림이었다. 모리 선생은 등불을 옮겨 가며 잠시 동안 그 그림들을 살펴보았다. 그런 다음 고개를 내젓고는 혼자 중얼거렸다. "치명적인 결점이 있군, 지엽적인 것에 신경을 쓰느라 어이없게도 큰 걸 놓쳤어." 잠시 후 그는 그 그림들에서 몸을 돌리지 않은 채 말했다. "하지만 화가는 초기 작품들에 언제나 애정을 느끼는 법이지. 자네 또한 언젠가는 자네가 여기서 그린 작품들에 대해 같은 감정을 느끼게 될 걸세." 그런 다음 그는 다시 고개를 내저으며 말했다. "하지만 이 그림들에는 정말 지독한 결점이 있네, 오노."

"저는 동의할 수 없습니다, 선생님. 제 생각에 저 그림들은 한 화가의 재능이 특정한 스타일의 한계를 어떻게 넘어설 수 있는가를 보여 주는 훌륭한 예 같은데요. 저는 선생님의 초기 판화들이 저렇게 이런 장소에 묻혀 있다는 건 큰 수치라고 종종 생각했습니다. 선생님의 초기 판화는 유화와 함께 대중 앞에 전시되어야 합니다."

모리 선생은 자신의 그림에 빠져 있었다. "치명적인 결점이 있어." 그가 거듭 말했다. "하지만 당시 나는 무척 어렸네." 그가 다시 등불을 옮기자 하나의 그림이 어둠 속에 잦아들고 또 다른 그림이 모습을 드러냈다. 이윽고 그가 말했다. "이 그림들은 모두 혼초에 있는 어떤 게이샤 집에서 그린 걸세. 내가 젊었을 때에는 무척 유명한 곳이었지. 기사부로와 나는 종종 그런 곳에서 만났다네." 그런 다음 잠시 후 그가 다시 말을 이었다. "이것들에는 치명적인 결함이 있네, 오노."

"하지만 선생님, 제 생각에는 아무리 비판적인 시각을 가진 사람도 이 그림들에서 무슨 결함을 찾진 못할 것 같습니다."

그는 조금 더 그 그림들을 뜯어본 다음 다시 창고를 가로질러 돌아오기 시작했다. 그가 바닥에 흩어진 잡동사니 가운데에서 길을 찾는 데 지나치게 시간을 들이는 것처럼 여겨졌다. 나는 그가 혼자말로 중얼거리는 소리와 두 발로 단지나 상자를 미는 소리를 몇 차례나 들었다. 당연히 나는 엉망진창으로 쌓인 물건들 한가운데서 모리 선생이 뭔가를 찾고 있는 거라고 생각했다. 하지만 그는 조금 전 앉아 있던 나무 궤짝으로 돌아와 앉아 한숨을 내쉬었다. 조금 시간이 흐른 후 그가 말했다.

"기사부로는 불행한 사내일세. 그의 삶은 서글펐지. 그의 재능은 점점 스러지고 있어. 그가 한때 사랑했던 것들은 오래전에 죽거나 그의 곁을 떠났지. 우리가 젊었을 때에도 그는 이미 외롭고 슬픈 인물이었네." 모리 선생은 잠시 말을 멈춘 다음 다시 이었다. "하지만 이따금 술을 마시고 환락가의 여인들과 즐길 때면, 기사부로는 행복해했지. 그 여자들은 그에게 그가 듣고 싶어 하는 이야기를 모두 해주었고, 어쨌든 그날 밤 동안은 그는 그 말을 믿을 수 있었어. 아침이 밝으면, 물론 그는 똑똑한 사람이어서 그런 말이 사실이 아니라는 걸 깨달았지. 하지만 기사부로는 그런 밤들을 아침만큼이나 가치 있게 여겼어. 그는 언제나 이렇게 말하곤 했지. 가장 좋은 건 밤과 일체가 되었다가 아침과 함께 사라지는 거라고 말일세. 사람들이 부유하는 세상이라고 부르는 것 말일세, 오노, 기사부로는 그걸 제대로 평가할 줄 알았다네."

모리 선생이 다시 말을 멈추었다. 조금 전처럼 내 눈에는 그의 형태만이 들어왔지만, 내가 받은 인상으로 그는 마당 너머에서 들려오는 유희의 소리에 귀를 기울이고 있는 듯했다. 이윽고 그가 다시 말했다. "이제 그는 더 늙고 더 서글퍼졌네. 하지만 많은 점에서 거의 변하지 않았어. 오늘 밤 그는 행복하네. 그 옛날 환락의 집에서 그랬던 것처럼." 그는 마치 담배 연기를 내뱉듯이 긴 한숨을 토해 냈다. 그런 다음 다시 말을 이었다. "화가가 포착하고자 하는 가장 섬세하고 부서지기 쉬운 아름다움이 해가 진 뒤 환락의 집 안에 떠돈다네. 그리고 이런 밤들이면 말일세, 오노, 그 아름다움 중 어떤 것이 이곳 우리의 거처로 은연중에 스며든다네. 하지만 저기 있는 저 그림들은 그런 덧없고 꺼지기 쉬운 꿈 같은 그 무엇을 암시조차 못하지. 저 그림들에는 지독한 결점이 있다네, 오노."

"하지만 선생님, 제 눈에 저 판화들은 바로 그런 것들을 가장 인상적으로 표현하고 있는데요."

"저 판화를 작업할 때 나는 무척 어렸네. 그때 내가 부유하는 세상을 제대로 그려 내지 못한 이유는 나 자신이 그 가치를 믿는 경지에 이르지 못했기 때문이었던 것 같네. 젊은 사내들은 종종 쾌락에 대해 죄책감을 느끼지. 그리고 나 역시 그랬던 것 같네. 내 생각에 나는 그런 장소에서 시간을 보내는 것, 그렇게 형태 없고 일시적인 것들을 기리는 데 자기의 솜씨를 탕진하는 것, 그 모든 것들을 낭비이자 퇴폐라고 여겼던 것 같네. 하지만 한 세계의 아름다움, 그것의 진짜 유효성을 의심하는 한 그 아름다움을 진정으로 향유하기란 어렵다네."

나는 그의 이 말을 생각해 본 후 말했다. "물론입니다, 선생님. 선생님이 말씀하신 것이 제 자신의 작업에도 적용된다는 걸 인정합니다. 상황을 바로잡기 위해 최선을 다하겠습니다."

모리 선생은 내 말을 듣지 못한 것 같았다. "하지만 나는 그런 의혹을 오래전에 떨쳐 버렸네, 오노." 그가 말을 이었다. "이제 노인이 되어 삶을 되돌아보고 내가 그 세계의 독특한 아름다움을 포착하는 과업에 삶을 바쳤다는 것을 알게 되고 보니, 몹시 만족스럽네. 그 누구도 나로 하여금 내 시간을 낭비했다고 믿게 할 순 없을 걸세."

물론 모리 선생이 글자 그대로 이렇게 말한 것은 아닐 수 있다. 그렇다, 돌이켜 보니 이런 구절들은 나 자신이 미기히다리에서 술기운이 좀 올랐을 때 제자들에게 말했던 것과 더 비슷한 것 같다. "일본 회화의 신세대로서 너희들은 이 나라의 문화에 대해 커다란 책임을 갖고 있다. 나는 너희 같은 친구들을 제자로 두어서 자랑스럽다. 내가 내 그림에 대해서는 작디작은 찬사만을 받을 만하다고 해도, 내 삶을 돌아보았을 때 여기 있는 자네들 모두의 경력을 양성하고 도왔다고 회고할 수 있다면, 그렇다면 그 어떤 사람도 나로 하여금 내 삶을 낭비했다고 믿게 할 수는 없을 것이다." 내가 이런 발언을 할 때마다 탁자 주위에 모인 젊은이들은 모두 내가 그런 식으로 나 자신의 그림을 묵살한다고 일제히 항의하곤 했다. 그들은 내 그림들이 의심할 바 없이 후세에 길이 전할 걸작들이라고 떠들어 댔다. 앞서 말한 대로 내 특유의 것으로 자리잡게 된 구절이나 표현은 사실은 내가 모리 선생으로부터 물려받은 것이어서, 그 말들이 그날 밤 내 스승이 한 말 그대로일 가능성도 상당히 높다. 당시 그의 말은 강한 인상을 주며 내게 스며들었던 것이다.

또다시 이야기가 본론을 벗어나고 말았다. 나는 지난달 세쓰코와 가와베 공원에서 나눈 그 짜증스러운 대화 다음에 손자와 함께 백화점에 가서 먹은 점심 식사에 대해 말하고 있었다. 그중에서도 이치로가 시금치를 극찬하던 것을 회상하던 중이었다.

일단 음식이 나오자 이치로는 거기 앉은 채 자기 접시에 놓인 시금치에 정신을 빼앗긴 채 때때로 자기 숟가락으로 시금치를 찔러 댔다. 그런 다음 고개를 들고 말했다. "할아버지, 이것 좀 보세요!"

내 손자는 숟가락 위에 할 수 있는 한 가장 높이 시금치를 쌓아 올리더니 수저를 공중으로 높이 들어 올려 입 안으로 욱여넣었다. 그런 그 애의 모습은 병에 남은 마지막 술을 들이켜는 사람과 비슷했다.

"이치로, 그건 그렇게 좋은 태도라고 할 수 없는걸." 내가 말했다.

하지만 내 손자는 입안에 든 것을 허겁지겁 씹으면서 더 많은 시금치를 입으로 가져갔고, 접시가 빈 다음에야 숟가락을 내려놓았다. 그 애의 두 뺨은 터질 듯했다. 그런 다음 여전히 입안의 것을 씹으면서 얼굴에 엄한 표정을 짓더니 가슴팍을 앞으로 내밀고 주위의 허공에 대고 주먹을 휘두르기 시작했다.

"뭐 하는 거냐, 이치로? 지금 뭐 하는 건지 말해 다오."

"맞춰 보세요, 오지!" 그 애가 시금치를 씹으며 대답했다.

"흠, 잘 모르겠다, 이치로. 사케를 마시고 싸우는 남자 흉내를 내는 거냐. 아니라고? 그럼 네가 말해 주렴. 할아버지는 모르겠다."

"뽀빠이 흉내를 내는 거예요!"

"그게 뭐냐, 이치로? 네 영웅 중의 하나니?"

"뽀빠이는 시금치를 먹어요. 시금치는 그를 강하게 해 주거든요." 그 애는 또다시 가슴팍을 앞으로 내밀고 공중에 주먹을 휘둘러 댔다.

"알겠다, 이치로." 내가 웃으며 말했다. "시금치는 물론 아주 좋은 음식이지."

"사케가 사람을 강하게 만들어 주나요?"

나는 미소를 짓고는 고개를 저었다. "사케는 사람으로 하여금 자신이 강하다고 믿게 만들 순 있단다. 하지만 실제로는 말이다, 이치로, 사케를 마시기 전보다 더 강해진 게 아니란다."

"그러면 왜 사케를 마셔요, 오지?"

"글쎄다, 이치로. 아마도 한동안 자신들이 강하다고 믿을 수 있어서 그런 것 같다. 하지만 사케는 사람을 진짜로 강하게 만들어 주지는 못한단다."

"시금치는 사람을 진짜로 강하게 만들어 줘요."

"그러면 시금치가 사케보다 낫구나. 넌 계속해서 시금치를 먹으럼, 이치로. 그런데 이런, 네 접시 위에 있는 저 다른 것은 안 먹니?"

"전 사케를 마시는 것도 좋아해요. 위스키도요. 집에 바가 있고 전 언제나 거기 가요."

"그렇다면, 이치로, 넌 지금처럼 시금치를 계속 먹는 게 좋을 것 같다. 네 말대로 그건 사람을 정말로 강하게 만들어 주니까."

"저는 사케가 제일로 좋아요. 매일 밤 열 병을 마셔요. 그런 다음 위스키 열 병을 마셔요."

"그렇다면, 이치로, 진짜 제대로 마시는 거로구나. 네 엄마한테는 진짜 골칫거리일 것 같은걸."

"여자들은 우리 남자들이 술 마시는 걸 결코 이해 못 하잖아요." 이치로가 말했다. 그런 다음 자기 앞에 놓여 있는 접시로 관심을 돌렸다가는 이내 다시 고개를 들고 말했다. "할아버지도 오늘 밤 저녁 식사 하러 오실 거죠."

"그래, 이치로, 노리코 이모가 아주 맛있는 걸 준비할 것 같구나."

"노리코 이모가 사케도 좀 샀어요. 이모 말이 할아버지와 타로 이모부가 그걸 모조리 마실 거랬어요."

"음, 그럴지도 모르지. 여자들도 분명히 좀 마실 거다. 하지만 이모 말이 맞다, 이치로. 사케는 주로 남자들이 마신단다."

"할아버지, 여자들이 사케를 마시면 어떻게 되죠?"

"흠, 그건 아무도 모르지. 여자들은 우리 남자들만큼 강하질 않거든, 이치로. 그래서 아주 빨리 술에 취한단다."

"노리코 이모는 술에 취할 거예요! 이모는 아주 조금만 마셔도 완전히 취해 버릴걸요!"

내가 소리 내어 웃었다. "그래, 충분히 있을 수 있는 일이지."

"노리코 이모는 완전히 취해 버릴 거예요! 이모는 노래를 흥얼대다가 탁자에 머리를 박고 잠이 들어 버릴 거예요!"

"음, 이치로." 내가 여전히 소리 내어 웃으면서 말했다. "사케는 우리 남자들만 마시는 게 낫겠다, 안 그러니?"

"남자는 더 강해요, 그래서 우리는 더 많이 마실 수 있어요."

"맞다, 이치로. 사케는 우리들만 마시자꾸나."

한순간 생각해 본 다음 내가 이렇게 덧붙였다. "지금 네가 여덟 살일 거다, 이치로. 성인 남자로 자라고 있어. 누가 아니? 오늘 밤 네가 사케를 마실 수 있을지 할아버지가 알아보마."

내 손자는 약간 위협당한 듯한 표정으로 나를 바라보더니 아무 말도 하지 않았다. 나는 그 애에게 미소를 지어 보인 다음 우리 옆으로 난 커다란 창문 너머로 연한 잿빛 하늘을 내다보았다.

"넌 겐지 삼촌을 만나 본 적이 없지, 이치로. 삼촌이 네 나이였을 때, 지금 너와 키도 힘도 비슷했단다. 내 기억에 의하면 네 삼촌은 네 나이 무렵에 처음으로 사케를 맛보았어. 내가 힘을 써 보마, 이치로, 오늘 밤 네가 사케를 조금 맛볼 수 있도록 말이다."

이치로는 이 말을 잠시 생각해 보는 것 같았다. 이윽고 그 애가 말했다.

"엄마가 가만 계시지 않을 거예요."

"네 엄마에 대해서는 걱정하지 마라, 이치로. 할아버지는 네 엄마를 다룰 수 있단다."

이치로는 맥없이 고개를 내저었다. "여자들은 남자들이 술 마시는 걸 절대 이해 못 해요." 그가 말했다.

"음, 너 같은 사내애라면 이제 사케를 맛볼 때가 된 것 같다. 걱정마라, 이치로, 네 엄마 문제는 할아버지에게 맡기렴. 이제 여자들이 우리에게 이래라저래라 내버려 둘 수는 없다, 안 그러냐?"

내 손자는 잠시 동안 자신의 생각 속에 빠져 있었다. 그러더니 갑자기 아주 큰 소리로 말했다.

"노리코 이모는 술에 취할 거예요!"

내가 웃음을 터뜨렸다. "두고 보자꾸나, 이치로." 내가 말했다.

"노리코 이모는 완전히 술에 취할 거예요!"

그로부터 십오 분쯤 후 아이스크림을 기다리고 있을 때 이치로가 생각에 잠긴 목소리로 물었다.

"할아버지, 유지로 나구치라는 사람 아세요?"

"유키오 나구치를 말하는 모양이구나, 이치로. 아니, 난 그 사람을 개인적으로 알지 못했다."

내 손자는 자기 옆에 있는 유리판에 비친 자기의 모습에 정신을 빼앗긴 듯 내 말에 반응을 보이지 않았다.

"오늘 아침 공원에서 이야기할 때, 네 엄마도 나구치 씨를 떠올렸던 것 같다. 엊저녁 식탁에서 어른들이 그 사람에 대해 이야기를 한 모양이구나, 그렇지?"

이치로는 한 순간 유리창에 비친 자신의 모습에서 눈을 떼지 않았다. 그런 다음 내게로 몸을 돌리고 물었다.

"나구치 씨와 할아버지가 비슷했나요?"

"나구치 씨가 나와 비슷했냐고? 이런, 우선 네 엄마는 그렇게 생각하지 않을걸. 그저 내가 네 이모부에게 한 차례 그런 말을 했을 뿐이다. 전혀 중요한 게 아니었다. 네 엄마가 그걸 너무 진지하게 받아들인 것 같다. 당시 내가 네 이모부에게 무슨 이야기를 했는지 이제 기억조차 나지 않지만, 할아버지가 나구치 씨 같은 사람들과 한두 가지 공통점이 있다고 말한 것 같다. 자, 이제 말해 보렴, 이치로, 어젯밤 어른들이 무슨 얘기를 하더냐?"

"할아버지, 나구치 씨가 왜 자살한 건가요?"

"명확하기 말하기 어려운 문제란다, 이치로, 난 나구치 씨와 개인적으로 아는 사이가 아니었단다."

"그 사람이 나쁜 사람이었어요?"

"아니다, 그는 나쁜 사람이 아니었다. 그는 그저 자신이 최선이라고 생각하는 바를 아주 열심히 실천한 사람일 뿐이란다. 하지만, 이치로, 전쟁이 끝나자 사태가 크게 달라졌단다. 나구치 씨가 작곡한 노래들은 이 도시뿐 아니라 일본 전역에서 아주 유명했지. 그 노래들은 라디오에서, 바에서 흘러나왔단다. 그리고 겐지 삼촌 같은 이들이 행진을 할 때나 전장에서 불렀지. 그래서 전쟁이 끝나자, 나구치 씨는 자신의 노래들이, 음, 일종의 잘못이라고 생각했단다. 죽어 간 모든 사람, 부모를 잃어버린 네 나이의 어린 소년들을 생각했단다, 이치로. 그는 그 모든 것을 생각하고 자신의 노래가 잘못됐다고 생각했지. 그래서 사과해야 한다고 느낀 거란다. 가족을 잃고 남겨진 모든 이에게, 부모를 잃은 어린 소년들에게 말이다. 그는 그 모든 사람에게 죄송하다고 말하고 싶었던 것 같다. 내 생각에 그는 그래서 자살한 것 같아. 나구치 씨는 결코 나쁜 사람이 아니었단다, 이치로. 그는 자신이 한 실수를 용감하게 인정할 줄 알았던 사람이야. 그는 몹시 용감하고 존경할 만한 인물이었지."

이치로는 생각에 잠긴 표정으로 나를 지켜보고 있었다. 나는 소리 내어 웃고는 말했다. "뭐가 문제냐, 이치로?"

내 손자는 무슨 말인가 하려고 입을 열었으나 다시 고개를 돌리고 유리창에 비친 자신의 모습을 바라보았다.

"할아버지가 나구치 씨와 비슷하다는 말은 별다른 의미가 있는 게 아니었단다. 그건 농담 같은 것이었을 뿐이야. 다음번에 네 엄마가 나구치 씨에 대해 언급하면 그렇게 말하렴. 오늘 아침 네 엄마가 하는 말로 보아서는 상황을 상당히 잘못 판단하고 있더구나. 무슨 일이냐, 이치로? 갑자기 왜 이렇게 조용해진 거냐?"

점심 식사를 마치고 우리는 도심의 상점을 돌아다니며 얼마간 시간을 보냈다. 그런 다음 늦은 오후로 접어들 무렵 나는 사쿠라바시 거리를 따라 서 있는 말끔한 카페테리아 중 하나에서 아이스크림을 하나 더 사서 이치로에게 준 다음 이즈미마치에 있는 타로와 노리코의 새 아파트를 향해 걷기 시작했다.

여러분이 의식했을지 모르지만 이즈미마치 구역은 이제 유복한 배경을 지닌 젊은 커플들에게 아주 인기 있는 곳이 되었다. 거기에는 분명히 어떤 깨끗하고 점잖은 분위기가 있다. 하지만 이들 젊은 커플들이 매력적으로 느끼는 새로 지어진 아파트 단지는 나에게는 상상력이 부족하고 협소한 곳으로만 보인다. 예를 들어 타로와 노리코의 아파트는 3층에 위치한 방 두 개짜리 작은 공간이다. 천장은 낮고 이웃집 소음이 그대로 들려오고, 창문으로 보이는 전망이라 봐야 주로 맞은편 구역과 그 창문들이다. 심지어 나는 그곳에 도착한 지 얼마 후부터 그 아파트가 폐소공포증을 불러일으킨다고 여기기 시작했는데 그것은 내가 공간적으로 훨씬 넓은 내 전통 주택에 익숙해져 있기 때문만은 아닐 거라고 확신한다. 하지만 노리코는 자

신의 아파트에 대해 자부심을 갖고 있는 듯했고, 그 아파트의 '현대
적인' 특징을 줄곧 격찬했다. 얼핏 보기에 그곳은 깨끗하게 유지하
기가 아주 쉽고 환기 역시 효율적이다. 특히 그 구역 전체의 주방과
욕실은 서구적으로 디자인되어 있어서 내 집의 설비들보다 비교할
수 없이 실용적이라고 딸애는 나에게 단언한다.

주방은 편리하긴 하지만 너무 작아서, 그날 저녁 두 딸들이 저녁
을 어떻게 준비하는지 보려고 안으로 들어가니 서 있을 공간이 없
을 정도였다. 그런 데다 두 딸 모두 바쁜 듯이 보였으므로, 나는 거
기 서서 그 애들과 오랫동안 이야기를 나누지 않았다. 다만 이런 얘
기를 했을 뿐이다.

"아까 말이다. 이치로가 내게 사케를 조금 먹고 싶다고 여러 차례
말하더구나."

세쓰코와 노리코는 나란히 서서 채소를 썰다가 동작을 멈추고 나
를 올려다보았다.

"그 점에 대해 좀 생각해 봤는데, 이제 그 애에게 사케를 조금 줘
도 괜찮겠다는 결론에 도달했다." 내가 말을 이었다. "다만 사케에
물을 좀 타야겠지."

"죄송한데요, 아버지," 세쓰코가 말했다. "그러니까 오늘 밤 이치
로에게 사케를 주시겠다는 말씀이신가요?"

"아주 조금만 줄 거다. 그 애는 한창 자라는 아이니까. 어쨌든 조
금 전 말한 대로 사케에 물을 좀 타려무나."

내 두 딸들은 서로 눈길을 교환했다. 이윽고 노리코가 말했다.
"아버지, 그 애는 겨우 여덟 살이에요."

"사케에 물을 탄다면 아무 문제도 없을 거야. 너희 여자들은 이해

못 하겠지만, 이치로 같은 사내애에게 이런 일은 큰 의미가 있단다. 이건 자존심의 문제야. 그 애는 평생 이 일을 기억하게 될 거다."

"아버지, 이건 말도 안 돼요. 그랬다가는 이치로가 병이 날 거예요." 노리코가 말했다.

"말이 되든 않든 나는 이 점을 주의 깊게 생각했다. 너희 여자들은 때때로 사내애의 자존심이 어떤 건지 모르는 것 같구나." 나는 그들 머리 위의 선반에 놓여 있는 사케 병을 가리켰다. "그저 몇 방울이면 될 거야."

그 말을 남기고 나는 주방을 나왔다. 하지만 그 순간 노리코가 이렇게 말하는 소리가 들려왔다. "세쓰코 언니, 이건 말도 안 돼. 아버지가 무슨 생각을 하시는지 난 도대체 모르겠어."

"이게 웬 호들갑이지?" 내가 문간에서 뒤를 돌아보며 말했다. 내 뒤쪽 안방에서 타로와 내 손자가 뭔가에 대해 말하며 웃음을 터뜨리는 소리가 들려왔다. 나는 목소리를 낮추고 말을 이었다. "아무튼 나는 그 애에게 약속을 했다. 그 애는 사케를 마실 거라고 기대하고 있어. 너희 여자들은 사내애의 자존심이 어떤 건지 이해 못 하는 것 같다."

내가 다시 자리를 뜨려 할 때 이번에는 세쓰코가 말했다.

"아버지께서 이치로의 감정을 그렇게 사려 깊게 생각해 주시다니 정말 친절하세요. 하지만 그 일은 이치로가 좀 더 클 때까지 미루는 편이 나을 것 같아요."

나는 작게 소리 내어 웃었다. "이치로 나이 때의 겐지에게 사케를 맛보게 하기로 내가 결정했을 때 네 어머니가 똑같은 방식으로 반대했던 게 생각나는구나. 하지만 그 일은 네 오빠에게 아무런 피해도 입히지 않았단다."

나는 그런 사소한 의견 차이에 겐지를 끌어들인 것을 말하자마자 후회했다. 그래서 순간적으로 나 자신에게 짜증이 났던 것 같다. 그래서 그다음에 세쓰코가 말한 것에 그다지 관심을 기울이지 않았을 수도 있다. 어쨌든 그 애는 나에게 이렇게 말했던 것 같다.

"아버지가 아주 사려 깊게 오빠의 양육에 헌신하신 것은 분명해요. 그럼에도 이후 일어난 일을 고려하면 적어도 한두 가지 요점을 포착할 수 있어요. 어쩌면 어머니의 생각이 더 옳았을지도 몰라요."

공정하게 말해서 그 애가 그렇게까지 불쾌하게 이야기하지 않았을 수도 있다. 실제로 그 애가 이야기한 내용을 내가 완전히 잘못 해석했을 수도 있다. 왜냐하면 노리코가 자기 언니의 말을 모두 듣고도 지친 듯한 태도로 손질하고 있던 채소로 고개를 돌린 것 외에 다른 반응을 보이지 않았던 것이 분명히 기억나니 말이다. 게다가 나는 세쓰코가 그 대화에 그렇게 불필요한 언급을 끼워 넣을 수 있으리라고는 생각지 못했다. 그때 다시, 세쓰코가 며칠 전 가와베 공원에서 했던 암시를 떠올려 보니, 그 애가 의도적으로 그런 말을 했을 가능성을 인정해야 할 것 같다. 어쨌든 내 기억으로 세쓰코는 이런 말로 결론을 내렸던 것 같다.

"게다가 슈이치도 이치로가 좀 더 나이가 든 다음 사케를 마셔야 한다고 생각해요. 하지만 아버지께서 이치로의 감정을 그렇게 고려해 주시다니 정말 친절하세요."

이치로가 우리의 대화를 듣고 있을지도 모른다는 사실을 의식한 나는 오랜만의 가족 모임에 먹구름을 드리우고 싶지 않았으므로 거기서 언쟁을 멈추고 주방을 나왔다. 그런 다음 한동안 거실에서 타로와 이치로와 함께 앉아 저녁 식사가 준비되기를 기다리면서 유쾌한 이야기를 나누었던 것이 기억난다.

그로부터 한 시간여 후 우리는 식사를 하기 위해 식탁에 앉았다. 우리가 자리에 앉는 동안 이치로는 식탁 위에 놓은 사케 잔으로 손을 뻗어서 손가락으로 그것을 두드려 보더니 나에게 공모의 눈길을 던졌다. 나는 그 애에게 미소를 지어 보였을 뿐 아무 말도 하지 않았다.

딸애들이 차려 준 음식은 훌륭했고, 대화는 이내 자연스럽게 흘러갔다. 어떤 시점에서 타로가 직장 동료의 이야기로 우리 모두를 웃게 만들었다. 운이 없는 데다가 스스로의 희극적인 우둔함이 가세해 업무 기한을 한 번도 맞춘 적이 없다는 악명을 갖게 된 사람 이야기였다.

"물론 상황이 그 정도가 되자 윗분들은 그 친구를 '거북이'라고 부르시는 것 같아요. 최근 어떤 회의에서 하야사카 씨가 정신이 없었던 나머지 실제로 이렇게 말했답니다. '우리 거북이의 보고를 들어 보고 그런 다음 점심 식사를 하기로 합시다.'라고 말입니다."

"그런가?" 내가 약간 놀라며 소리쳤다. "정말 흥미롭군. 내게도 그런 별명을 지닌 동료가 있었지. 그렇게 불린 이유도 비슷하고."

하지만 타로는 이런 우연에 특별히 감명을 받은 것 같지 않았다. 그는 예의 바르게 고개를 끄덕이더니 말했다. "학교 다닐 때 저희에게도 '거북이'라고 불리던 학우가 있었어요. 사실 그룹마다 타고난 리더가 있는 것처럼 '거북이'도 있는 게 아닐까 싶어요."

이 말을 하며 타로는 자신의 일화로 돌아가 이야기를 계속했다. 이제 그것에 대해 생각해 보니, 내 사위의 말이 옳은 것 같다. 또래

집단마다 그 이름은 달라도 각각의 '거북이'가 있기 마련이다. 예를 들어 내 제자들 중에서는 신타로가 그런 인물이다. 이 말은 신타로의 근본적인 능력을 부정하자는 게 아니다. 다만 구로다 같은 제자들과 견주어 보면, 신타로의 재능은 모든 면에서 떨어졌던 게 사실이다.

나는 전체적으로 이 세상의 거북이들에게 그다지 감탄하지 않는 것 같다. 그들의 느릿한 꾸준함과 살아남는 능력을 높이 평가할 수 있는 반면 솔직하지 못한 태도와 배신 가능성에 의혹을 갖게 된다. 그리고 중국에 가서는 야망의 이름으로, 혹은 그들이 믿는다고 주장하는 원칙의 이름으로 그들이 슬그머니 기회를 포착하는 것을 경멸하게 된다. 그런 사람들은 결코 커다란 재앙 같은 것, 다시 말해서 아키라 스기무라가 가와베 공원으로 인해 겪은 고초 같은 것에 희생되는 법이 없다. 같은 이유에서 그들은 교사 같은 직업으로 때때로 성취감을 누릴 수는 있지만, 평범한 일 이상을 달성하는 일 같은 것은 일어나지 않는다.

내가 모리 선생의 저택에서 함께 보내던 세월 동안 내가 거북이를 무척 좋아하게 되었던 것은 사실이다. 하지만 당시에도 나는 그를 동등한 존재로 존중한 적이 한 번도 없었다. 이것은, 다케다 장인의 작업장에서 거북이가 박해를 당하던 나날 동안, 그리고 모리 선생의 저택에서의 처음 몇 개월 동안 그가 어려움을 겪는 동안 형성된 우리 우정의 본질과 깊은 관계가 있었다. 웬일인지 얼마 후에는 그 자체가 단단히 굳어져서 그는 내가 그에게 제공한 어떤 막연한 '도움' 때문에 나에게 줄곧 빚진 입장이 되고 말았다. 그가 그 저택에서 다른 사람들의 적대감을 사지 않고 그림을 그리는 법을 파악하고 난 오랜 후까지도, 그가 자신의 유쾌하고 순종적인 자질로 인해 전반적으로 꽤 인기 있는 존재가 된 오랜 후까지도 그는 여전히 나에게 다음과 같이 말하곤 했다.

"선배에게 얼마나 고마운지 모릅니다. 제가 여기서 이렇게 좋은 대우를 받고 있는 건 선배 덕분입니다."

물론 어떤 점에서 거북이가 내게 빚진 것이 사실이다. 내가 이끌어 주지 않았다면, 그는 분명 결코 다케다 장인 문하를 떠나 모리 선생의 제자가 되는 것을 고려하지 않았을 것이다. 그는 그런 모험에 찬 걸음을 내딛는 것을 극도로 내키지 않아 했지만, 일단 그렇게 하기로 정해지자 그 결정에 의문을 품지 않았다. 물론 거북이는 모리 선생을 어찌나 숭배했던지 오랫동안 — 적어도 처음 이 년 동안 — 그는 스승과 "예, 선생님." 혹은 "아니오, 선생님."라는 말을 중얼거리는 것 이외에 대화다운 대화를 할 수 없었다.

그 세월을 통틀어 거북이는 그가 늘 그래 왔던 것처럼 그림 그리는 속도가 느렸지만, 누군가가 그것 때문에 그를 나쁘게 보는 일은 일어나지 않았다. 실제로 그렇게 느리게 작업을 하는 무리가 있었고, 그 파는 실제로 보다 빠르게 일하는 버릇을 지닌 우리를 놀리는 경향이 있었다. 그들은, 일단 아이디어가 떠오르면 강도 높게 미친 듯이 일하는 우리의 작업 방식을 증기가 금방이라도 다 떨어져 버릴까 봐 두려워 삽질을 계속해 석탄을 넣는 기관사에 비유하며 우리에게 '기술자'라는 꼬리표를 붙였다. 반대로 우리는 느린 파에 '퇴보자'라는 별명을 붙였다. '퇴보자'라는 말은 원래 그 저택에서 이젤 앞에서 일하는 사람들로 붐비는 방 안에서 매 순간 자신의 캔버스를 바라보기 위해 뒷걸음질 쳐 대서, 뒤에서 작업하는 동료들과 계속 부딪치는 이들을 가리키는 말이었다. 예술가란 시간을 들여 그림 그리기를 즐기는 사람이므로 — 말하자면 비유적으로 뒷걸음질을 자주 해야 하므로 — 이런 반사회적인 습관에 죄의식을 가져야 한다는 암시는 물론 몹시 부당했다. 하지만 당시 우리는 그 꼬리표가 품은 강한 선정성에 즐거워했다. '기술자'와 '퇴보자'에 대한 수많은 선의의 농담을 나는 아직도 기억한다.

하지만 사실을 말하자면 우리 모두는 '퇴보'의 잘못을 범하기 쉬웠다. 그리고 그것 때문에 우리는 작업을 할 때면 한데 몰려 있는 것을 가능한 한 피했다. 여름 몇 달 동안 내 동료들 대부분은 이젤을 툇마루를 따라, 혹은 아예 마당에다 띄엄띄엄 세워 놓았다. 다른 사람들이 빛을 따라 이 방 저 방으로 돌아다니기를 좋아해 여러 개의 방을 사용한 반면, 거북이와 나는 언제나 이제는 쓰이지 않는 부엌에서 일했다. 딸림채 뒤편에 있는 커다란 헛간 같은 곳이었다.

들어가는 쪽의 바닥은 다져진 흙이었지만, 안쪽으로는 이젤 두 개를 놓을 만한 넓이에 약간 높은 나무로 된 단이 있었다. 걸이가 달린 낮은 대들보들과 — 한때 거기에 냄비와 기타 조리 도구를 걸어 두었을 것이다 — 사방 벽에 설치된 대나무 선반은 붓이나 걸레, 물감 등을 수납하는 데 아주 유용했다. 거북이와 내가 낡고 시커먼 큰 냄비에 물을 채워서 단 위로 가져와 낡은 도르래 위에 걸어 두었던 것이 기억난다. 그림을 그리는 동안 그 냄비는 어깨 높이로 우리 사이에 매달려 있었다.

어느 날 오후 우리가 언제나처럼 그 오래된 부엌에서 그림을 그리고 있을 때 거북이가 내게 이렇게 말했던 것이 생각난다.

"전 무척 궁금합니다, 오노 선배, 지금 선배가 그리고 있는 그림

말이에요. 틀림없이 아주 특별한 것이겠지요."

나는 그리던 그림에서 눈을 떼지 않은 채 미소를 지었다. "왜 그런 말을 하나? 이건 그저 나의 작은 실험일 뿐이야."

"하지만 선배, 선배가 그렇게 치열하게 작업하는 것을 참 오랜만에 보는걸요. 그리고 선배는 프라이버시를 지켜 줄 것을 요구했지요. 최근 적어도 이 년 동안 선배는 프라이버시를 요구한 적이 없어요. 선배가 첫 전시회를 위해 「사자(獅子)춤」을 준비하던 때 이후로는요."

여기서 이따금 어떤 화가가 특별한 작업이 완성되기 전에 어떤 종류든 비평을 듣게 되면 작업에 방해를 받을 것이라고 느낀다면 그 그림에 대해 '프라이버시 요구'를 했다는 것, 그러면 그가 그 요구를 철회하기 전까지 아무도 그 그림을 보려 들지 않았다는 것을 설명해야 할 것 같다. 당시 우리가 그렇게 가깝게 모여 지내고 작업했던 만큼 그것은 분별 있는 조치였고, 구성원들에게 스스로를 바보로 만들지도 모른다는 두려움 없이 새로운 실험을 할 수 있게 해 주었다.

"정말 그렇게 표가 나나? 내가 느끼는 흥분을 그런대로 잘 감추고 있다고 생각했는데." 내가 말했다.

"잊은 모양이군요, 오노 선배. 우리는 이제 거의 팔 년 동안 나란히 그림을 그려 왔어요. 오, 그래요, 이번 그림은 선배에게 아주 특별한 것 같아요."

"팔 년이라. 그 말이 맞는 것 같군." 내가 말했다.

"그래요. 오노 선배. 선배처럼 재능 있는 화가와 그렇게 가까이서 일할 수 있었던 것은 특권이었습니다. 때때로 약간의 자괴감 이상의 느낌이 들긴 했지만 그럼에도 굉장한 특권이었어요."

"자네 사태를 과장하고 있군." 내가 미소를 지으며 그림에서 손을 떼지 않은 채 대답했다.

"전혀 그렇지 않아요. 물론 선배의 작품을 눈앞에서 보면서 끊임없이 영감을 받지 않았다면, 그 세월 동안 제가 이만한 진보를 이루지 못했을 겁니다. 제 부족한 작품 「가을 여자」가 선배의 탁월한 작품 「황혼의 여자」에 어느 정도 빚겼는지 봤을 겁니다. 제가 시도한 그림 중 하나는 선배의 눈부신 재능을 모방하는 것이었습니다. 미미한 시도라는 건 압니다만 그때 모리 선생님은 친절하게도 그 그림이 내게 의미 있는 발전이라고 칭찬해 주셨지요."

"이제 궁금하군." 나는 붓질을 잠시 멈추고 내 그림을 바라보았다. "여기 이 그림 역시 자네에게 영감을 불러일으킬지 말이야."

나는 잠시 동안 반쯤 완성된 내 그림을 주시한 다음 우리 사이에 걸린 옛날 냄비 너머로 친구에게 힐긋 눈길을 던졌다. 거북이는 내 눈길을 의식하지 못한 채 행복한 표정으로 그림을 그리고 있었다. 그는 다케다 장인의 작업장에서 지내던 날들 이후 조금 더 살이 붙었고, 그 시절의 지치고 두려움에 찬 표정은 대개 어린아이 같은 만족감에 찬 태도로 바뀌어 있었다. 사실 나는 그즈음 누군가가 거북이를 귀여움을 독차지하는 강아지에 비유했던 것이 기억난다. 그리고 물론 이런 묘사는 그날 오후 오래된 부엌에서 그림을 그리는 그를 지켜보면서 받은 인상과 크게 다르지 않았다.

"말해 주게, 거북이." 내가 그에게 말했다. "자네는 지금 자네의 그림에 만족하나, 그런가?"

"그 어느 때보다도 만족합니다, 고맙습니다, 오노 선배." 그가 즉각 대답했다. 그러더니 눈길을 들어 올리고는 씩 웃으며 서둘러 덧붙였다. "물론 선배 그림과 어깨를 나란히 하려면 갈 길이 멀지만 말입니다."

그는 다시 시선을 그의 그림으로 돌렸다. 나는 조금 더 그가 그리는 모습을 지켜보았다. 그런 다음 물었다.

"자네는 때때로 좀…… 좀 다른 새로운 접근법을 고려해 보고 싶지 않나?"

"새로운 접근법이라고요?" 그가 고개를 들지 않은 채 반문했다.

"말해 보게, 거북이. 언젠가는 진짜 중요한 그림을 그리고 싶다는 야망 같은 거 없나? 내 말은 여기 이 저택에서 우리끼리 감탄하고 칭찬하는 그런 작품 말고 말이야. 진짜 중요한 작품을 말이지. 우리 국민에게 의미 있는 기여를 할 작품. 거북이, 나는 새로운 접근법의 필요성에 대해 말하고 있다네."

나는 이렇게 말하면서 줄곧 그를 주의 깊게 관찰했지만, 거북이는 그림을 그리는 손길을 멈추지 않았다.

"사실을 말하자면요, 오노 선배, 저처럼 보잘것없는 처지에 있는 사람은 언제나 새로운 접근법을 시도하려 애쓴답니다. 하지만 작년에 저는 마침내 제대로 된 길을 찾아낸 것 같습니다. 알다시피, 저는 모리 선생님께서 작년에 제 작업을 점점 더 유심히 살펴보시는 것을 눈치챘습니다. 혹시 누가 압니까, 앞으로 언젠가 저와 모리 선생님이 나란히 전시회를 열지 말입니다." 그런 다음 마침내 그는 나를 건너다보며 어색한 웃음을 터뜨렸다. "용서하십시오, 오노 선배, 이 건 그저 저 자신에게 인내심을 갖고 작업을 계속할 수 있도록 해 주는 판타지 같은 것일 뿐입니다."

나는 그 문제에 대해 더 이상 이야기하지 않기로 마음먹었다. 원래 내 계획은 며칠 후 다시 내 친구를 그 이야기로 끌어들이려는 것이었지만, 여러 가지 사건이 일어나는 바람에 결과적으로 선수를 빼앗기고 말았다.

조금 전에 말한 그런 대화가 있은 지 며칠이 지난 어느 날 햇빛이 눈부신 아침, 내가 그 낡은 부엌으로 들어갔을 때 거북이는 그 헛간 같은 건물 뒤쪽의 단 위에 서서 물끄러미 내 쪽을 응시하고 있었다. 바깥의 밝은 햇빛 속에 있다가 내 눈이 어둠에 적응하는 데 잠시 시간이 걸렸지만, 나는 이내 그가 진지하다 못해 거의 불안해하는 표정을 짓고 있음을 깨달았다. 그가 자신의 가슴팍을 향해 한쪽 팔을 어색하게 들어 올렸다가 다시 떨어뜨리는 품새에는 내가 그를 공격할 거라고 예상했음을 말해 주는 무엇인가가 있었다. 그는 자신의 이젤을 세운다거나 그 밖에 그날의 작업을 준비하려는 시도조차 하지 않은 채였다. 내가 그에게 인사를 건넸는데도 그는 침묵을 지켰다. 그에게 다가가면서 내가 물었다.

"뭐 잘못된 거라도 있나?"

"오노 선배……." 그는 그렇게 중얼거렸으나 더 이상 말을 잇지 않았다. 이윽고 내가 단 위로 올라가자 그는 신경이 곤두선 듯한 태도로 왼쪽을 바라보았다. 그의 시선을 좇아가자 덮개가 씌워진 채 그려진 면이 벽을 향하도록 세워진 내 그림이 눈에 들어왔다. 거북이는 신경이 곤두선 몸짓으로 그것을 가리키며 말했다.

"오노 선배, 이거 농담이죠?"

"아니야, 거북이." 내가 단 위로 올라서며 말했다. "이건 결코 농담이 아냐."

나는 그림이 있는 곳으로 걸어가 천을 벗겨 내고 그림이 그려진 쪽을 우리 쪽으로 돌려놓았다. 거북이는 즉각 눈길을 돌렸다.

"친구, 자네는 이미 한 차례 용감하게 내 얘기에 귀를 기울여 주었고, 우리의 경력에서 중요한 발걸음을 함께 내디뎠네. 이제 나는 자네에게 나와 함께 또 다른 걸음을 내딛자고 청하고 싶네."

거북이는 여전히 고개를 돌린 채 움직이지 않았다. 그가 말했다.

"선배, 우리 스승께서 이 그림에 대해 아십니까?"

"아니, 아직 모르시네. 하지만 그분께도 이걸 보여 드려야 하겠지. 이제부터 나는 이 노선에 따라 그림을 그릴 걸세. 거북이, 내 그림을 보게. 내가 무엇을 하려고 하는지 자네에게 설명하겠어. 그러면 아마도 우리는 또다시 중요한 걸음을 함께 내딛을 수 있을 걸세."

마침내 그가 고개를 돌려 나를 바라보았다.

"오노 선배." 그가 거의 속삭임에 가까운 작은 목소리로 말했다. "당신은 배신자입니다. 이제 전 가 보겠습니다."

그 말을 마치고 그는 서둘러 건물 밖으로 나가 버렸다.

거북이를 그토록 불편하게 했던 그림은 「현실 안주」라는 제목의 작품으로, 당시 내가 시간과 에너지를 크게 투자한 작품이라 그리 오래 갖고 있지 못했음에도 그 세부가 내 기억 속에 각인되어 있다. 마음만 먹는다면, 나는 지금도 그 그림을 상당히 정확하게 재현할 수 있을 것 같다. 그 작품의 영감은 내가 그로부터 몇 주일 전 마쓰다와 함께 산책하다가 목격한 광경에서 나온 것이었다.

내가 기억하기로 그때 마쓰다와 나는 오카다 신겐 협회에서 일하는 마쓰다의 친구를 만나러 가는 길이었다. 마쓰다가 그에게 나를 소개해 주고 싶어 했던 것이다. 여름이 끝나 갈 무렵이었다. 가장 더운 때는 지났지만, 큰 걸음으로 성큼성큼 지치지 않고 걸어가는 마쓰다를 좇아 니시즈루의 철교를 따라 걷다가 얼굴의 땀을 닦으면서 마쓰다가 좀 천천히 걸었으면 하고 바랐던 게 기억난다. 마쓰다는 그날 고상한 흰색 여름 재킷 차림이었고, 언제나처럼 챙모자를 멋지게 기울여 쓰고 있었다. 빠른 속도에도 불구하고 그의 걸음걸이에는 서두르는 기색을 찾아볼 수 없는 힘들이지 않는 편안함이 있었다. 이윽고 그가 다리를 반쯤 건넌 지점에서 멈추었을 때, 나는 그가 그다지 더워하지도 않는다는 걸 알았다.

"여기서부터 흥미로운 광경이 펼쳐질 걸세. 그럴 것 같지, 오노?" 그가 말했다.

우리 아래로는 공장 시설 두 채가 펼쳐져 있었다. 오른쪽으로 한 시설이, 왼쪽으로 다른 하나가 어렴풋이 보였다. 그 사이에는 뒤죽박죽 헝클어진 지붕들이 틀에 끼워진 듯 빽빽이 자리잡고 있었다. 어떤 지붕은 싸구려 지붕널을 이어 붙인 것이었고, 또 어떤 것은 물결 모양의 금속으로 급조된 것이었다. 니시즈루 구역은 오늘날에도 슬럼가로 유명하지만, 그 당시에는 상황이 극도로 나빴다. 다리에서 그곳을 바라보는 외부인은, 좀 더 가까이 다가가면 보이는, 그 오두막들 주위에서 돌 주위에 바글거리는 개미들처럼 바쁘게 움직이고 있는 수많은 사람들만 아니라면, 그곳이 반쯤 폐허가 된 버려진 장소라고 여길 것이다.

"저기 아래 좀 보게, 오노. 우리 도시에는 이런 곳이 점점 더 늘어나고 있네. 불과 이삼 년 전만 해도 이곳은 저렇게 지독하지는 않았네. 하지만 지금은 판자촌이 되어 가고 있지. 사람들은 점점 더 가난해지고 있네, 오노, 시골의 자기 집에서 쫓겨나 이런 곳에서 고통스럽게 살고 있는 형편이 비슷한 사람들에게 합류할 수밖에 없게 되는 걸세." 마쓰다가 말했다.

"정말 끔찍하군. 저 장면을 보니 저들을 위해 뭔가 하고 싶어지는 군." 내가 대꾸했다.

마쓰다는 내게 미소를 지어 보였다. 언제나처럼 나를 불편하게 하고 바보가 된 것처럼 느끼게 하는, 자신의 우위를 드러내는 듯한 그런 미소였다. "선의의 감상이군." 그가 다시 딱한 광경 쪽으로 시선을 돌리며 말했다. "우리 모두 그런 감정을 입 밖에 내지. 모든 분야에서 말일세. 그동안 이런 곳들은 나쁜 균류처럼 사방으로 퍼져 간다네. 심호흡을 하게, 오노. 심지어 여기서부터는 하수구 냄새까지 날 걸세."

"이미 이상한 냄새를 맡았지. 이게 정말 저곳에서 올라오는 건가?"

마쓰다는 대답하지 않았지만, 얼굴에 기묘한 미소를 띤 채 계속 그 판자촌을 내려다보았다. 이윽고 그가 말했다.

"정치가와 기업인은 이런 곳을 거의 와 볼 일이 없지. 이런 곳을 본다 해도 지금 우리처럼 안전거리를 유지한다네. 저 아래로 걸어 내려가 본 적이 있는 정치인과 기업인이 몇이나 되는지 궁금하군. 그 점에 대해서는 예술가 역시 마찬가지일세."

그의 목소리에 깃든 도전적인 기미를 눈치채고 내가 말했다.

"우리 약속에 늦지만 않는다면 저 아래로 가는 것에 난 반대하지 않겠네."

"그 반대일세. 저 아래 지름길로 가면 1, 2킬로미터는 가깝지."

그 고약한 냄새가 그 판자촌의 하수구에서 나온다는 마쓰다의 말은 맞았다. 우리가 그 철교 아래로 내려가 좁은 골목을 헤치며 걷기 시작하자, 그 냄새는 점점 심해져서 구역질을 나게 하기에 이르렀다. 열기를 식혀 줄 바람 한 줄기도 더 이상 없었고, 우리 주위의 대기 속에서 유일하게 움직이는 것이라고는 쉬지 않고 윙윙대는 파리 떼뿐이었다. 나는 또다시 마쓰다의 보조를 따라 맞추기 위해 애써야 했지만, 이번에는 그가 걸음을 늦추었으면 하는 생각이 들지 않았다.

길 양쪽으로 문 닫은 시장 좌판 같은 것들이 늘어서 있었다. 하지만 사실 그것은 사람이 거주하는 집으로 좁은 골목과 그 집 사이에는 천으로 된 커튼만이 이따금 드리워져 있을 뿐이었다. 몇몇 좌판 문간에는 노인들이 앉아 있었는데, 우리가 지나가자 결코 적대적이랄 수 없는 흥미 어린 눈길로 쳐다봤다. 아이들이 사방에서 왔다 갔다 하고 있었고, 고양이들이 발에 끊임없이 채일 정도로 많았다. 우리는 줄곧 걸었다. 거친 줄 같은 것에 널린 빨랫감과 담요를 피하면서, 울어 대는 아기들, 짖어 대는 개들, 골목을 사이에 두고 커튼을 쳐 놓은 채로 유쾌하게 이야기를 나누는 이웃들을 지나치면서. 잠시후 나는 우리가 걷는 좁은 골목길 양쪽에 있는 뚜껑 없는 하수 도랑에 점점 더 신경이 쓰이기 시작했다. 그 도랑을 따라 파리가 들끓고 있었다. 마쓰다의 뒤를 따라가면서 나는 양쪽 도랑 사이의 공간이 점점 더 좁아지는 것 같은 느낌을 뚜렷이 받았다. 이윽고 우리는 쓰러진 나무둥치 같은 좁은 둔덕 위를 아슬아슬 균형을 잡으며 걷기에 이르렀다.

이윽고 작은 뜰 같은 것이 우리 앞에 나타났는데, 판자집 몇 채로 앞이 막혀 있었다. 하지만 마쓰다는 오두막 둘 사이에 난 틈새 같은 것을 가리켰다. 그 틈을 통해 한 뙈기 불모지가 눈에 띄었다.

"저기를 가로지르면 코가네 거리 뒤로 나가게 된다네."

마쓰다가 가리킨 통로 근처에 사내아이 셋이 고개를 숙이고 꼬챙이로 땅바닥에 있는 무엇인가를 찔러 대는 것이 보였다. 우리가 다가가자 그들은 얼굴에 험상궂은 표정을 지으며 뒤로 돌아섰다. 나는 아무것도 못 보았는데도, 그들의 태도에 깃든 무엇인가로 그들이 어떤 동물을 괴롭히는 중임을 알 수 있었다. 마쓰다도 같은 결론에 이르렀음이 분명하다. 우리가 그곳을 지나쳤을 때 그가 내게 이렇게 말했던 것이다. "음, 이 근처에는 저 애들이 가지고 놀 게 달리 없을 거야."

나는 그 당시에는 그 아이들에 대해 더 이상 생각하지 않았다. 그런데 며칠 후 그 모든 불결함 한가운데서 거기 서서 막대기를 휘두르며 얼굴에 험악한 표정을 띠고 우리를 향해 돌아서던 그 세 아이들의 모습이 생생하게 되살아났다. 나는 그걸 「현실 안주」의 중심 이미지로 사용했다. 하지만 거북이가 그날 아침 완성되지 않은 내 그림을 몰래 보았을 때, 그림 속의 세 아이는 한두 가지 중요한 점에서 원래 모델과 달랐을 것이다. 그들은 그 소년들처럼 지저분한 판잣집 앞에 서 있었고, 그들의 옷은 원래 아이들이 입었던 것과 똑같은 누더기였지만, 그들의 얼굴에 떠올라 있는 것은 잘못을 저지르다 현장에서 붙잡힌 어린 범죄자들의 죄책감 섞인 방어적인 표정이 아니라, 언제라도 싸움을 벌일 준비가 된 사무라이 전사의 사내다운 험상궂은 표정이었다. 또한 그림에서는 의도적으로 소년들로 하여금 막대기를 고전적인 검도 자세로 들고 있게 했다.

이 세 소년들의 머리 위로 두 번째 이미지 — 쾌적한 술집에 앉아 있는 뚱뚱하고 잘 차려입은 신사들의 모습 — 가 드러나는 것을 거북이는 보았을 것이다. 그들의 얼굴에 떠오른 표정은 퇴폐적인 것이었다. 어쩌면 자신들의 정부나 그 비슷한 것에 대해 농담을 나누고 있었는지도 모른다. 이 두 대조적인 이미지가 일본 열도 모양을 딴 테두리 안에 그려져 있었다. 오른쪽 아래 여백에는 굵은 붉은 글씨로 '현실 안주'라는 단어가 쓰여 있었고, 왼쪽 아래에는 그보다 작은 글씨로 이렇게 쓰여 있었다. '이 젊은이들은 자신들의 존엄을 위해 싸울 준비가 되어 있다.'

이 의심의 여지없이 생경한 내 초기 작품에 대한 설명을 듣고 여러분은 놀랍게도 그 몇몇 특징에 친숙한 느낌이 들지도 모른다. 여러분은 내가 1930년대에 판화로 제작해 이 도시 전체에서 명성을 획득하고 영향력을 발휘한 작품 「지평선을 바라보며」를 본 적이 있을 것이기 때문이다. 「지평선을 바라보며」는, 두 작품 간의 세월의 간극이 있는 만큼 차이가 있기는 했지만 당연히 「현실 안주」를 재작업한 것이었다. 여러분이 기억할지 몰라도, 나중에 작업한 그림도 앞의 그림처럼 일본의 해안선을 테두리로 잡고 대조되는 두 이미지를 어우러지게 만들었다. 위쪽의 이미지는 이번에도 잘 차려입고 대화를 나누는 세 남자들이지만, 이번에 그들은 서로 마주보며 주도권을 잡기 위해 신경이 곤두선 표정을 짓고 있다. 그리고 그 얼굴들은 여러분에게 환기시킬 필요는 없겠지만, 그 유명한 세 정치인과 닮아 있다. 아래쪽에 있는 더 압도적인 이미지는 가난에 찌든 세 소년에서 딱딱한 표정의 군인으로 바뀌어 있다. 그들 중 두 사람은 총검이 달린 소총을 들고 있고, 그 옆에는 장교 하나가 칼을 빼들고 자기 앞쪽, 그러니까 서쪽의 아시아를 겨누고 있다. 그들 뒤의 배경은 더이상 가난한 동네가 아니다. 그저 떠오르는 아침 해를 표상한 군기만이 보일 뿐이다. 오른쪽 아래 여백의 '현실 안주'라는 단어는 '지평선을 바라보며'라는 글귀로 바뀌었고, 왼쪽에는 이런 메시지가 쓰여 있다. '비겁한 탁상공론을 할 시간이 없다. 일본은 앞으로 나아가야 한다.'

물론 당신이 이 도시가 처음이라면 이 작품을 보지 못했을 수도 있다. 하지만 전쟁 전 이곳에 살던 사람 대부분이 이 그림을 잘 알고 있으리라고 해도 과장이 아닐 것이다. 이 그림은 당시 기운찬 붓의 테크닉, 그리고 특히 힘이 넘치는 색채 사용으로 많은 찬사를 받았다. 이제 나는 「지평선을 바라보며」의 예술적 미덕이 어떻든 간에 그 작품이 지닌 감성이 이제는 시대착오적임을 충분히 의식하고 있다. 정말로 나는 그 같은 감성이 비난받아 마땅하다는 사실을 누구보다도 먼저 인정한다. 나는 과거 행적의 오점을 받아들이는 것을 겁내는 그런 사람이 아니다.

하지만 여기서 「지평선을 바라보며」에 대해 논하고 싶지는 않았다. 내가 여기서 그 작품을 언급한 것은 그저 그 작품이 문제의 초기작과 분명한 관련이 있어서다. 그러므로 마쓰다와의 만남이 내이후의 경력에 미친 영향을 인정해야 할 것 같다. 거북이가 부엌에서 내 그림을 본 그날 아침으로부터 몇 주 전부터 나는 마쓰다를 자주 만났다. 내가 그를 계속 만났던 것은 그의 생각이 내게 호소력이 있었기 때문이었던 것 같다. 이제 기억해 볼 때 처음에 나는 그에게 그다지 호감을 느끼지 않았던 것이다. 초반에 만났을 때는 서로에 대한 극도의 적대감을 드러내며 헤어지곤 했다. 예를 들어 내가 그를 따라 니시즈루의 빈민가를 가로질러 도심 어딘가에 있는 바에 갔던 어느 날 저녁이 기억난다. 그 술집의 이름이나 위치는 이제 잊었지만, 그곳이 이 도시의 저소득층으로 보이는 이들이 자주 드나드는 어두침침하고 더러운 곳이었다는 것만은 생생하게 기억난다. 그 곳에 들어가자마자 나는 불안감에 사로잡혔다. 하지만, 마쓰다는 그 곳에 익숙한 듯 탁자를 둘러싸고 카드 게임을 하고 있는 몇몇 사내 들에게 인사를 건넨 다음 비어 있는 작은 탁자가 놓인 내실로 나를 이끌었다.

우리가 자리에 앉자마자 험상궂게 생긴 사내 둘이 모두 상당히 취한 모습으로 내실로 비틀거리며 들어와 우리에게 시비를 걸려고 했다. 그때 나는 여전히 불안한 상태였다. 마쓰다는 그들에게 그저 심상하게 다른 데로 가라고 말했다. 나는 틀림없이 소란이 일어날 것이라고 예상했지만 내 일행의 어떤 점이 그들을 압도했는지 그들 은 별말 없이 우리 곁을 떠났다.

그런 다음 우리는 한동안 술을 마시고 이야기를 나누었다. 얼마 안 되어 대화가 좀 거칠어졌던 것이 기억난다. 어떤 시점에서 내가 그에게 말했다.

"우리 예술가들이 자네 같은 사람들로부터 비웃음을 당할 만할 지도 모르겠네. 하지만 우리가 세상에 대해 그렇게 아무것도 모른다 고 여긴다면 자네가 잘못 생각한 걸세."

마쓰다는 웃음을 터뜨리며 말했다.

"자네는 기억해야 하네, 오노. 나는 예술가를 많이 만나 봤다네. 그들은 놀랍도록 퇴폐적이더군. 이 세계가 실제로 어떤지에 대해서 는 어린아이 이상으로 알지 못해."

내가 반박하려 했으나 마쓰다가 말을 이었다. "자네의 그 계획을 예로 들어 보세, 오노. 지금 자네가 그렇게 열렬하게 제안하는 것 말 일세. 그건 무척 감동적이지만, 내 의견을 묻는다면 자네 같은 예술가들의 대책 없는 순진함을 그대로 드러낼 뿐이라네."

"내 아이디어가 어째서 그토록 자네의 조롱을 받아야 하는지 모르겠군. 자네가 이 도시의 빈민들에게 연민을 품고 있다고 본 내 생각이 잘못된 것 같군."

"그런 유치한 말은 할 필요가 없네. 자네는 내가 그들을 얼마나 배려하는지 잘 알잖나. 하지만 자네의 그 시답잖은 계획을 잠시 살펴보세. 가능성은 없는 일이지만 자네의 스승이 그 뜻에 공감한다고 하세. 그래서 그 저택에 있는 자네들 모두가 한 주일, 혹은 두 주일을 소비해 몇 점이라고 했지, 그래, 스무 점의 그림을 그려 내는 걸세. 많아야 서른 점이겠지. 그 이상을 만들어 내는 것은 별로 의미가 없는 것 같네. 어쨌든 자네들은 그런 그림을 열한두 개 이상 팔지 못할 테니까. 그다음에는 뭘 하겠나, 오노? 그렇게 힘들여 만든 그림으로 벌어들인 푼돈을 들고 이 도시의 빈민가를 돌아다니겠나? 자네가 만나는 가난한 사람 한 사람 한 사람에게 한 푼씩 주려나?"

"미안하네만 마쓰다, 난 아까 했던 말을 되풀이할 수밖에 없네. 자네가 나를 그렇게 순진해 빠진 사람으로 봤다면 그건 잘못일세. 내 제안은 그런 전시회를 모리 선생의 그룹에만 국한시키지 말자는 걸세. 우리가 돕고자 하는 가난의 범위가 얼마나 큰지는 나도 충분히 아네. 자네의 오카다 신겐 협회는 그런 계획을 추진하기 위해 세워졌지. 더 많은 예술가가 참여하는, 이 도시 전체를 망라한 대규모 전시회를 연다면 그런 이들에게 의미 있는 도움을 줄 수 있을 걸세."

"미안하네만, 오노." 하고 마쓰다가 미소를 짓고 고개를 내저으며 말했다. "여전히 나는 내 가정이 옳은 것 같네. 자네 같은 예술가들은 천성적으로 대책 없이 순진하지." 그는 자리에 앉은 채 몸을 뒤로 기대고는 한숨을 내쉬었다. 우리 탁자 위는 담뱃재로 덮여 있었다. 마쓰다는 전에 앉은 사람들이 두고 간 빈 성냥갑의 끝을 이용해 그 위에 무늬를 만들며 생각에 잠겼다. "요즘 몇몇 예술가들은 말일세." 하고 그가 말을 이었다. "자신들의 엄청난 재능을 진짜 세계로부터 몸을 돌리고 숨어 있는 데 쓰고 있어. 불행히도 현재 그런 예술가들이 득세하는 것 같네. 오노 자네는 그들 중 한 사람의 영향력 아래 지내 왔고. 그렇게 화난 표정 짓지 말게. 사실이니까. 세상에 대한 자네의 지식은 아이들의 지식과 다를 바 없네. 예를 들어 자네가 칼 마르크스가 누구인지 아는지조차 난 의문일세."

나는 그에게 부루퉁한 눈길을 던졌을 뿐 아무 말도 하지 않았다. 그는 웃음을 터뜨리고 말했다. "알겠나? 그렇다고 너무 언짢아하진 말게. 자네 동료들 대부분이 그럴 테니까."

"조롱하지 말게. 난 물론 칼 마르크스가 누군지 안다네."

"이런, 미안하네, 오노. 내가 자네를 과소평가한 것 같군. 부디 내게 마르크스에 대해 말해 주게."

나는 어깨를 으쓱해 보이고는 말했다. "그는 러시아 혁명을 주도한 사람일 거야."

"그럼 레닌에 대해서는 뭘 아나, 오노? 그가 혹시 마르크스의 부사령관쯤 된다고 보나?"

"동료쯤 되겠지." 나는 마쓰다가 다시 씩 웃고 있는 것을 보고 그가 입을 열기 전에 재빨리 이렇게 덧붙였다. "어쨌든 자네는 지금 가당찮은 말을 하고 있네. 그건 멀리 떨어진 나라의 문제일세. 나는 지금 이곳 우리 조국의 가난한 이들에 대해 이야기하고 있고."

"물론이지, 오노. 그렇고말고. 하지만 알다시피 우리나라에 대해서도 자네는 거의 아무것도 모른다네. 오카다 신겐 협회가 예술가들을 자각시키고 그들을 진짜 세계로 들어오게 하는 데 관심이 있다는 자네의 짐작은 상당히 정확하네. 하지만 우리 협회가 대형 구걸 밥통으로 변하고자 한다는 인상을 주었다면 그건 내 잘못일세. 우리의 관심은 자선이 아니라네."

"자선에 반대해야 할 이유가 어디 있는지 난 잘 모르겠네. 동시에 그것이 퇴폐적인 예술가들의 눈을 틔워 준다면, 훨씬 더 좋은 일이라고 나는 생각하네만."

"자네의 두 눈이 트이려면 아직 멀었네, 오노. 만약 자네가 선의의 자그마한 자선으로 가난한 우리나라 사람들에게 도움을 줄 수 있다고 믿는다면 말일세. 진실을 말하자면 일본은 위기를 향해 가고 있네. 우리는 소수의 탐욕스러운 기업가와 나약한 정치인의 손아귀에 내맡겨져 있네. 그들이 매일같이 가난이 불어나게 만들고 있네. 다시 말해서 우리 신흥 세대가 행동을 개시하지 않는다면 말일세. 하지만 나는 정치 선동가가 아니라네, 오노. 내 관심은 예술일세. 또한 자네 같은 예술가들이고. 물려받은 그 작은 폐쇄된 세계 때문에 눈이 멀긴 했지만 아직은 소생의 여지가 있는 재능 있는 젊은 예술가들 말일세. 오카다 신겐은 이 어려운 시기에 자네 같은 이들이 눈을 뜨고 순전한 가치가 있는 장품을 창출하도록 돕기 위해 있는 걸세."

"미안하지만 마쓰다, 순진한 건 오히려 자네 같군. 예술가의 관심은 아름다움을 발견할 때 그것을 포착하는 거라네. 그가 그 작업을 아무리 능숙하게 한다 해도, 자네가 말하는 그런 종류의 문제에 미치는 영향력은 미미할 수밖에 없네. 오카다 신겐의 목표가 자네가 주장하는 대로라면, 내가 보기에 그건 잘못 고안된 것 같네. 예술이 무엇을 할 수 있고 할 수 없는지에 대해 순진하게도 잘못 생각한 끝에 나온 것 같군."

"자네도 잘 알겠지만, 오노. 우리는 상황을 그렇게 단순하게 보지 않네. 사실 말하자면 오카다 신겐은 별도로 존재하는 게 아닐세. 이런 식으로 생각하는 우리 같은 젊은이들이 각 분야—정치, 군사—에 포진해 있네. 우리는 함께 진짜 가치 있는 무엇인가를 성취할 수 있다네. 우리 중 몇몇은 예술에 깊이 관여해 그것을 오늘날의 세계에 대응하는 것으로 만들 수 있네. 사람들이 점점 더 가난해지고, 굶는 아이들이 점점 늘어나고, 주위에 아픈 사람들투성이인 이런 때에 예술가가 어딘가에 숨어서 기생 그림이나 완벽하게 그려내는 것으로는 충분치 않다네. 자네 내 말에 화가 나나 보군. 그리고 이제는 나를 반박할 방법을 찾고 있군. 하지만 이건 사실일세, 오노. 나중에 이런 문제에 대해 깊게 생각해 보게나. 자네에겐 무엇보다도 엄청난 재능이 있으니 말일세."

"음, 그럼 말해 보게, 마쓰다. 우리 퇴폐적이고 어리석은 예술가들이 자네의 정치 혁명에 무슨 도움이 될 수 있단 말인가?"

짜증스럽게도 마쓰다는 탁자 너머에서 또다시 딱하다는 듯 미소를 짓고 있었다. "혁명? 이런, 오노! 혁명은 공산주의자들이나 원하지. 우리가 원하는 건 결코 그런 게 아닐세. 사실 그 정반대일세. 우리는 회복을 원하네. 우리 국가의 수반으로서 천황이 원래의 합당한 위치를 회복하시기를 원하는 것뿐일세."

"우리 천황은 이미 그런 위치에 있잖나."

"이런, 오노. 자네 너무나 순진하고 혼란에 빠져 있군." 그의 목소리는 언제나처럼 극히 차분했으나 이 시점에서 좀 더 딱딱해진 것 같았다. "우리의 천황은 당연히 우리의 지도자셔야 하네. 그런데 실제로는 사태가 어떻게 되고 있나? 저들 기업가와 그들에게 동조하는 정치인 들이 그분에게서 권력을 빼앗아 가 버렸네. 내 말 잘 듣게, 오노, 일본은 이제 소작농으로 이루어진 뒤처진 나라가 아닐세. 이제 우리는 그 어떤 서구 열강과도 어깨를 나란히 할 수 있는 강력한 국가가 되었어. 아시아 반구 속에서 일본은 난쟁이와 절름발이 가운데의 거인처럼 서 있네. 하지만 우리 국민을 점점 더 자포자기 상태가 되게 방치한다면, 우리의 어린이들은 영양실조로 죽고 말 걸세. 그러는 동안 기업가들은 점점 더 부자가 되고, 정치인들을 끝없이 구실을 만들어 내 주절거리겠지. 이런 상황에 놓인 서구 열강을 상상할 수 있겠나? 그들이라면 이내 행동에 착수했을 걸세."

"행동이라고? 어떤 종류의 행동 말인가, 마쓰다?"

"지금 우리는 영국이나 프랑스처럼 강력하고 부유한 제국을 건설할 때일세. 우리의 힘을 사용해 해외로 뻗어 나가야 하네. 지금은 일본이 세계 열강 가운데 적절한 자리를 점하기에 적당한 때라네. 내 말 믿게, 오노, 우리는 그렇게 할 수 있는 수단을 갖고 있네. 다만 그럴 의지를 찾아내기만 하면 된다네. 그러므로 우리는 이들 기업가와 정치인의 손아귀에서 우리 자신을 구해 내야 하네. 그러면 군대는 오직 천황께만 복종하게 될 걸세." 그는 작게 웃음을 터뜨리고는 자신이 담뱃재 위에 만들고 있는 무늬를 다시 내려다보았다. "하지만 이런 걸 걱정해야 하는 건 대개 다른 사람들 일일세. 우리 같은 사람들은 예술 분야만 신경 쓰면 된다네." 그가 말했다.

그로부터 이삼 주 후 그 사용하지 않는 부엌에서 거북이가 신경을 곤두세운 이유는 그날 밤 내가 마쓰다와 토론한 이런 문제들과는 크게 관계가 없는 것 같다. 거북이는 미완성된 내 그림 속에서 그렇게 심오한 것을 보아 낼 만한 지각력을 갖고 있지 않았다. 그가 감지한 것은 다만 그것이 모리 선생의 우선순위를 노골적으로 무시하고 있다는 것뿐이었다. 쾌락의 세계의 스러질 듯한 등불을 포착하려는 우리 학파의 집단적인 노력을 저버린 것이다. 시각적 충격을 보완하기 위해 굵은 글자들이 도입되어 있었다. 그리고 무엇보다도 거북이는 견고한 외곽선을 폭넓게 사용한 내 테크닉에 충격을 받았을 터였다. 그것은 충분히 전통적인 방법이었지만 그것을 버리라는 것이 모리 선생의 가르침의 요체였다.

거북이가 그토록 격노한 이유가 무엇이든 간에 나는 그날 아침 이후 빠르게 전개되는 내 아이디어를 주위에 감추는 게 더 이상 불가능해져 버렸다. 스승이 그 모든 것에 대한 이야기를 듣는 것은 이제 시간 문제였다. 그러므로 다카미 공원의 그 정자 안에서 모리 선생과 대화를 나눌 즈음 나는 마음속에서 여러 차례 그에게 무엇을 말해야 할지 생각했고, 나 자신을 실망시키지 말아야 한다고 굳게 결심한 상태였다.

부엌에서 그 일이 있었던 아침 이후 일주일 정도 되었을 때였다. 모리 선생과 나는 뭔가 일이 있어 ─ 아마도 우리가 쓸 재료를 고르고 주문하는 일이었던 것 같은데 이제 기억나지 않는다 ─ 시내에서 오후를 보냈다. 내가 기억하는 것은 우리가 일을 보고 있을 때 모리 선생이 나에 대해 어떤 식으로든 석연찮은 태도를 취하지 않았다는 점이다. 이윽고 저녁이 되어 기차 시간까지 여유가 좀 있었던 우리는 요츠가와 역 뒤에서 다카미 공원으로 통하는 가파른 계단을 올랐다.

당시 다카미 공원에는 그 지역을 내려다볼 수 있는 언덕 끝 — 실제로 오늘날 평화 기념비가 서 있는 곳에서 멀지 않은 곳 — 에 무척 보기 좋은 정자가 있었다. 그 정자의 가장 매력적인 특징은 우아한 지붕의 처마로 그 아래에는 많은 등이 돌아가며 매달려 있었다 — 내 기억으로 그날 우리가 갔을 때 그 등들에는 불이 들어와 있지 않았지만 말이다. 처마 아래로 걸어 들어가 보면 정자 내부는 커다란 방만큼 널찍했지만, 어느 쪽으로도 막혀 있지 않고, 아래쪽 지역을 내려다보는 사람의 시야를 방해하는 것은 지붕을 떠받치는 아치 모양의 기둥들뿐이었다.

모리 선생과 함께 있던 그날 저녁 나는 처음으로 그 정자를 봤을 가능성이 높다. 그 이후 그곳은 전쟁 동안 파괴되기 전까지 여러 해 동안 내가 좋아하는 장소로 남아 있었다. 나는 그쪽을 지날 때마다 종종 제자들을 데리고 갔다. 전쟁이 시작되기 직전 내 제자들 중 가장 재능에 넘치던 구로다와 마지막 대화를 나눈 곳도 바로 그 정자이었던 것 같다.

어쨌든 내가 모리 선생을 따라 처음으로 그 안으로 들어갔던 그날 저녁 하늘이 연홍색으로 바뀌어 있었고, 어둠 속에서 아래쪽으로 아직 보이는 뒤죽박죽된 지붕들 한가운데에서 불이 켜지기 시작했다. 모리 선생은 그 전망을 향해 몇 걸음 걸어 나가서는 기둥 하나에 어깨를 기대고 만족스러운 기색으로 하늘을 올려다보고는 내게 고개를 돌리지 않은 채 말했다.

"오노, 우리 보따리 안에 성냥과 양초가 있을 거다. 이 등들에 조심해서 불을 붙여라. 그 효과가 정말 흥미로울 것 같구나."

내가 정자 주위를 돌며 등 하나하나에 불을 붙여 나가자 이미 고요하고 조용해진 우리 주위의 공원은 차츰 어둠 속으로 모습을 감추었다. 그러는 동안 나는 생각에 잠겨 전망을 응시하고 있는, 하늘을 배경으로 한 모리 선생의 실루엣을 줄곧 힐긋거렸다.

"그래, 오노, 네가 그렇게 혼란스러워하고 있는 문제가 뭐냐?"

"죄송합니다만 무슨 말씀이신지요, 선생님?"

"네가 아까 말하지 않았느냐. 뭔가가 너를 괴롭히고 있다고 말이다."

나는 살짝 웃음을 터뜨리고는 등을 향해 팔을 뻗었다.

"대단한 일은 아닙니다, 선생님. 그런 일로 선생님을 번거롭게 하고 싶지는 않습니다만, 이 일을 어떻게 생각해야 할지 잘 모르겠습니다. 사실은 이렇습니다. 이틀 전 제 그림 중 몇 점이 늘 그림을 보관해 두는 예전 부엌에서 없어졌더군요."

모리 선생은 잠시 동안 아무 대답도 하지 않았다. 이윽고 그가 말했다.

"다른 동료들은 그것에 관해 무어라 하더냐?"

"제가 물어보았지만, 아무도 아는 게 없는 것 같았습니다. 아니 적어도 아무도 제게 그걸 말해 주려고 하지 않았습니다."

"그래서 너는 어떤 결론에 이르렀느냐, 오노? 너에 대한 음모 같은 게 있다고 생각하느냐?"

"음, 사실 말입니다, 선생님, 다른 동료들이 저와 어울리는 걸 애써 피하는 것 같습니다. 그렇습니다, 저는 지난 며칠 동안 동료들 중 누구하고도 대화를 나눌 수 없었습니다. 제가 방으로 들어가면, 모두 입을 다물거나 방을 나가 버리더군요."

그는 이 말에 아무런 말도 하지 않았다. 내가 그를 힐긋 건너다보자 그는 해가 지는 하늘에 여전히 빠져 있는 것 같았다. 내가 또 다른 등에 계속해서 불을 붙이는 동안 그가 이렇게 말하는 소리가 들려왔다.

"그 그림들은 지금 내가 갖고 있다. 말도 없이 그것들을 가져와 너를 놀라게 해서 미안하다. 저번 날 내가 조금 틈이 나서 너의 최근 작품을 살펴볼 좋은 기회라고 생각했다. 그때 너는 어딘가로 외출하고 없었던 것 같다. 네가 돌아왔을 때 얘기를 했어야 했는데. 오노, 미안하다."

"이런, 전혀 그러실 필요 없습니다, 선생님. 선생님께서 제 작품에 그렇게 관심을 가져 주시다니 감사할 따름입니다."

"내가 관심을 갖는 게 당연하지 않느냐. 넌 나의 가장 훌륭한 제자다. 나는 너의 재능을 연마시키는 데 여러 해를 투자했다."

"물론입니다, 선생님. 제가 선생님께 얼마나 많은 은혜를 입었는지 헤아릴 수가 없습니다."

우리 둘 중 아무도 한동안 입을 열지 않았다. 나는 등에 불을 붙이는 일을 계속했다. 이윽고 내가 걸음을 멈추고 말했다.

"그 그림들이 무사하다니 정말 마음이 놓입니다. 이렇게 간단하게 설명되는 일이라는 걸 제가 알았어야 했습니다. 이제 마음이 놓입니다."

모리 선생은 이 말에 아무 말도 하지 않았다. 그의 실루엣을 보고 추측한 바에 따르면, 그는 전망에서 눈을 떼지 않은 것 같았다. 그가 내 말을 듣지 못한 것 같다는 생각이 들었으므로, 나는 좀 더 큰 목소리로 말했다.

"그 그림들이 안전하다고 생각하니 마음이 놓이고 기쁩니다."

"그렇다, 오노." 모리 선생이 깜짝 놀라 아득한 생각에서 빠져나오기라도 한 것처럼 말했다. "내게 한가한 틈이 좀 났다. 그래서 누군가를 보내 자네의 최근 작품을 가져오라고 했지."

"걱정을 하다니 제가 어리석었습니다. 그림들이 안전하다니 기쁩니다."

그가 한동안 대답하지 않기에 나는 그가 내 말을 못 들었다고 생각했다. 하지만 이윽고 그가 말했다. "자네 그림을 보고 좀 놀랐다네. 자네는 흥미로운 분야를 탐색하고 있는 것 같더군."

물론 그가 실제로 '흥미로운 분야의 탐색'이라는 표현을 쓴 건 아니었을 것이다. 왜냐하면 그 표현은 수년 후 나 자신이 자주 쓰던 표현으로, 같은 정자에서 있었던 구로다와의 마지막 만남 때 그에게 한 내 말에서 따온 것일 수도 있다. 하지만 모리 선생이 여러 차례 '분야 탐색'이라는 표현을 쓴 것 같기도 하다. 실제로 이것은 내가 나의 옛 스승에게서 물려받은 특징의 또 다른 예일 것이다. 어쨌든 당시 내가 어색한 웃음으로만 대답하고 또 다른 등을 향해 걸음을 옮겼던 것이 기억난다. 이윽고 그가 다시 이렇게 말하는 소리가 들려왔다.

"젊은 예술가가 약간의 실험을 한다는 것은 나쁘지 않다. 그런 식으로 보다 피상적인 관심을 제거할 수 있지. 그런 다음 그 어느 때보다도 더 헌신적으로 보다 더 진지한 작업으로 돌아올 수 있다." 그런 다음 잠시 사이를 두고 그는 자신에게 하듯 중얼거렸다. "그럼, 실험은 전혀 나쁠 게 없지. 모두 젊다는 뜻이니까. 전혀 나쁜 게 아니야."

"선생님, 저는 제 최근 작품이 제가 이제까지 해 온 것 중 최고라는 강한 느낌이 듭니다." 내가 말했다.

"그건 나쁘지 않아, 전혀 나쁜 게 아니다. 하지만 그런 실험에 지나치게 많은 시간을 써서는 안 된다. 그랬다가는 지나치게 여행을 많이 한 사람 꼴이 된다. 너무 멀어지기 전에 진지한 작업으로 돌아오는 게 최선이야."

나는 그가 무슨 말을 더 하기를 기다렸다. 잠시 후 내가 말했다. "그 그림들의 안전을 그렇게 걱정하다니 제가 어리석었습니다. 아실지 모르지만 선생님, 저는 이제까지 그린 다른 어떤 그림보다도 그 그림들에 더 큰 자부심을 느낍니다. 어쨌든 그 일이 그렇게 간단히 설명될 수 있다는 걸 염두에 두었어야 했습니다."

모리 선생은 침묵을 지켰다. 내가 켜고 있는 등 너머로 그를 힐긋 보았을 때, 그가 내 말을 곰곰 생각해 보는지, 전혀 다른 뭔가를 생각하는지 파악하기 어려웠다. 해가 점점 기울어지고 내가 불을 붙인 등들의 수가 늘어나자 정자 안에는 기묘한 빛의 혼합이 생겨났다. 하지만 모리 선생의 모습은 줄곧 내게 등을 보인 채 기둥에 기대선 실루엣으로 남아 있었다.

"말이 나온 김에 말인데, 오노." 그가 말했다. "내가 지금 갖고 있는 네 작품들 외에 네가 최근 완성한 작품이 한두 점 더 있다고 들었다."

"아마 그럴 겁니다. 제가 다른 작품들과 함께 두지 않은 작품이 한두 점 있습니다."

"아. 그럼 그것들은 네가 가장 아끼는 그림들이겠구나."

그 말에 나는 대답하지 않았다. 그러자 모리 선생이 말을 이었다.

"우리가 돌아가면 말이다, 오노, 그 그림들을 내게 가지고 오렴.

정말이지 보고 싶구나."

나는 한순간 생각에 잠겼다가 말했다. "물론 그 작품들에 대한 선생님 의견을 듣는 것은 감사하기 짝이 없는 일입니다. 그런데 제가 그것들을 어디에 두었는지 잘 생각이 나질 않습니다."

"하지만 그것들을 찾기 위해 노력을 기울일 것이라고 믿는다."

"그렇게 하겠습니다, 선생님. 그동안 저는 선생님이 친절하시게도 관심을 기울여 주신 저의 다른 그림들을 돌려받고 싶습니다. 그것들로 선생님의 거처를 비좁게 만들고 싶지 않습니다. 그러니 돌아가는 대로 치우도록 하겠습니다."

"그 그림들에 대해서는 신경 쓸 필요 없다, 오노. 너는 나머지 그림들을 찾아 내게 가져오기만 하면 된다."

"유감스럽게도 선생님, 저는 나머지 그림들을 찾을 수 없을 것 같습니다."

"알겠다, 오노." 그는 피곤한 듯 한숨을 내쉬었다. 나는 그가 다시 한 번 하늘을 응시하는 것을 볼 수 있었다. "그러니까 너는 네 그림들을 내게 가져올 수 없다는 거구나."

"그렇습니다, 선생님. 그럴 수 없을 것 같습니다."

"알겠다. 물론 너는 내 후원을 받지 못할 경우 네 미래에 대해서 이미 생각해 두었겠지."

"저는 선생님께서 저의 입장을 이해하시고, 제 경력을 이어 갈 수 있도록 계속 저를 지지해 주시기를 바라고 있습니다."

그가 말이 없었으므로 내가 다시 말했다.

"선생님, 저택을 떠나는 것은 제게 더할 나위 없이 커다란 고통이 될 것입니다. 지난 몇 년간은 제 삶에서 가장 행복하고 귀중한 시간이었습니다. 저는 동료들을 형제처럼 여겼습니다. 그리고 선생님에 대해 말하자면, 이런, 제가 선생님께 얼마나 많은 것을 빚졌는지 이루 헤아릴 수조차 없습니다. 저는 선생님께서 저의 최근 그림들을 다시 한 번 살펴보고 그것을 다시 고려해 주시기를 간절히 청하고 싶습니다. 저택으로 돌아가면 선생님 허락을 받아 제가 각각의 그림에 담긴 의도를 설명할 수 있을지도 모르겠습니다."

그는 내 말을 들었다는 어떤 내색도 하지 않았다. 그래서 나는 말을 계속했다.

"지난 세월 동안 저는 많은 것을 배웠습니다. 환락의 세계를 관찰하고 그 깨질 듯한 아름다움을 인식하면서 많은 것을 배웠습니다. 하지만 이제는 다른 것을 향해 나아갈 시기라고 느낍니다. 선생님, 요즘 같은 혼돈스러운 시기에 예술가들은 마땅히 아침 햇빛과 더불어 스러지는 그런 쾌락적인 것들보다는 보다 분명한 무엇을 소중히 생각하는 법을 배워야 합니다. 예술가들이 언제나 퇴폐적이고 폐쇄된 세상에 머물 필요는 없습니다. 제 양심은, 선생님, 저에게 부유하는 세상의 예술가로 영원히 남아 있을 수 없다고 말하고 있습니다."

그 말을 하고 나는 다시 등에 불을 붙이기 시작했다. 잠시 후 모리 선생이 말했다.

"너는 한동안 나의 가장 훌륭한 제자였다. 네가 떠나는 걸 봐야 하는 건 나에게 상당히 고통스러운 일이 될 것이다. 그러니 사흘 안에 남아 있는 그림들을 내게 가져오는 문제에 대해 말해 보자. 네가 그것들을 내게 가져오고, 네 마음을 적절한 관심사로 다시 되돌리는 문제 말이다."

"제가 이미 말씀드린 것처럼, 선생님, 그 그림들을 가져다 드릴 수 없는 걸 깊이 유감스럽게 생각합니다."

모리 선생은 혼자 헛웃음을 웃기라도 하는 것처럼 소리를 냈다. 그런 다음 그가 말했다. "네가 스스로 지적한 것처럼 말이다, 오노, 지금은 혼란스러운 시기다. 실제적인 명성도 없고 연줄도 없는 젊은 예술가에게는 더더욱 그렇지. 네 재능이 그렇게 뛰어나지 않다면, 나를 떠난 후 네 미래가 어떻게 될까 걱정스러울 것이다. 하지만 너는 똑똑한 친구지. 틀림없이 방도를 생각해 두었겠지."

"사실 저는 무엇이 되었든 아무 방도도 생각해 두지 않았습니다. 선생님의 저택은 너무나도 오랫동안 저의 집이었으므로, 그 집을 떠난다는 것을 한 번도 심각하게 생각해 본 적이 없습니다."

"그렇기도 할 것이다. 음, 내가 말한 것처럼, 오노, 네 재능이 지금보다 덜 뛰어나다면, 걱정하는 게 당연할 것이다. 하지만 넌 똑똑한 젊은이다." 나는 모리 선생의 실루엣이 내게 돌아선 것을 보았다. "너는 잡지 삽화나 만화를 그리는 일을 어렵지 않게 구할 수 있을 것이다. 나아가 처음 내게 올 때까지 있던 작업장 같은 곳에 들어갈 수도 있을 것이다. 물론 그건 진지한 예술가로서의 너의 발전을 끝장내는 것을 의미하겠지만, 네가 이미 이 모든 것을 고려했을 것을 의심치 않는다."

이런 말들은 자신이 여전히 제자에게 찬탄의 대상이라는 것을 알고 있는 스승이 하기에는 불필요한 변명으로 들릴 수도 있다. 하지만 한 대가가 제자에게 너무나도 많은 시간과 자원을 투자했을 때, 나아가 그 제자의 이름을 공식적으로 자기 이름과 연결 짓도록 허용해 왔을 때라면, 전적으로 용납할 수는 없더라도, 스승이 잠시 자신의 균형감을 잃고 나중에 생각해 보면 후회할 행동을 하는 것을 이해할 수 있다. 그리고 문제의 그림을 갖기 위한 그의 술책이 옹졸해 보이겠지만, 물감과 재료의 대부분을 실제로 스승이 공급한 경우 작품에 대해 권리가 제자에게 있다는 사실을 잊는 것도 충분히 이해할 수 있다.

이 모든 것에도 불구하고, 스승 편에서 보인 그런 오만함과 소유욕 —그가 명성을 얻은 사람이라 하더라도—은 안타까운 일임에 분명하다. 이따금 나는 그 차가운 겨울 아침과 내 콧구멍 속으로 점점 더 강하게 들어오는 타는 냄새를 마음속에서 곱씹곤 한다. 전쟁이 터지기 전 겨울 어느 날 나는 구로다의 집 문 앞에 걱정스러운 마음으로 서 있었다. 그가 나카마치 구역에 세들어 살던 허름하고 자그마한 집이었다. 타는 냄새가 집 안 어디에선가 나오고 있다는 것을 알 수 있었다. 또한 여인이 흐느끼는 소리 역시 들려왔다. 내가 종에 달린 줄을 거듭 잡아당기며 누군가 나와 보라고 소리를 질렀지만, 아무도 대답하는 이가 없었다. 이윽고 나는 허락 없이 안으로 들어가기로 마음먹었다. 하지만 내가 대문을 밀어 열었을 때 정복을 입은 경찰이 현관에 모습을 나타냈다.

"무슨 일이죠?" 그가 물었다.

"구로다 씨를 찾으러 왔소. 집에 있소?"

"이 집 거주자는 심문할 일이 있어 경찰서로 소환되었습니다."

"심문?"

"집으로 돌아가는 게 좋을 겁니다." 경관이 말했다. "아니면 당신에 대해서도 조사할 수도 있습니다. 우리는 이제 이 집 거주자의 가까운 지인들을 조사할 생각이니까."

"이유가 뭐요? 구로다 씨가 무슨 범죄라도 저질렀소?"

"아무도 그 같은 사람과 어울리려 들지 않을 겁니다. 만약 당신이 제 갈 길을 가지 않으면, 우리는 당신 역시 심문할 겁니다."

집 안에서 아까 들었던 여인 — 구로다의 어머니일 거라고 나는 짐작했다 — 의 흐느낌 소리가 여전히 들려왔다. 나는 누군가 그녀에게 무어라 외치는 소리를 들을 수 있었다.

"담당 책임자는 어디 있소?" 내가 물었다.

"다시 돌아가라니까. 당신 체포되고 싶소?"

"얘기를 더 하기 전에 말하는데 나는 오노라고 하오." 내가 말했다. 그 경관은 내가 누구인지 전혀 모르는 것 같았다. 그래서 나는 약간 애매하게 말을 이었다. "당신네가 여기 오도록 정보를 준 사람이오. 이름은 마스지 오노. 화가이자 내무성 문화부 위원이오. 비애국적 활동 감시 위원회의 공식 고문이기도 하고. 내 생각엔 이 일에 무슨 오해가 있는 것 같은데. 책임자가 누구인지 그와 이야기를 하고 싶소."

경관은 한순간 의심스러운 눈길로 나를 바라보더니 몸을 돌려 집 안으로 모습을 감추었다. 잠시 후 그는 다시 돌아와 나에게 안으로 들어오라고 손짓했다.

그를 따라 구로다의 집 안으로 들어간 나는 찬장과 서랍의 내용물들이 바닥에 온통 흩어져 있는 것을 보았다. 책 몇 권이 쌓아올려져 더미로 묶여 있었다. 거실의 다다미가 들어 올려져 있었고, 경관 하나가 손전등을 들고 마룻널 아래를 살펴보고 있었다. 닫힌 칸막이 너머로 구로다 어머니의 흐느끼는 소리와 그녀를 심문하는 경관의 외침 소리가 아까보다 훨씬 또렷하게 들려왔다.

나는 집 뒤쪽에 있는 툇마루로 안내되었다. 작은 뜰 한가운데 정복을 입은 또 다른 경관과 사복 차림의 남자가 모닥불을 둘러싸고 서 있었다. 사복 차림의 사내가 몸을 돌리더니 내게로 몇 걸음 걸어왔다.

"오노 씨인가요?" 그가 상당히 공손한 어조로 물었다.

나를 데려온 경관은 자신이 조금 전 취한 거친 태도가 부적절했음을 깨달은 듯 재빨리 뒤를 돌아 집 안으로 사라졌다.

"구로다 씨에게 무슨 일이 일어난 거요?"

"심문 때문에 소환되었습니다, 오노 씨. 그 사람 문제는 우리가 잘 알아서 할 테니 걱정하지 마십시오."

나는 그 너머로 보이는, 거의 다 타 버린 모닥불을 응시했다. 정복을 입은 경관이 꼬챙이로 잿더미를 쑤셨다.

"저 그림들을 태워 버리는 걸 허가받은 거요?"

"증거로 확보할 필요가 없는 모든 역겨운 물건을 파괴하는 것이 우리의 정책입니다. 우리는 좋은 견본을 충분히 선별했습니다. 그 나머지 쓰레기들을 태우고 있는 겁니다."

"이런 일이 일어날 수 있다는 생각을 전혀 못 했소. 나는 그저 위원회에다 누군가 구로다 씨에게 가서 그를 위해 충고해 주는 게 좋겠다고 제안한 것뿐이오." 나는 뜰 한가운데에서 타고 있는 더미들을 다시 물끄러미 응시했다. "저것들을 태울 필요는 없소. 저 안에 좋은 작품들이 많소."

"오노 씨, 협조에 감사드립니다. 하지만 이제 조사가 시작되었으니, 당국의 손에 조사를 넘기셔야 합니다. 우리는 당신의 제자 구로다 씨가 정당한 대우를 받을 수 있도록 처리하겠습니다."

그는 미소를 짓고는 모닥불 쪽으로 몸을 돌리고 정복을 입은 경관에게 무어라 말했다. 정복 경관은 모닥불을 꼬챙이로 다시 쑤시며 나직하게 중얼거렸다. "비애국적인 쓰레기 같으니라고."

나는 믿을 수 없다는 눈길로 그 광경을 바라보며 툇마루에 그대로 서 있었다. 이윽고 사복을 입은 경관이 다시 내게로 몸을 돌리고 말했다. "오노 씨, 이제 댁으로 돌아가시는 게 좋겠습니다."

"일이 지나치게 진행됐군." 내가 말했다. "어째서 구로다 부인을 심문하는 거요? 그 부인이 이 일과 무슨 관련이 있소?"

"이건 경찰 업무입니다, 오노 씨. 더 이상 당신과 관계없는 일입니다."

"일이 지나치게 과하게 진행되었단 말이오. 우부가타 씨와 이 문제를 상의하겠소. 물론 사부리 씨에게 직접 이 문제를 언급하는 것도 좋겠지."

사복을 입은 경관은 집 안의 누군가를 불렀고, 처음에 내게 문을 열어 주었던 경관이 내 옆으로 모습을 나타냈다.

"오노 씨 도움에 감사를 표하고 밖으로 모시게." 사복을 입은 경관이 말했다. 그런 다음 다시 모닥불 쪽으로 몸을 돌리는 순간 갑자기 기침을 했다. "나쁜 그림에서는 나쁜 연기가 나는군." 그렇게 말하며 그는 씩 웃으며 얼굴 주위의 공기를 휘저어 흩어 버렸다.

하지만 이 모두가 지금의 일과 부분적으로만 관계가 있을 뿐이다. 아까 나는 지난 달 세쓰코가 짧게 방문했을 때 일어난 일을 회고하고 있었던 것 같다. 그렇다, 타로가 저녁 식탁에서 그의 직장 동료의 일화를 가지고 우리 모두를 웃게 만들었던 이야기를 하던 중이었다.

내 기억에 그날 저녁 식사는 줄곧 아주 만족스러운 분위기에서 진행되었다. 하지만 노리코가 사케를 따를 때마다 나는 불편한 마음으로 이치로를 바라보지 않을 수 없었다. 이치로는 처음 몇 차례 탁자 너머로 나에게 눈길을 던지며 공모의 미소를 보냈다. 나는 가능한 한 담담한 태도로 미소로 답할 수밖에 없었다. 하지만 식사가 진행되고 사케가 계속해서 따라지자, 그 애는 나를 바라보기를 그치고, 노리코가 우리 잔을 채울 때면 화가 난 표정으로 자기 이모를 응시했다.

타로가 우리에게 자기 동료들에 관한 재미있는 이야기들을 몇 개 더 하고 났을 때 세쓰코가 그에게 말했다.

"제부는 정말 사람을 재미있게 해 주네요. 그나저나 제가 노리코에게 듣기로는 제부네 회사의 사기가 요즘 무척 높다고 하던데요. 그런 분위기 속에서 일한다는 건 틀림없이 짜릿할 거예요."

이 말에 타로가 갑자기 열의를 띠었다. "사실 그렇습니다." 그가 고개를 끄덕이며 말했다. "전후 우리가 만든 변화가 이제 회사의 모든 차원에서 열매를 맺기 시작했습니다. 우리는 미래를 무척 낙관하고 있죠. 우리가 최선을 다한다면, 향후 십 년 내에 KNC라는 이름은 일본 전역뿐 아니라 전 세계에 알려질 것입니다."

"정말 멋지군요. 그리고 노리코 말이 제부네 지사장이 무척 좋은 분이라면서요. 그것 역시 사기에 큰 차이를 만드는 게 틀림없어요."

"처형 말이 맞고말고요. 하야사카 씨는 좋은 분일 뿐 아니라 최고의 능력과 비전을 갖춘 분이기도 합니다. 단언하는데요, 아무리 좋은 분이라고 해도 능력 없는 상관과 일한다는 건 기운 빠지는 경험입니다. 하야사카 씨 같은 분이 이끌어 주시다니 우리는 무척 운이 좋죠."

"맞아요. 슈이치 역시 유능한 상관을 만나서 무척 운이 좋아요."

"그렇습니까? 일본 전기 회사에 기대가 큽니다. 그런 회사에서는 최고의 인물들만이 책임자 자리에 갈 수 있죠."

"우리가 무척 운이 좋은 것 같아요. 하지만 KNC도 그렇잖아요. 슈이치는 언제나 KNC를 높이 평가하더군요."

"미안하네만, 타로." 이 시점에서 내가 끼어들었다. "물론 나는 KNC에서 낙관할 만한 이유가 많으리라고 확신하네. 하지만 전후 자네 회사에서 만들어진 그 전면적인 변화가 정말 좋기만 한지 줄곧 묻고 싶었네. 내가 듣기로는 옛 경영 방식은 거의 안 남았다고 하더군."

내 사위는 생각에 잠긴 채 미소를 지어 보이고는 말했다. "아버님의 걱정을 충분히 이해합니다. 젊음과 혈기만으로는 언제나 최고의 결과를 낼 수 없으니까요. 하지만 아주 솔직하게 말씀드리면요, 아버님, 철저한 점검이 필요합니다. 우리는 오늘날의 세상에 맞는 새로운 접근법을 가진 지도자들을 필요로 합니다."

"물론 그렇지. 그렇고말고. 나는 자네의 새 지도자들이 아주 유능한 사람들이라는 사실을 믿어 의심치 않네. 하지만 말해 보게, 타로, 우리가 미국을 따라가는 데 좀 지나치게 서두르는 게 아닌지 때때로 걱정스럽지 않나? 나는 옛 방식이 이제 영원히 사라져야 한다는 데 누구보다도 동의하는 사람이지만, 때때로 몇몇 좋은 것들이 나쁜 것들에 밀려나고 있다는 생각 안 드나? 그래, 때때로 지금 일본은 낯선 어른에게서 이것저것 배우고 있는 어린아이처럼 보인다네."

"아버님 말씀이 맞습니다. 때때로 우리가 좀 서두르는 것은 사실입니다. 하지만 크게 볼 때 미국에게는 우리가 배울 것이 엄청나게 많습니다. 예를 들어 최근 몇 해 동안 우리 일본인들은 민주주의와 개인의 권리 같은 것들을 이해하는 대장정에 접어들었습니다. 물론 저는 일본이 마침내 기초를 다지고 그 위에 눈부신 미래를 구축할 것이라고 봅니다. 바로 그런 이유에서 우리 회사 같은 기업들이 굉장한 확신을 가지고 기대하고 있는 겁니다."

"맞아요, 제부." 세쓰코가 말했다. "슈이치도 생각이 같아요. 그이는 최근 여러 차례 그런 자신의 의견을 표명했어요. 혼돈의 사 년이 지난 후 우리나라가 마침내 미래를 기대할 수 있게 되었다고요."

내 딸애가 이런 말을 한 대상이 타로이긴 했지만 나는 그 말이 나를 염두에 둔 것이라는 인상을 뚜렷하게 받았다. 타로 역시 그렇게 느낀 모양이었다. 왜냐하면 세쓰코의 말에 대답하는 대신 하던 말을 이었던 것이다.

"실제로 말입니다, 아버님, 바로 지난주 저는 항복 이후 처음으로 동창회 저녁 모임에 참석했어요. 각계각층에서 온 참석자들 모두 미래에 대해 낙관론을 펼치더군요. 단지 KNC에서뿐 아니라 전체적으로 사태가 잘되어 가고 있다는 느낌이 있어요. 아버님의 우려를 충분히 이해하지만, 저는 대체적으로 지난 몇 년간 배운 것이 좋은 것들이었고, 우리 모두를 멋진 미래로 인도할 거라고 확신합니다. 물론 제 생각이 틀렸을 수도 있지만요, 아버님."

"그럴 리가. 그럴 리가." 내가 말하고는 그에게 미소를 지어 보였다. "자네가 말한 것처럼 자네 세대의 미래가 눈부시리라는 것에는 의심의 여지가 없네. 자네들 모두가 그렇게 확신에 차 있잖은가. 나는 그저 자네들이 잘되기만을 바랄 뿐일세."

내 사위는 이 말에 무어라 대답하려 했으나, 그 순간 이치로가 탁자를 가로질러 손을 내밀어 아까처럼 손가락으로 사케 병을 톡톡 두드렸다. 타로가 그 애에게로 몸을 돌리고 말했다. "아, 이치로, 우리의 토론에 필요한 사람이군. 우리에게 말해 보렴, 넌 자라서 뭐가 되고 싶니?"

내 손자는 한순간 사케 병에서 눈을 떼지 않았다. 이윽고 그 애는 실쭉한 표정으로 내 쪽으로 눈길을 던졌다. 그 애 엄마가 그 애의 팔을 살짝 건드리면서 속삭였다. "이치로, 이모부가 네게 묻고 계시잖아. 네가 뭐가 되고 싶은지 말씀드려."

"일본 전기 회사의 사장이 될 거예요!" 이치로가 큰 소리로 단언했다.

우리 모두 웃음을 터뜨렸다.

"틀림없는 거지, 이치로? 그 대신 KNC에서 우리를 이끌고 싶지는 않니?" 타로가 물었다.

"일본 전기 회사는 최고의 기업이에요!"

우리 모두 다시 웃음을 터뜨렸다.

"이렇게 부끄러울 데가 있나." 타로가 한마디 했다. "이치로는 몇년 내로 KNC에서 꼭 필요로 하는 인물이 될 텐데."

이 대화로 인해 이치로는 사케에 대해서는 잊어버린 것 같았다. 그때부터 그는 어른들이 뭔가에 웃음을 터뜨릴 때마다 큰 소리로 함께 떠들면서 즐거워하는 듯했다. 그 애가 상당히 침착한 목소리로 이렇게 물은 것은 식사가 거의 끝날 무렵이었다.

"이제 사케가 하나도 안 남았나요?"

"모두 비었단다." 노리코가 말했다. "이치로, 오렌지 주스 더

줄까?"

이치로는 이 제안을 예절 바르게 거절하고는 타로에게로 다시 몸을 돌렸다. 타로가 그 애에게 뭔가를 설명하는 것 같았다. 그럼에도 나는 이치로의 실망을 상상할 수 있었고, 자기 아이의 마음을 좀 더 이해해 주지 않는 세쓰코에게 한 줄기 짜증이 피어올랐다.

그로부터 한 시간여 후 나는 이치로와 단 둘이 이야기할 기회를 포착했다. 나는 그 애에게 잘 자라는 인사를 하기 위해 그 작은 아파트의 손님방으로 들어갔다. 전등을 끄지는 않았지만, 이치로는 엎드려서 베개에 한쪽 뺨을 대고 이불을 덮고 누워 있었다. 나는 전등 스위치를 껐다. 블라인드가 반대편 아파트 단지에서 비추는 빛을 완전히 막아 주지 못해 벽과 천장을 가로질러 그늘진 빗장 무늬가 드리워지고 있었다. 옆방에서는 딸애들이 무엇인가에 대해 크게 웃는 소리가 들려왔다. 내가 이치로의 누비이불 옆에 주저앉았을 때 그 애가 작은 목소리로 속삭였다.

"할아버지, 노리코 이모가 취했나요?"

"그렇지 않은 것 같다, 이치로. 이모는 뭔가에 대해 웃고 있구나. 그뿐이야."

"이모는 좀 취한 것 같아요. 안 그래요, 할아버지?"

"음, 그럴지도 모르지. 그저 약간 취한 거야. 그 정도는 아무 문제도 되지 않는단다."

"여자들은 사케를 감당 못 해요, 그렇죠, 할아버지?" 그 애는 그렇게 말하고는 베개에 입을 대고 키득거렸다.

나는 소리 내어 웃고는 그 애에게 말했다. "이치로, 오늘 밤 사케를 못 마신 것 때문에 마음 상할 필요 없다. 그건 정말이지 중요한 일이 아니다. 너는 곧 자랄 거고, 그러면 네가 원하는 만큼 사케를 마실 수 있어."

나는 자리에서 일어나 창가로 가서 블라인드가 완전히 닫힐 수 없는지 살펴보았다. 내가 블라인드를 열었다가 두어 차례 다시 닫았지만, 널조각들이 여전히 틈이 벌어진 채여서 맞은편 단지의 불 켜진 창들을 여전히 볼 수 있었다.

"그래, 이치로. 그건 정말이지 마음 상할 일이 아니란다."

한순간 내 손자는 그 말에 대답하지 않았다. 이윽고 나는 내 뒤에서 그 애가 이렇게 말하는 소리를 들었다. "할아버지, 걱정하지 마세요."

"오? 무슨 말이냐, 이치로?"

"할아버지는 걱정하지 마세요. 만약 할아버지가 걱정을 하면 잠을 잘 잘 수가 없잖아요. 나이 든 사람들은 잠을 잘 못 자면 병이 나요."

"알겠다. 좋은 말이구나, 이치로. 할아버지가 걱정하지 않겠다고 약속하마. 하지만 너 역시 마음 상해 하지 말아야 한다. 왜냐하면 정말이지 그럴 일이 아니니까 말이다."

이치로는 입을 열지 않았다. 나는 또다시 블라인드를 열었다가 닫았다.

"하지만 물론 말이다." 하고 내가 말했다. "이치로가 실제로 오늘 밤 사케를 마시겠다고 고집을 부렸다면, 할아버지가 개입해 조금 마실 수 있게 했을 거다. 하지만 그때의 사정으로는 우리가 여자들에게 이번에는 그들 방식으로 하게 해 주는 게 옳았던 것 같다. 그런 사소한 문제를 두고 여자들의 마음을 상하게 할 필요는 없으니까."

"집에 있을 때 가끔 말이에요. 아버지가 어떤 걸 하고 싶어 하는데, 어머니가 그건 해서는 안 된다고 하세요. 때로는 아버지도 어머니의 말을 거스르지 못하는걸요."

"그렇구나." 내가 소리 내어 웃으며 말했다.

"그러니까 할아버지도 걱정하지 마세요."

"우리 둘 다 걱정할 게 전혀 없구나, 이치로." 나는 창문에서 몸을 돌리고 이치로의 잠자리 옆에 주저앉았다. "자, 이제 자는 거다."

"할아버지도 여기서 주무시고 가시나요?"

"아니다, 할아버지는 조금 후에 집으로 돌아갈 거다."

"할아버지도 여기서 주무시면 안 돼요?"

"이 집에는 방이 충분하지 않단다, 이치로. 할아버지가 아주 커다란 집을 혼자 쓰고 있다는 것을 기억하렴."

"내일 역으로 작별 인사를 하러 오실 거예요?"

"물론이다, 이치로. 그렇게 하마. 그리고 너는 얼마 안 있어 다시 여기 오게 될 거다."

"어머니가 제게 사케를 못 주게 했다고 해서 할아버지가 걱정하시면 안 돼요."

"넌 아주 빠르게 쑥쑥 자라고 있는 것 같구나, 이치로." 내가 소리 내어 웃으며 말했다. "다 자라면 멋진 남자가 될 거다. 어쩌면 정말로 일본 전기 회사의 사장이 될지도 모르지. 아니면 그만큼 훌륭한 사람 말이다. 자, 이제 잠시 입을 다물고 잠이 오는지 보자."

나는 조금 더 그의 곁에 앉아서 그 애가 무어라 말할 때마다 조용히 대답을 해 주었다. 내가 마음속에서 그날 아침 가와베 공원에서 세쓰코와 나눈 대화를 곱씹기 시작한 것은, 옆방에서 이따금 터져 나오는 웃음소리를 들으며 어두컴컴한 방에서 내 손자가 잠들기를 기다리던 그 시간 동안이었던 것 같다. 사실 내가 그 일을 곰곰이 생각해 본 것은 아마도 그때가 처음이었던 것 같다. 그때까지는 세쓰코의 말이 그렇게 거슬린다는 생각이 들지 않았다. 하지만 잠든 손자 곁을 떠나 거실의 다른 사람들과 다시 합류했을 즈음 큰딸의 이야기에 내가 상당히 마음이 상해 있었던 것 같다. 내가 자리에 앉은 지 얼마 되지 않아 타로에게 이렇게 말한 것은 틀림없이 그 때문이었을 것이다.

"자네가 아는지 모르지만 이 점을 생각해 보면 이상하다네. 자네 부친과 나는 십육 년여 동안 안면이 있었네. 그런데도 우리가 친구가 된 건 겨우 작년부터라네."

"물론 그렇습니다." 하고 내 사위가 말했다. "하지만 제 생각엔 종종 그런 경우가 있는 것 같습니다. 대부분은 이웃들과 인사를 나누는 것 이상의 관계가 아니니까요. 그 점을 생각하면 안타깝지요."

"하지만 사이토 박사와 나는 단순히 이웃이 아니었네. 우리 둘 다 예술계와 관련이 있었기 때문에 서로의 존재와 그 명성을 알고 있었네. 자네 부친과 내가 처음부터 친구가 되려고 좀 더 노력하지 않았다는 게 그래서 더 안타깝네. 안 그런가, 타로?"

이 말을 하면서 나는 세쓰코가 듣고 있는지 확인하기 위해 재빨리 그 애를 건너다보았다.

"물론 크게 안타까운 일이죠. 하지만 두 분은 결국 다행히 친구가 되셨잖아요." 타로가 말했다.

"내가 말하려는 건 말이네, 타로, 우리가 그 세월 동안 예술계에서 서로의 명성을 알고 있었기 때문에 더더욱 안타깝다는 걸세."

"예, 정말 애석한 일입니다. 이웃인 동시에 저명한 동료라는 사실을 알면 보다 더 친밀한 관계로 이어질 수 있을 테니까요. 하지만 제 생각에는 바쁜 일정과 다른 일들 때문에 그러지 못하는 경우가 많은 것 같습니다."

나는 어느 정도 만족감을 느끼며 세쓰코 쪽을 힐긋 건너다보았지만 세쓰코는 타로의 말이 함축한 의미를 간파했다는 표시를 전혀 내지 않았다. 물론 그 애가 실제로 우리의 말을 주의 깊게 듣고 있지 않았을 수도 있다. 하지만 내 짐작에 세쓰코는 이야기의 맥락을 충분히 파악한 것 같았다. 그런데도 가와베 공원에서 그날 아침 자신이 그렇게 암시한 것이 완전히 잘못 생각한 것이었다는 증거 앞에서 자존심이 상해 내 눈길에 응답하지 않은 듯했다.

그때 우리는 편안한 걸음으로 공원의 널찍한 중앙로를 걸어 내려오며 양쪽으로 늘어선 가을 나무들의 아름다움에 찬탄하고 있었다. 우리는 노리코가 어떻게 자신의 새로운 삶에 적응하고 있는지에 대해 각자의 느끼는 바를 나누었고 어느 모로 보나 그 애가 무척 행복하다는 데 의견을 같이했다.

"이 모든 게 무척 흐뭇하구나. 그 애의 장래가 내게 커다란 걱정거리로 다가오던 참이었다. 하지만 이제 그 애를 위해 모든 게 잘된 것 같다. 타로는 훌륭한 청년이지. 그보다 더 잘 맞는 상대를 찾기란 거의 불가능할 거야."

세쓰코가 미소를 지으며 대답했다. "불과 일 년 전만 해도 우리가 그 애 때문에 그렇게 걱정했다고 생각하면 기분이 이상해요."

"정말 기쁜 일이다. 그리고 세쓰코, 이 모든 일에서 네가 제 몫을 해 줘서 고맙다. 사태가 제대로 돌아가지 않을 때 너는 동생에게 든

든한 버팀목이 되어 주었지."

"그 반대예요. 저는 멀리 떨어져 있어서 거의 해 준 게 없는걸요."

내가 소리 내어 웃으며 말했다. "그리고 작년에 나에게 경고한 사람도 바로 너였지. '예방 조치'라고 했던 거 기억하니, 세쓰코? 너도 알겠지만 나는 네 충고를 그냥 흘려 넘기지 않았단다."

"죄송하지만, 아버지. 무슨 충고를 말씀하시는 건가요?"

"이런 세쓰코, 그렇게 시침 뗄 필요 없다. 내 지난 경력에 내가 자랑스럽게 여길 수 없는 면이 있다는 걸 이제는 인정할 준비가 되어 있다. 물론 네가 제안한 대로 맞선 자리에서도 그렇게 인정했고 말이다."

"죄송하지만 저는 아버지가 무슨 말씀을 하시는 건지 잘 모르겠어요."

"노리코가 맞선에 대해 네게 말하지 않았니? 음, 나는 그날 저녁 내 경력으로 인해 그 애의 행복에 아무런 장애가 없도록 확실히 조치했다. 감히 말하건대 네가 말하지 않아도 그렇게 했겠지만, 그럼에도 작년 네가 해 준 충고를 고맙게 생각하고 있다."

"죄송해요, 아버지, 그런데 저는 작년에 그 어떤 충고를 한 것도 기억나지 않는걸요. 하지만 맞선에 대해서는 노리코가 물론 제게 여러 차례 이야기했어요. 물론 그 애는 맞선이 끝난 후 아버지께서…… 아버지께서 당신 자신에 관해서 말씀하셔서 몹시 놀랐다고 말하더군요."

"감히 말하건대 그 애는 놀란 것 같다. 노리코는 언제나 늙은 아비를 과소평가했지. 하지만 나는 자존심 때문에 사태를 회피해 자기 딸을 불행하게 만드는 그런 아비는 아니다."

"노리코 말이 그날 밤 아버지의 행동 때문에 너무나 혼란스러웠다고 하더군요. 사이토 집안 역시 어리둥절한 것 같다고요. 아버지가 무슨 뜻으로 그런 말씀을 하신 건지 아무도 확실하게 몰랐을 거예요. 물론 슈이치 역시 제가 노리코의 편지를 읽어 주자 당혹감을 표하던걸요."

"정말 이상하구나. 이런, 세쓰코, 작년에 바로 너 자신이 나를 밀어붙이지 않았니. 나에게 '예방 조치'를 제안한 건 바로 너였어. 미야케 집안과 그랬던 것처럼 사이토 집안과도 일이 틀어지지 않도록 해야 한다고 말이다. 기억 안 나니?"

"제가 요즘 잘 잊어버리는 건 분명해요. 하지만 아버지가 말씀하시는 그런 말을 한 기억은 전혀 없는데요."

"이런 세쓰코, 정말 이상하구나."

세쓰코는 갑자기 걸음을 멈추고 감탄을 했다. "이 시기에 저 단풍나무들은 정말 아름답네요!"

"가을이 깊어지면 더더욱 아름다워질 거다." 내가 말했다.

"너무나 멋져요." 딸애가 미소를 지으며 말했다. 우리는 다시 걷기 시작했다. 이윽고 그 애가 말했다. "사실은요, 아버지, 어젯밤 저희는 한두 가지 문제에 대해 이야기했는데, 제부가 바로 지난주에 아버지와 나누었던 대화를 언급하더군요. 최근 자살한 작곡가에 관한 이야기였어요."

"유키오 나구치 말이냐? 아 그래, 그 대화가 기억나는구나. 보자, 타로가 그 사람의 죽음이 의미가 없다고 했던 것 같은데."

"제부는 아버지가 나구치 씨의 죽음에 무척 관심을 갖고 계신 게 왠지 걱정스러웠나 봐요. 아버지께서 나구치 씨의 경력과 아버지 자신의 경력을 비교하신 것 같더군요. 그 뉴스를 듣고 우리 모두 걱정했어요. 사실 저희 모두는 최근 아버지께서 은퇴하신 후에 조금 기운이 빠지지 않았나 걱정이었거든요."

내가 웃음을 터뜨리며 말했다. "마음 놓아도 된다, 세쓰코. 나는 나구치처럼 행동할 생각 같은 건 한순간도 해 본 적이 없다."

"제가 이해한 바로는요." 그 애가 말을 이었다. "나구치 씨가 작곡한 노래들은 전쟁 준비의 각 단계마다 엄청난 파급력을 갖게 된 듯해요. 그래서 그는 자신도 정치인 및 장성들과 마찬가지로 책임을 져야 한다는 생각을 갖게 된 거죠. 하지만 아버지가 자신을 그런 경우로 생각하신다면 그건 잘못이에요. 아버지는 어쨌든 화가였을 뿐이잖아요."

"다시 한 번 말하는데, 세쓰코, 나는 나구치가 감행한 그런 종류의 행동을 단 한순간도 고려한 적이 없다. 하지만 내가 자부심이 부족해서 그런 건지도 모르지. 나 역시 상당한 영향력을 행사한 인물이었다고, 그 영향력을 사용해 끔찍한 결말을 이끌어 낸 인물이었다고 여기지 않아서 말이다."

딸애는 내 말을 잠시 생각해 보는 듯했다. 이윽고 그 애가 말했다.

"죄송해요, 하지만 사태를 정확한 시각으로 보는 건 중요할 것 같아요. 아버지는 몇몇 눈부신 그림들을 그리셨고, 그런 화가들 가운데에서 가장 영향력 있는 인물이었음에는 의심의 여지가 없어요. 하지만 아버지의 작품은 지금 우리가 이야기하는 이런 큰 문제들과는 거의 관계가 없어요. 아버지는 그저 화가였던 것뿐이에요. 아버지는 자신이 무슨 커다란 잘못을 저질렀다는 생각을 그만두셔야 해요."

"이런, 세쓰코, 이건 작년의 충고와는 아주 다르구나. 그렇다면 내 경력이 정말 커다란 골칫거리인 모양인걸."

"죄송해요, 아버지, 하지만 저는 작년 혼담에 관해 제가 무슨 언급을 했는지 모르겠다는 말을 되풀이할 수밖에 없네요. 아버지의 경력이 왜 혼담에 특별히 관련이 있어야 하는지 저는 알 수가 없어요. 사이토 집안은 분명 그 점에 전혀 개의하지 않은 것 같아요. 그래서 앞서 말한 대로 맞선에서 아버지가 하신 말 때문에 그들은 몹시 당황했던 것 같아요."

"이거 정말 놀랍구나, 세쓰코. 실제로 사이토 박사와 나는 오랫동안 안면이 있는 사이였다. 이 도시의 가장 저명한 미술 비평가 중 하나로서 그는 여러 해 동안 내 경력을 주시했을 것이고, 상대적으로 안타까운 면들도 충분히 의식하고 있었을 것이다. 혼담 과정의 그 단계에서 내가 내 태도를 표명한 것은 그러므로 당연하고 적절한 일이었다. 나의 그런 행동에 사이토 박사가 무척 흡족해했으리라고 확신한다."

"죄송해요, 하지만 타로 상의 말에 따르면 사이토 박사는 아버지의 경력에 대해 그렇게 잘 알지 못하셨던 것 같아요. 물론 그분은 아버지를 이웃으로서 늘 알고 계셨지요. 하지만 작년에 혼담이 시작되기 전까지는 아버지가 미술계와 관련이 있는 인물이라는 걸 전혀 의식하지 못하셨던 것 같아요."

"그건 네가 완전히 잘못 안 거란다, 세쓰코." 내가 웃음을 터뜨리며 말했다. "사이토 박사와 나는 오랜 세월 동안 서로에 대해 알고 있었다. 우리는 길에서 종종 걸음을 멈추고 미술계에 관한 소식을 나누곤 했단다."

"분명 제가 잘못 안 것 같아요. 죄송해요. 하지만 아버지 과거의 무엇인가를 비난의 시선으로 보는 사람은 아무도 없었어요. 저희는 아버지가 그 불운한 작곡가 같은 이와 자신을 같은 범주로 생각하시는 걸 그만두셨으면 해요."

세쓰코와의 그 언쟁에서 나는 더 이상 고집을 부리지 않았다. 우리가 이내 다른 가벼운 화제로 옮겨 갔던 것이 기억난다. 하지만 그날 아침 말한 많은 부분에 대해 딸애가 잘못 안 것이 분명하다. 한 가지 예로, 사이토 박사가 그 모든 세월 동안 화가로서의 내 명성을 모르고 있기란 불가능하다. 그날 저녁 식사를 마치고 내가 타로에게 그 사실을 확인하도록 유도한 것은 그저 세쓰코에게 그 점을 명확히 하고 싶어서였다. 나로서는 그 사실에 의심의 여지가 없었던 것이다. 예를 들어 나는 십육여 년 전 내가 새로 이사한 집의 바깥 담장을 손보고 있을 때 사이토 박사가 처음 말을 걸어 왔던 그 여름날을 생생하고 기억하고 있다. "선생님 같은 위상을 지닌 예술가를 이웃으로 맞게 되어 커다란 영광입니다."라고 문패에서 내 이름을 알아본 그가 말하지 않았던가. 나는 그 만남을 또렷하게 기억하고 있다. 그러니 세쓰코가 잘못 안 것임에는 의심의 여지가 없다.

1950년 6월

어제 늦은 아침 무렵 마쓰다가 죽었다는 소식을 듣고 나서 나는 가볍게 점심을 먹은 후 운동 삼아 밖으로 나갔다.

내가 언덕을 걸어 내려가는 동안 날씨는 기분 좋게 따뜻했다. 강에 도착한 나는 '망설임의 다리' 위로 올라가 주위를 둘러보았다. 하늘은 청명한 푸른빛이었고, 강둑 아래 조금 떨어진 새 아파트 단지가 시작되는 지점을 따라 어린 소년 둘이 물가에서 낚싯대를 가지고 놀고 있었다. 나는 한동안 그들을 지켜보면서 마쓰다에 대한 것을 마음속에서 이리저리 생각해 보았다.

노리코의 혼담 중에 그와 접촉을 재개한 후 나는 그를 다시 찾아가 봐야겠다는 생각을 품고 있었다. 하지만 실제로는 겨우 한 달여 전에야 틈을 내어 아라카와까지 다녀올 수 있었다. 나는 당시 그의 임종이 거의 가까웠음을 전혀 알지 못한 채, 순수한 충동에 이끌려 그를 방문했다. 마쓰다는 그날 오후 나와 자신의 생각을 나누어서 어쩌면 좀 더 행복하게 죽음을 맞았을지도 모른다.

내가 그의 집에 도착했을 때, 스즈키 양은 나를 보자마자 내가 누구인지 알아보고 살짝 반가움을 드러냈다. 그녀의 태도로 보아 일 년 반 전 내가 방문한 이후로 다른 방문객이 그다지 많지 않았던 듯했다.

"그분은 지난번 선생님이 다녀가셨을 때보다 훨씬 건강해지셨어요." 그녀가 기쁜 표정으로 말했다.

나는 응접실로 안내되었다. 잠시 후 마쓰다가 품 넓은 기모노 차림으로 다른 사람의 도움 없이 응접실로 들어왔다. 그는 다시 나를 만나서 분명 기쁜 듯했다. 우리는 한동안 사소한 문제와 둘 다 친분이 있는 이들에 대해 이야기를 나누었다. 스즈키 양이 우리가 마실 차를 가져다주고 다시 나간 후, 나는 마쓰다에게 최근 내 와병 중에 격려의 편지를 보내 줘서 고맙다고 잊지 않고 고마움을 표했다.

"자네 이제 완전히 회복된 것처럼 보이는군, 오노." 그가 말했다. "지금 자네 모습으로는 최근 아팠다는 걸 짐작조차 못하겠는걸."

"이제 한결 나아졌다네. 그래도 무리하지 않도록 조심해야 한다네. 또 이 지팡이를 가지고 다녀야 하지. 안 그러면 예전처럼 마음이 편하질 않아."

"이거 실망일세, 오노. 나는 우리가 함께 우리의 좋지 못한 건강에 대해 이야기하는 두 노인이 될 거라고 기대했네. 하지만 여기 자네는 지난번 여기 왔을 때와 똑같군. 나는 여기 앉아서 자네의 건강함을 질투해야 하고 말이야."

"말도 안 되는 소리, 마쓰다. 자네는 아주 좋아 보이는걸."

"전혀 설득력 있게 들리지 않네, 오노." 그가 소리 내어 웃으며 말했다. "작년에 체중이 약간 늘어난 건 사실이지만 말이야. 그나저

나 노리코는 행복한가? 결혼식을 성공적으로 치렀다는 소식은 들었네. 자네가 지난번 여기 왔을 때, 노리코의 미래에 대해 무척 걱정했잖나."

"일이 아주 잘되었네. 그 애는 현재 임신 중으로 올가을에 아기를 낳을 거라네. 그렇게 걱정했는데 노리코를 위해 내가 원하던 모든 일들이 이루어졌다네."

"올가을에 손주가 생긴다니. 그거 정말 기대되겠군."

"사실 내 큰 딸애도 다음 달에 둘째 아이를 낳을 걸세. 그 애는 아이를 하나 더 갖기를 몹시 원했으니 특히 좋은 소식이지."

"그럼, 그렇고말고. 손주 둘이 태어나겠군." 한순간 그는 그곳에 앉아 웃음 띤 얼굴로 혼자 고개를 끄덕였다. 이윽고 그가 말했다. "자네 분명히 기억할 걸세, 오노, 난 언제나 세상을 개선시키는 일에 너무 바빠서 결혼을 생각해 볼 틈이 없었네. 자네와 미치코 씨가 결혼하기 직전 우리가 했던 그 논쟁들 기억나나?"

우리 둘 다 웃음을 터뜨렸다.

"손주 둘이라." 마쓰다가 다시 말했다. "이런, 정말 기대되겠는걸."

"그렇다네, 그런 딸들을 갖게 되어서 정말 행운이지."

"그럼 말해 주게, 오노, 자네 요즘도 그림을 그리나?"

"시간을 보낼 겸 수채화를 조금씩 그리고 있네. 그저 나 자신의 즐거움을 위해 대부분 초목과 꽃을 그리며 즐기는 거지."

"어쨌든 자네가 다시 그림을 그린다는 말을 들으니 기쁘군. 지난번 자네가 나를 보러 왔을 때, 자네는 그림을 완전히 포기한 것처럼 보였네. 그때 자네는 환멸을 느낀 것 같았네."

"정말 그랬다네. 나는 오랫동안 물감에 손도 대지 않았네."

"그래, 오노, 자네는 완전히 환멸을 느낀 것 같았어." 그러더니 그는 미소를 지으며 나를 올려다보고는 말했다. "하지만 당시 자네는 정말 절실하게 커다란 공헌을 하기를 원했어."

나는 그의 미소에 미소로 답하면서 말했다. "하지만 자네도 그랬잖나, 마쓰다. 자네의 목표도 나 못지않게 컸지. 어쨌든 우리의 중국 위기 캠페인을 위한 선언문을 작성한 건 자네였지. 우리 둘 다 수수하다고는 할 수 없는 염원을 가졌던 걸세."

우리는 둘 다 다시 웃음을 터뜨렸다. 이윽고 그가 말했다.

"틀림없이 자네는 기억할 걸세, 오노, 내가 자네에게 얼마나 자주 순진하다는 표현을 썼는지 말이야. 내가 얼마나 자네의 좁은 예술가적 시야를 놀려 댔는지 말일세. 자네는 쉽사리 발끈하곤 했지. 음, 결국 우리 둘 중 아무도 충분히 넓은 시야를 갖지 못한 셈이지."

"맞는 얘길세. 하지만 우리가 사태를 좀 더 명확하게 보았다면, 그랬다면 자네와 나 같은 사람들이 말일세, 마쓰다, 누가 알겠나? 정말 선한 일을 할 수 있었을지도 모른다네. 우리는 한때 엄청난 에너지와 용기를 갖고 있었네. 우리가 신일본 캠페인 같은 것을 주도하기 위해서는 그 둘 다가 많이 필요했지. 자네 기억나나?"

"물론이지. 그때 우리에게 맞서는 강한 세력이 있어서 겁을 먹을 법도 했는데. 하지만 우리는 분명 결의에 차 있었지, 오노."

"나 자신은 사태를 완전히 명확하게 본 적이 없네. 자네가 말했듯 폭 좁은 예술가의 관점을 갖고 있었지. 이런, 심지어 지금도 나는 이 도시보다 넓은 세계에 대해 생각하기 어렵다네."

마쓰다가 말을 받았다. "요즘 나는 우리 집 마당 너머의 세계에 대해 생각하기 어려운걸. 그러니 이제 자네가 훨씬 넓은 시야를 갖고 있는 셈일세, 오노."

우리는 한 번 더 웃음을 터뜨렸다. 그런 다음 마쓰다는 찻잔을 들어 차를 한 모금 마셨다.

"하지만 우리 스스로를 지나치게 비난할 필요는 없다네." 그가 말했다. "우리는 적어도 믿는 바를 위해 행동했고 최선을 다했으니까. 그저 마지막에 우리가 평범한 사람들이었음이 드러난 것뿐일세. 평범한 사람들은 앞을 내다보는 통찰력이 없지. 그런 시기에 평범한 인간이었던 것은 그저 우리가 운이 없었을 뿐일세."

자기 집 마당에 대한 마쓰다의 말을 듣고 나는 그의 마당으로 관심을 돌렸다. 따뜻한 봄날 오후였고, 스즈키 양이 장지문을 조금 열어 놓았으므로, 내가 앉아 있는 곳에서 툇마루의 윤낸 마룻장 위로 눈부시게 쏟아지는 햇빛을 볼 수 있었다. 미풍이 방 안으로 불어왔고, 희미한 연기 냄새가 실려 왔다. 나는 자리에서 일어나 장지문 앞으로 다가갔다.

"뭔가 타는 냄새를 맡으면 아직도 마음이 불안해진다네." 내가 말했다. "얼마 전까지만 해도 타는 냄새는 폭발과 화재를 뜻했으니 말일세." 나는 잠시 동안 줄곧 뜰을 내다보다가 이윽고 이렇게 덧붙였다. "다음 달이면 아내 미치코가 죽은 지 벌써 오 년이 되는군."

마쓰다는 한동안 침묵을 지켰다. 이윽고 내 뒤에서 그가 말하는 소리가 들려왔다.

"요즘 타는 냄새는 대개 이웃집에서 마당 청소를 했다는 뜻이라네."

집 안 어디에선가 괘종시계 종소리가 들려왔다.

"잉어들에게 밥을 줄 시간이군." 마쓰다가 말했다. "스즈키 양과 오랫동안 언쟁을 벌인 다음에야 다시 잉어들에게 밥을 주는 걸 허락받았다네. 나는 잉어 밥을 주곤 했는데, 몇 달 전에 저 돌계단에서 발을 헛디뎌 넘어졌어. 그 후로 스즈키 양과 오랫동안 싸워야 했지."

마쓰다가 자리에서 일어나 툇마루에 놓인 짚으로 엮은 슬리퍼를 신었다. 우리는 마당으로 내려섰다. 연못은 정원 맨 끝 햇빛이 비치는 자리에 자리 잡고 있었다. 우리는 이끼로 덮인 미끄러운 언덕 가운데로 난 돌계단을 조심해서 내려갔다.

무슨 소리인가 들려와 우리 둘 다 눈길을 든 것은, 우리가 그렇게 연못가에 서서 탁한 녹색 물속을 들여다보고 있을 때였다. 우리가 있는 곳에서 그리 멀리 떨어지지 않은 곳에서 네다섯 살쯤 되어 보이는 사내아이 하나가 나뭇가지 하나를 두 손으로 쥐고 매달린 채 정원 담장 안을 들여다보고 있었다. 마쓰다가 웃으며 소리 쳤다.

"아, 안녕, 보짱."

아이는 한순간 우리를 물끄러미 바라보더니 모습을 쓱 감추었다. 마쓰다는 다시 미소를 짓고는 물속으로 먹이를 던지기 시작했다. "이웃집 아이일세." 그가 말했다. "매일 이 시간쯤이면 저 나무 등치 위로 올라가 내가 나와서 물고기들에게 밥을 주는 걸 지켜본다네. 하지만 숫기가 없어서 내가 말을 시키면 달아나 버리고 말지." 그는 혼자 빙긋 웃음을 지었다. "나는 종종 저 애가 왜 매일같이 저런 힘든 일을 반복할까 궁금하다네. 저 애가 보기에는 별로 볼 만한 게 없을 텐데 말일세. 그저 지팡이를 짚은 한 노인이 연못가에 서서 잉어들에게 먹이를 주는 거 아닌가. 그런 장면이 저 아이에게 뭐 그리 재미있는 건지 도통 모르겠어."

나는 조금 전 소년의 작은 얼굴이 나타났던 담장의 그 부분을 힐 긋 보고는 말했다. "음, 저 애가 오늘은 좀 놀랐겠군. 연못가에 지팡 이를 짚고 선 노인이 둘이니 말일세."

　마쓰다가 기분 좋게 웃으면서 물속에 계속해서 먹이를 던졌다. 두세 마리의 멋진 잉어가 햇빛에 비친 비늘을 번쩍거리며 수면으로 올라왔다.

　"군사 지도자, 정치인, 기업가 모두 우리나라에 일어난 일로 인해 비난을 받아 왔네. 하지만 우리 같은 사람들은 말일세, 오노, 우리의 기여는 언제나 주변적이었네. 자네와 나 같은 사람들이 과거에 무슨 일을 했는지 오늘날 아무도 신경 쓰지 않네. 그들은 우리를 그저 지 팡이를 짚은 두 노인으로 보는 걸세." 그가 내게 미소를 지어 보이 고는 다시 물고기 밥 주는 일을 계속했다. "이제 우리에게 신경 쓰 는 사람은 우리뿐이네. 자네와 나 같은 사람들은 말일세, 오노, 지난 삶을 돌아보고 그 결함을 인식하지만, 이제 그것에 신경 쓰는 사람 은 우리 자신뿐일세."

　하지만 그런 말을 하고 있을 때조차도 그날 오후 마쓰다의 태도 에는 그가 단지 환멸을 느낀 인간만은 아니라고 말해 주는 무엇인 가가 남아 있었다. 그러므로 그가 환멸을 느낀 채 죽었을 이유가 없 다. 그는 물론 자신의 삶을 돌아보고 몇 가지 결점이 있다고 인식했 을 테지만, 동시에 그런 면들에 대해 자부심도 느꼈음이 분명하다. 그가 지적한 대로 그와 나 같은 사람들은 그것이 무엇이든 간에 당 시 우리가 신념을 갖고 행동했다는 사실 자체에 만족감을 느끼기 때문이다. 우리는 대담한 발걸음을 내디뎠고, 종종 고집스럽게 행 동했다. 하지만 의지나 용기 부족으로 자신의 신념을 펼쳐 본 적조차 없는 것보다는 나은 것이 분명하다. 사람이 충분한 신념을 갖고 있을 때, 더 이상 어물쩍거리는 것이 비겁해지는 그런 순간이 온다. 마쓰다가 자신의 삶을 돌아보면서 이런 생각을 했을 것이라고 나는 확신한다.

내가 종종 마음속에 떠올리는 특별한 순간이 있다. 1938년 봄 내가 시게타 재단 상을 받은 직후 있었던 일이다. 나는 그 시기에 많은 상을 받고 명예를 누렸지만, 시게타 재단 상은 사람들이 보기에 가장 중요한 사건이었다. 게다가 기억하건대 바로 그 주에 우리는 신일본 캠페인을 성공리에 마무리 지었다. 시상식이 있던 날 밤에는 많은 축하객이 밀려들었다. 나는 미기히다리에 앉아 내 제자들과 여러 동료들에 둘러싸여 주어지는 잔을 받으며 내게 바쳐지는 연설을 듣고 또 들었다. 그날 밤 내가 아는 모든 지인들이 나를 축하해 주기 위해 미기히다리로 몰려들었다. 심지어는 그때까지 한 번도 본 적이 없는 경찰서장이 경의를 표하기 위해 그곳에 왔던 게 기억난다. 하지만 그날 밤 아주 행복했음에도 그 상이 응당 가져다주어야 마땅한 깊숙한 승리감과 성취감은 느낄 수 없었다. 실제로 내가 그런 감정을 경험한 것은 그로부터 며칠 후 와카바 지방의 구릉 있는 시골로 나갔을 때였다.

당시 나는 약 십육 년 동안 와카바 지방에 다시 가지 않았다. 결의에 넘치긴 했지만 준비되지 않은 내 미래에 대해 두려움을 느끼며 모리 선생의 저택을 떠난 그날 이후로 말이다. 그 세월 동안 모리 선생과 공식적인 접촉을 모두 끊었음에도 나는 여전히 내 옛 스승의 소식이 궁금했으므로 이 도시에서 그의 명성이 줄곧 기울어 가고 있음을 충분히 알고 있었다. 우타마로 전통에 유럽의 영향을 도입하려는 그의 노력은 근본적으로 비애국적인 것으로 간주되기에 이르렀으므로, 그가 이따금 한결 격이 떨어지는 장소에서 근근이 전시회를 연다는 소식이 들려왔다. 사실 수입을 유지하기 위해 그가 대중 잡지에 삽화를 그리기 시작했다는 소식을 여럿에게서 듣기도 했다. 동시에 나는 모리 선생이 내 경력이 어떻게 펼쳐지고 있는지를 줄곧 알고 있었다고 확신했다. 그는 틀림없이 내가 시게타 재단 상을 받았다는 소식을 들었을 터였다. 내가 그날 기차를 타고 그 시골 역에 내렸을 때 나는 시간이 가져온 이런 변화들을 뚜렷하게 의식하고 있었다. 내가 삼림지대 사이로 난 언덕의 오솔길을 따라 모리 선생의 저택을 향해 걷기 시작했을 때는 햇빛 찬란한 봄 오후였다. 나는 천천히 걸으며 한때 내가 너무나도 잘 알던 그 산책의 경험을 음미했다. 그러는 동안 나는 내내 모리 선생과 다시 맞딱뜨리게 된다면 어떤 일이 벌어질지 마음속으로 생각했다. 어쩌면 그는 나를 영예로운 손님으로 자기 집에 맞아들일지도 모르고, 또 어쩌면 내가 그의 총애하는 제자였을 때 그랬던 것처럼 냉랭하게 거리를 둘지도 몰랐다. 마치 우리 두 사람의 사회적 지위에 그렇게 큰 변화가 일어나지 않은 것처럼. 후자일 가능성이 더 높게 보였으므로, 그럴 경우 내가 어떻게 반응할 것인지를 생각해 두었던 기억이 난다. 나는 옛날처럼 그를 '선생님'이라고 부르지 않기로 마음먹었다. 대신 그를 그저 동료 중 하나인 양 대하며 이야기를 나눌 작정이었다. 그리고 그가 내가 이제 어떤 위치에 올랐는지를 여전히 알지 못할 경우 친숙한 웃음을 터뜨리며 이런 비슷한 말을 할 터였다. "모리 씨, 나는 당신이 한때 걱정했던 것처럼 만화나 그리면서 내 시간을 낭비하지는 않아도 되었답니다."

이윽고 나는 움푹 들어간 아래쪽 수림 가운데 자리 잡은 그의 저택이 잘 내려다보이는 높은 산길의 한 지점에 이르렀다. 나는 잠시 걸음을 멈추고 오래전 자주 그랬던 것처럼 그 경치를 감상했다. 시원한 바람이 불어왔고, 저 아래 푹 꺼진 곳에서 나무들이 부드럽게 움직이는 것을 볼 수 있었다. 나는 그 저택이 수리되었을지 궁금했지만, 거기서 확인하기란 불가능했다.

잠시 후 나는 산등성이를 따라 자라고 있는 잡초 한가운데 앉아, 모리 선생의 저택에서 눈을 떼지 않았다. 마을 역 근처의 가판대에서 오렌지를 좀 사 왔으므로 손수건에 싼 그것을 꺼내 하나하나 먹기 시작했다. 깊숙한 승리감과 만족감이 내 안에서 솟구치기 시작한 것은 그렇게 거기 앉아서 저택을 내려다보며 그 신선한 오렌지의 맛을 즐길 때였다. 그런 느낌을 정확히 묘사하기란 어렵다. 왜냐하면 그것은 사소한 승리로 우리가 느끼는 고양된 느낌 같은 것과는 아주 다른 것 — 앞서 말했듯이 미기히다리의 축하연 동안 내가 느꼈던 그 어떤 감정과도 다른 — 이었기 때문이다. 그것은 한 인간의 노력이 제대로 보상을 받았다는 확신에서 오는 심오한 행복이었다. 그동안 기울인 힘겨운 노력, 회의를 극복한 것이 가치가 있었다는 느낌, 진짜 가치 있고 특별한 그 무엇을 성취했다는 느낌 말이다. 나는 그날 그 저택에 더 다가가지 않았다. 그럴 필요가 없는 일 같았다. 나는 그저 깊은 만족감에 싸여 오렌지를 먹으며 거기 한 시간여 동안 앉아 있었을 뿐이다.

내 생각에 그런 감정을 경험할 수 있는 이들은 많지 않을 것이다. 거북이 같은 사람들 — 신타로 같은 이들 — 은 능숙하고 온순하게 느릿느릿 주어진 일을 해 나갈 수 있겠지만, 그날 내가 느꼈던 그런 행복은 결코 느끼지 못할 것이다. 왜냐하면 그런 이들은 평범을 넘어서 도약하기 위해 모든 것을 걸고 노력하는 것이 어떤 것인지 모르기 때문이다.

하지만 마쓰다는 좀 다른 경우였다. 그와 내가 언쟁을 하기는 했지만, 우리의 접근법은 동일했고, 나는 그 역시 한두 차례 그런 순간들을 회고할 수 있었으리라고 확신한다. 지난번 나와 이야기를 나누었을 때 그는 얼굴에 부드러운 미소를 띠고 분명 이렇게 생각했을 것이다. '우리는 적어도 믿는 바를 위해 행동했고 최선을 다했다.' 말년에 자신의 성취를 재평가한다고 해도, 내가 그날 그 높은 산길에서 느꼈던 것 같은 진짜 만족감이 깃든 한두 순간들이 자신의 삶에 있다는 것은 언제나 위로가 되기 때문이다.

어제 아침 '망설임의 다리' 위에 서서 한동안 마쓰다에 대해 생각한 다음 나는 지난날 우리의 환락가였던 곳으로 갔다. 그 지역은 이제 재건되어 알아볼 수 없을 정도가 되었다. 한때 그 지역 중심가를 관통해 나 있던, 다양한 건물의 현수막과 사람들로 붐비던 그 좁고 작은 거리는 이제 육중한 트럭들이 하루 종일 오가는 널찍한 콘크리트 도로로 바뀌었다. 가와카미 부인의 가게가 있던 곳에는 전면이 유리로 된 사 층짜리 사무용 건물이 들어서 있었다. 그 주위에는 그런 큰 건물들이 더 있어서 낮 동안 사무원, 물품 배달꾼, 우편배달부들이 들락날락하며 모두 바쁘게 움직이는 것이 보인다. 후루카와에. 이를 때까지는 술집이 없지만, 여기저기 지난 시절의 담장 일부라든가 나무 같은 것들이 새로운 배경 속에서 기묘한 부조화를 이루며 남아 있는 것을 볼 수 있다.

미기히다리가 서 있던 곳은 이제 큰길로부터 물러나 있는 일단

의 사무실을 위한 앞마당으로 변했다. 그 마당에 몇몇 고위 경영진이 차를 세워 두긴 하지만, 대부분은 어린 나무들이 군데군데 심긴 아스팔트 공터이다. 그 마당의 전면에 거리를 바라보고 공원에 있을 법한 벤치가 하나 놓여 있다. 그것이 누구를 위해서 거기 설치되었는지는 모르겠다. 이 바쁜 사람들이 걸음을 멈추고 그 벤치에 앉아 쉬는 것을 한 번도 본 적이 없기 때문이다. 그 벤치의 위치가 미기히다리에서 그 옛날 내가 자주 앉던 탁자의 위치와 거의 일치한다는 것은 내 착각일지도 모른다. 나는 종종 그 벤치에 가서 앉았다. 그 벤치는 행인을 위한 것이 아닐지도 모르지만, 인도에서 가까워서 그런지 내가 거기 앉는 것을 두고 뭐라고 하는 사람을 본 적이 없다. 어제 오전 기분 좋게 내리쪼이는 햇빛을 받으며 나는 한동안 다시 그 벤치에 앉아서 주위의 움직임을 관찰했다.

때는 점심시간이 되어 갈 무렵이었을 것이다. 가와카미 부인의 가게가 있던 곳에 새로 선, 전면이 유리로 된 그 건물에서 눈부신 흰 셔츠 차림의 직장인들 무리가 쏟아져 나오는 것이 도로 너머로 보였다. 그들을 지켜보던 나는 그 젊은이들이 얼마나 낙관과 열정에 가득 차 있는지 깨닫고 충격을 받았다. 어떤 순간 그 건물에서 나온 젊은이 둘이 길을 가던 또 다른 남자와 이야기를 나누기 위해 걸음을 멈추었다. 그들은 그 전면 유리 건물의 현관에 서서 햇빛을 받으며 함께 웃음을 터뜨렸다. 내가 아주 또렷하게 볼 수 있었던 한 젊은 사내는 유난히 유쾌한 태도로 순진무구한 어린아이처럼 웃고 있었다. 이윽고 그 세 사람은 재빨리 손짓을 해 보이더니 각자 제 갈 길을 갔다.

나는 벤치에 앉아 그 젊은 사무원들을 바라보면서 혼자 빙그레 웃었다. 환하게 불 켜진 그 시절의 술집들과, 등불 아래 모여 어제의 그 젊은이들보다 어쩌면 더 활기차고 그만큼 유쾌하게 웃던 그 모든 사람을 이따금 떠올릴 때, 과거와 그 옛날의 이 지역에 대해 절실하게 향수를 느끼는 건 사실이다. 하지만 이 도시가 어떻게 재건되는지를, 최근 몇 년 동안 얼마나 빨리 복구되는지를 지켜보니 순수한 기쁨이 차오른다. 우리나라가 과거에 어떤 잘못을 저질렀든 간에 이제 상황을 좀 더 낫게 만들어 나갈 또 하나의 기회를 얻은 것 같다. 저 젊은이들이 잘해내기만을 바랄 밖에.

개인이 불편한 기억과 화해하는 법

파리에서 창간되어 이후 뉴욕으로 거점을 옮긴 잡지《파리 리뷰》의 '작업 중인 작가들' 인터뷰에서 가즈오 이시구로는, 창작하는 사람이라면 모두가 되새겨야 할 중요한 이야기를 한다. 자신의 작품들 『창백한 언덕 풍경』, 『부유하는 세상의 화가』, 그리고 『남아 있는 나날』 세 편에 대해 "같은 책을 세 번 썼다."고 말한 점이다. 인터뷰어인 편집자 수재나 허니웰은 깜짝 놀라 이렇게 묻는다. "일본 나가사키(『창백한 언덕 풍경』의 주 배경)에서 영국의 달링턴 대저택(『남아 있는 나날』의 배경)으로, 독자들이 환각을 일으킬 만큼 아찔하게 이동했는데요?!" 그에 대해 이시구로는 자신의 경우, 그리고 대개의 경우 배경에 본질이 있는 것이 아니라고 짚는다. 세 작품 모두 "한 개인이 불편한 기억과 어떻게 타협하는지" 그려 내려고 했고, 『부유하는 세상의 화가』와 『남아 있는 나날』 둘 다에서 "직업적인 면에서 소모적인 삶을 산 한 인간을 탐구"했다는 것이다.

"때때로 인간은 틀릴 수도 있는 신념을 전력으로 붙잡고 자기 삶의 근거로 삼는다. 내 초기 작품들은 이런 인물들을 다룬다. (중략) 그 신념이 결과적으로 잘못된 것이었다고 할지라도 환멸에 빠져서는 안 된다. 그건 그저 그 탐색이 어렵다는 걸 발견한 것뿐이고, 탐색을 계속해야 한다는 의미인 것이다."(《파리 리뷰》와의 인터뷰) 삶의 요체가 완성이 아니라 과정에 있다는 것, 문학이 영광이 아니라 좌절의 자리에서 빛난다는 걸 확인하게 해 주는 대목이다.

가즈오 이시구로는 1954년 일본 나가사키에서 태어나 1960년 부모와 함께 영국으로 이주해 영어로 작품 활동을 해 온 영국 작가이다. 이름과 외모, 그리고 일본을 배경으로 한 소설을 써낸 이력 때문에 종종 일본 작가로 오해받는 데 대해 그 자신은, 민족과 언어를 넘어서서 인간의 보편적 정서에 호소하는 '인터내셔널'한 작가이고 싶다고 밝힌 바 있다. 켄트 대학교에서 철학을, 이스트앵글리아 대학교에서 문예 창작을 공부했다. 나가사키를 배경으로 전쟁의 상처를 다루는 첫 소설 『창백한 언덕 풍경』으로 위니프레드 홀트비 기념상을 받았고, 20세기 초 격동의 상하이를 배경으로 한 『우리가 고아였을 때』를 추리 기법으로 써냈다. 이 작품 『부유하는 세상의 화가』로 휘트브레드 상을, 이어 발표한 『남아 있는 나날』로 1989년 부커 상을 받으며 세계적으로 주목받는 작가가 되었다. 그 외에 실험적 정신이 돋보이는 장편 『위로받지 못한 사람들』, 독특한 SF 소설의 얼개를 취하면서 과연 인간이란 무엇인가를 묻는 수작 『나를 보내지 마』, 황혼과 음악에 관한 단편집 『녹턴』이 있다. 최근 역사 속에서 사라진 켈트족의 이야기를 담은 『파묻힌 거인(The Buried Giant)』

을 발표했다.

이시구로가 즐겨 취하는 방식이자 그의 장기인 일인칭 서술로 진행되는 이 작품 속에서 주인공 오노는 노년에 이르러 화가로서의 자신의 직업적 경력을 회고한다. 마침 둘째 딸의 두 번째 혼담이 진행 중인데, 첫 번째 혼담이 알 수 없는 이유로 깨진 데다 딸의 나이도 혼기가 꽉 찬 터라 적이 걱정이다. 이런 상황에서 맏딸 세쓰코는 아버지의 과거 경력을 암시하며 혼담과 관련해 뭔가 조치를 취해 달라고 암암리에 주인공을 압박한다. 그리하여 화자는 이제는 교류가 끊긴 과거의 인연들을 찾아 나선다. 평생 그림을 그려 오다 은퇴한 오노의 이야기를 편안하게 따라가던 독자가 화자의 진실성, 혹은 화자의 기억의 진실성에 의혹을 품게 되면서부터 이 잔잔한 회고체 소설은 날카로운 현재성을 획득하고, 퍼즐을 맞춰 가는 듯한 혹은 추리 소설을 읽는 듯한 재미도 시작된다. 전쟁을 발발시킨 일본의 선두에 서서 활발한 작품 활동을 했던 그의 전력 때문에 둘째 딸의 혼담은 이번에도 깨질 것인가? 수제자였던 구로다는 왜 이제 그에게 그렇게 냉정한 것일까? 미묘하지만 상당히 노골적으로 아버지를 압박했던 세쓰코는 작품의 말미에서 자신이 언제 그랬느냐고 왜 시치미를 떼는 것일까? 무고한 청년들을 전쟁터로 내보냈던 지도자들이 패전 후 자살하는 일이 빈번이 벌어지는 와중에서, 소심한 반성과 은밀한 자긍 사이를 오가는 화자의 합리화가 진정한 자기 화해로 이어질 수 있을 것인가?

원제 『부유하는 세상의 화가(An Artist of the Floating World)』에서

'부유하는 세상'은 일본어로 '유키요(浮世)'인데, 이 단어에는 이중적인 의미가 있다. 먼저 흔히 '우키요에(浮世-繪)'[1]라 알려진 일본미술의 유파를 뜻한다. 또한 그 유파에서 자주 그려 내는 "밤과 일체가 되었다가 아침과 함께 사라지"는 환락의 세계를 일컫기도 한다. 주인공 오노는 다케다 장인의 공방에서, 이어 모리 선생 수하에서 화가로 성장하면서 우키요에 세계에 깊이 빠져들게 된다. 모리선생은 자신이 평생을 바친 그 예술 세계에 대해 오노에게 이렇게말한다. "화가가 포착하고자 하는 가장 섬세하고 부서지기 쉬운 아름다움이 해가 진 뒤 환락의 집 안에 떠돈다네. (중략) 내가 부유하는 세상을 제대로 그려 내지 못한 이유는 나 자신이 그 가치를 믿는경지에 이르지 못했기 때문이었던 것 같네. 한 세계의 아름다움, 그것의 진짜 유효성을 의심하는 한 그 아름다움을 진정으로 향유하기란 어렵다네."

2012년 맨부커 상 후보에 오른 말레이시아 작가 탄 완 엥은 이작품을 매년 한 차례 이상 읽게 된다고 말했다. "내가 천착하고 있는 모든 테마들, 곧 회오, 기억의 부정확성, 노화의 고통, 외로움, 고독 같은 것들이 이 작품 안에 있다. 이시구로의 몹시 절제된 글쓰기스타일이 내게는 매력적이다. 이 작품 속에서 그렇게 대단한 일이일어나지 않았음에도 읽을 때마다 뭔가가 내 뇌리에서 떠나지 않는다."(《말레이시안 인사이더》, 2010) 작가 로버트 매크럼은 이 작품이이시구로의 여러 소설 중에서도 그의 일본적인 유산을 표출하고 영어로 된 산문의 미묘함과 아름다움을 포착해 낸, 두 마리 토끼를 잡

---

1) 일본의 에도 시대에 성립된 당대 특유의 풍습과 풍경을 묘사한 판화나 회화.

은 "절대 음감을 지닌 소설"이라고 평했다.(《가디언》, 2015) "이시구로의 소설은 신뢰할 수 없는 일인칭 화자의 내면적 복잡성을 탐구해 왔다. 『부유하는 세상의 화가』는 그런 기술의 절정을 보여 주는 예일 것이다. 겉으로 보기에는 상당히 일본적이지만, 그 주제의 많은 부분, 곧 비밀, 회오, 은밀함, 위선, 상실 등은 20세기 영국 소설이 천착해 온 주제다. 그의 다음 소설이 『남아 있는 나날』이 된 것이 당연하다."

이시구로는 이런 식의 회고적인 서술이 문학적 장치로서 거둘 수 있는 최상의 효과를 자연스럽게 얻어 내고 있다. 주인공 오노에게 한참을 설득당하고 나서야, 책장을 한참 넘기고 나서야 우리는 정신을 차리고 화자가 아닌 저자가 말하고자 하는 바를 찾게 된다. 이런 의혹을 확인하는 과정은 모호하고 완만한데, 신기하게도 매 단락이, 매 페이지가 다음 단락, 다음 페이지에 대한 궁금함으로 연결된다. 그리고 주인공과의 거리를 확보하게 해 준 이런 자각이 다시 주인공의 모습에 비친 독자 자신의 모습을 보게 하는 데까지 발전한다. 이렇듯 자신이 무엇을 쓰는지를, 어디만큼 와 있는지를 알고 기꺼이 그 너머로 가려는 데 이시구로의 작가로서의 위대성이 있다면, 사소하고 밋밋하고 담담한 이야기를 자극적이고 진하고 과격한 과장보다 더 흥미롭게 풀어내는 데 그의 재능이 있다.

여러 해에 걸쳐 가즈오 이시구로의 다섯 작품을 번역하면서 기회 있을 때마다 그의 작품을 권했고, 이미 그의 작품을 읽고 그 진가를 알아본 사람을 만나면 오래 사귄 친구처럼 반가웠다. 이 작품의 번역을 마무리하면서 나는 이시구로가 그냥 좋은 작가가 아니라 위대한 작가일 수 있다는 친구와의 대화를 떠올렸다. 친구는 그때, 자신은 무라카미 하루키를 즐겨 읽지만 하루키는 위대한 작가라기보다는 좋은 작가라고 말했고, 나는 그 말에 기꺼이 동의했다. 내가 개인적으로 생각하는 작가로서의 위대함이란, 작품의 구성이 얼마나 기막히게 짜여 있는지, 심지어는 문장이나 문체가 얼마나 아찔하게 훌륭한지, 장면 장면이 얼마나 손에 땀을 쥐게 하는지와는 직접적인 관계가 없는 것 같다. 얼마나 많이 읽히고, 번역되고 팔렸는지와도 물론 무관하다. 이시구로식으로 말하자면 배경에 본질이 있는 것이 아니므로, 위대함을 이루는 것은 언제나 자기 변혁과 통하므로.

2015년 9월
김남주

옮긴이 **김남주** 1960년 서울에서 태어나 이화여자대학교 불어불문학과를 졸업하고, 주로 문학 작품을 번역하고 있다. 옮긴 책으로 가즈오 이시구로의 『우리가 고아였을 때』, 『창백한 언덕 풍경』, 『녹턴』, 『나를 보내지 마』, 프랑수아즈 사강의 『브람스를 좋아하세요…』, 제임스 설터의 『스포츠와 여가』, 로맹 가리(에밀 아자르)의 『새들은 페루에 가서 죽다』, 『가면의 생』, 『여자의 빛』, 『솔로몬 왕의 고뇌』, 미셸 슈나이더의 『슈만, 내면의 풍경』, 야스미나 레자의 『행복해서 행복한 사람들』 등이 있으며, 지은 책으로 『나의 프랑스식 서재』가 있다.

모던 클래식
075

부유하는 세상의 화가

1판 1쇄 펴냄 2015년 9월 25일
1판 4쇄 펴냄 2017년 11월 21일

지은이 가즈오 이시구로
옮긴이 김남주
발행인 박근섭·박상준
펴낸곳 **(주)민음사**

출판등록 1966. 5. 19. 제16-490호
주소   (06027) 서울시 강남구 도산대로 1길 62(신사동)
       강남출판문화센터 5층
대표전화 515-2000 | 팩시밀리 515-2007
홈페이지 www.minumsa.com

한국어 판 ⓒ **(주)민음사**, 2015. Printed in Seoul, Korea

ISBN 978-89-374-9075-0 (04800)
     978-89-374-9000-2 (세트)

민음사

모던 클래식